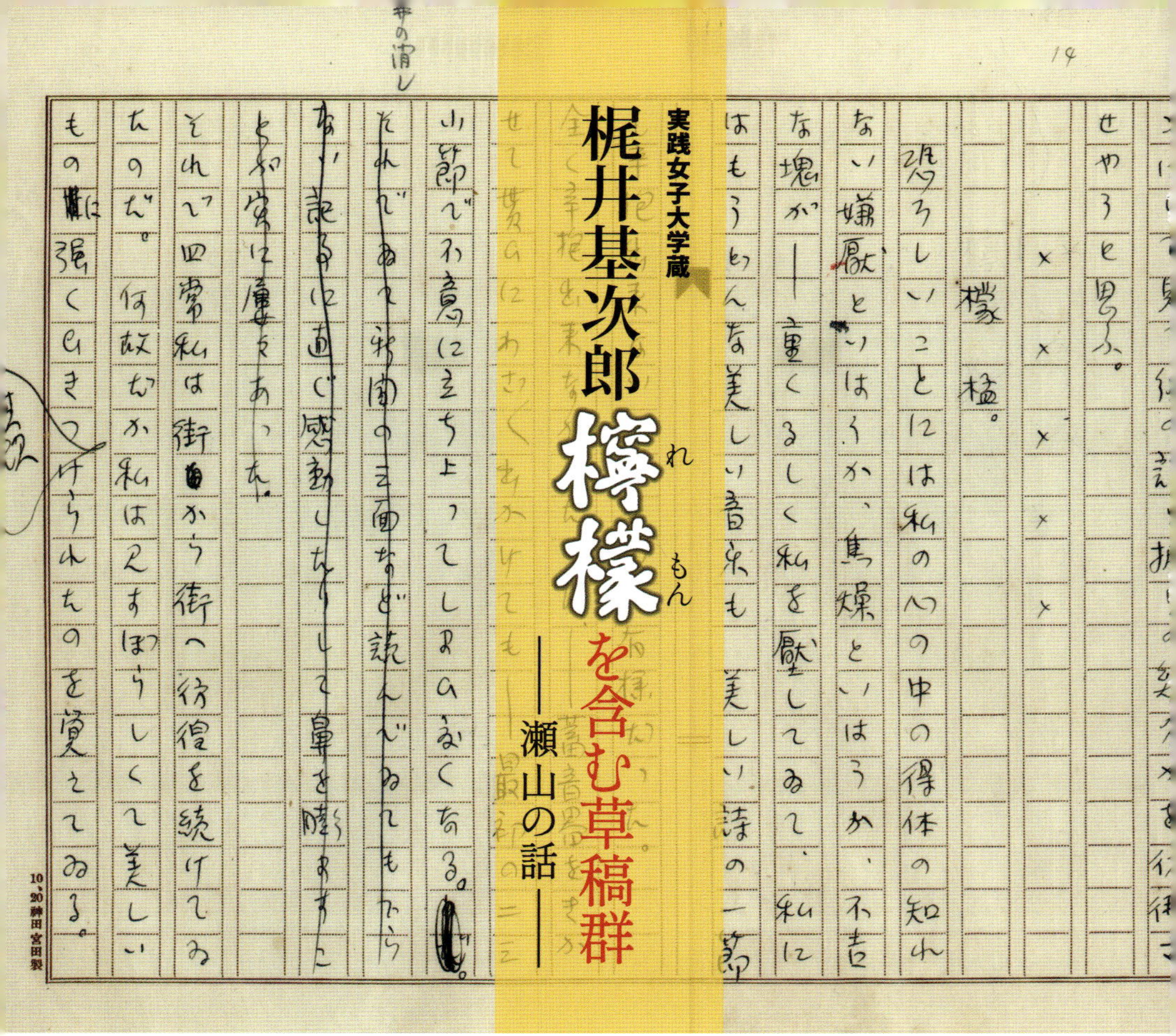

実践女子大学蔵

梶井基次郎 檸檬（れもん）を含む草稿群

―瀬山の話―

武蔵野書院創業百周年記念出版

河野龍也［編］
Tatsuya KŌNO

武蔵野書院

はじめに

栗原　敦

梶井基次郎生前唯一の短篇小説集『檸檬』は、昭和六年五月に武蔵野書院より刊行された。表題作「檸檬」(『青空』創刊号、大正14・1刊に発表)は、世に梶井を代表する作品として知られるのみならず、近代短篇小説の名作としての評価をも与えられている。本書は、この「檸檬」を生み出す母胎となった草稿群の本文がどのように生成したか、その全過程を解明しようと試みた探究の成果である。

いま、「「檸檬」を含む草稿群」と呼ぶことにするこの草稿は、梶井の没後に残された遺稿のひとつである。旧友淀野隆三の手によって、梶井が亡くなって一年以上後の『文芸』(昭和8・12)に「仮りに「瀬山の話」」と名付けられて公表され、一般に知られることになった。その後に刊行された数度の『梶井基次郎全集』にも収録されたが、いずれも草稿の実情や、本文校訂の過程、本文決定の根拠などが示されることはなかった。それは、個々の全集編纂に際しても、近代文学における本文校訂、本文研究に対する意識がまだ十分に高まっていなかったためかとも思われるが、いずれにせよ、本文校訂とその結果の妥当性などを検証するすべも得られないまま、淀野の死後、草稿自体の行方も分からなくなっていたのである。

幸いにして、縁あって平成二十三年にこの草稿が実践女子大学に収蔵されることとなった。ここに出現した「「檸檬」を含む草稿群」を前にして、迫り来る表現者としての梶井基次郎の営みの様々、いわば表現者の沈思し、乱れ、制御し、破裂し、また集約するといった、激しくもまた粘り強い作品生成の現場、苛烈にして、危機的ともいう他ない作家の（あるいは作家誕生の）生動する姿に打たれない者はいないのではないだろうか。

「「檸檬」を含む草稿群」の本文研究と翻刻の詳細は、本書の棚田輝嘉、河野龍也による研究の成果によっていただき、ここでは、以下に作品の生成と表現行為をめぐって、新たなる〈作品〉観の提示を試みる私見を添えておきたい。

実際、「檸檬」は、本「「檸檬」を含む草稿群」の中核部分に〈原形〉がある。いや、その言い方では十分でないかもしれない。他にも残されている「秘やかな楽しみ」なる詩作品草稿の存在なども視野に入れなければならない。早い時期からあった「一顆の檸檬」に纏わる原イメージを小説的に熟成させつつ、「「檸檬」を含む草稿群」の全体として何段階かに渉って構築しようと試みながら、ついに果たし得ぬままに中断し、改めて、「檸檬」の〈原形〉的部分と見なしうるようになるところから独立させ、短篇作品として磨き上げた、とでもいうべきかもしれない。

主人公「私」は名前を持たない。〈原形〉的部分も「檸檬」もそれは同様である。しかし、誰でもすぐわかるように、草稿群全体の中では、焦点人物を「その男」・「瀬山」と呼び、語り手「私」と距離をとって対象化させようと試みている。その上で、〈原形〉的部分では、「その男」の物語に包み込まれた、その内部でのエピソードの表出という形（入れ子型）が試みられていると見なされる。人物設定上の素材として、作者梶井の周辺に「その男（／瀬山）」のモデルと見なせる人物があったのか、それとも単に作者自身のある側面を対象化させようとして生み出された人物なのかといった議論は梶井基次郎研究にゆだねることとして、焦点人物への向かい方の差は、「檸檬」とこの「「檸檬」を含む草稿群」との間に創作の方向において大きな違いがあることを示している。草稿群の側が、「その男（／瀬山）」の現実的境遇や関係の実情の絡みに向かう傾きを強く持って、「私」の対象化とその意識の問題、自己と分身の主題など、大きく自意識を巡る主題としての同時代的課題に近接しているとも見えるのに対して、「檸檬」はすでに形成された「私」の精神状態の実在性の上に立った、ある意味では内的な精神のドラマの次元に運び込まれた物語へと磨き上げられているのである。

「檸檬」の側のこういった特質は、物語の構造を精神のドラマとして徹底し、純化し、その内部での解放を美的に（美学的に）結晶させた。「蝕まれ」た生活の実態や原因への指向、泥酔や放蕩と改悛の心理などへの密着、生活の破綻と母への罪悪感など、堂々巡りする葛藤の実際は水面下に潜められ、「えたいの知れない不吉な塊」を抱えた心の次元を全ての出発となし得る世界を確立させた。そのような世界の自立性を根拠として、「私」の心的な趣味の傾きを描き、「現実の私自身を見失う」「楽しみ」を可能とする心的領域を用意し、この舞台の中を微妙な心理の動きで満たし、その上で更に違和をもたらす空間とその造作に出合わせ、あくまで想像的な自由の構想、すなわち現実の爆弾ではない、想像の爆弾によってそれらを「大爆発」させる。

いわば、抑鬱のもたらす精神的な固有の状態の確認と、想像力による爆破としてのその否定、そして自由な想像がもたらしたゆえに獲得された精神的な解放の新次元が提示されたということなのであって、まさしく弁証法的ともいうべき展開が表現されたのである。「檸檬」の美的（美学的）な結晶度の高さとは、この構造に支えられている。

作品集『檸檬』によって作品が提示されたとき、同時代の読者は、そのまま「私」の精神のドラマとして、この美的（美学的）結晶度の高さに反応した。後に、国語科授業の教材として用いられるようになったのは、様々な現実の、個別的な影を一旦無きものにして、精神的な共通の出発点となし得る青春の心境を地表とした舞台構成、それでいて、感受性の微妙なリアリティが十分に裏付けをなしている表現が、教室にとっても好適なものだったためではなかろうか。

ひるがえって、「「檸檬」を含む草稿群」はどうだろうか。美的（美学的）結晶度によってはかるには、とうてい馴染まない。様々な夾雑物が混在し、構造も未整理というほかはない。従来の全集が「習作」と分類したことは頷けないわけではない。しかし、ここには、「檸檬」では切り離され、取り上げるわけにはいかなかった可能性が残されていると認めることができる。作家梶井基次郎の、昭和初年の晩年にまで続く歩みの芽生えもまたこの中に潜められている。

文学〈作品〉とは、通常、完成原稿として発表されたものを前提に思い描かれる。しかし、それは言語の本質、伝達の原理からいっても、実は表現としてそれを生み出した全ての過程によって形成されたものであって、背後に隠された全てを含んで読む者に働きかける生きた現象なのである。表現過程の全てによって〈作品〉は現象する。表現者の側に立った整理をすれば、この〈作品〉観は、表現者の「表現行為としての〈作品〉」とでもいうことができるが、私たちのもとにもたらされた「「檸檬」を含む草稿群」は、その最も刺激的なひとつに他ならない。「表現過程それ自体」を〈作品〉と捉える〈作品〉観を添えて、ここに本書をお届けするゆえんである。

この度、初版本『檸檬』を刊行された歴史ある武蔵野書院の創立百年にあたって、「「檸檬」を含む草稿群」本文の影印、翻刻、本文研究である本書を刊行させていただく機会を与えられたことは、執筆者一同喜びに堪えない。心より感謝申し上げる次第である。

目次

影印篇

〈縮小率70％〉

瀬山の話　七九枚（内東ピラ1、白紙（番号）5、
（初稿　7枚　）

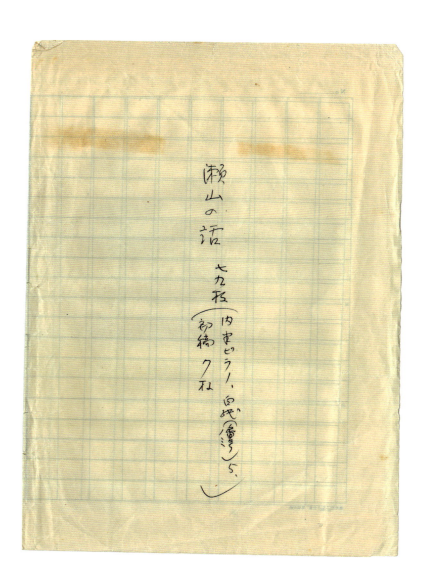

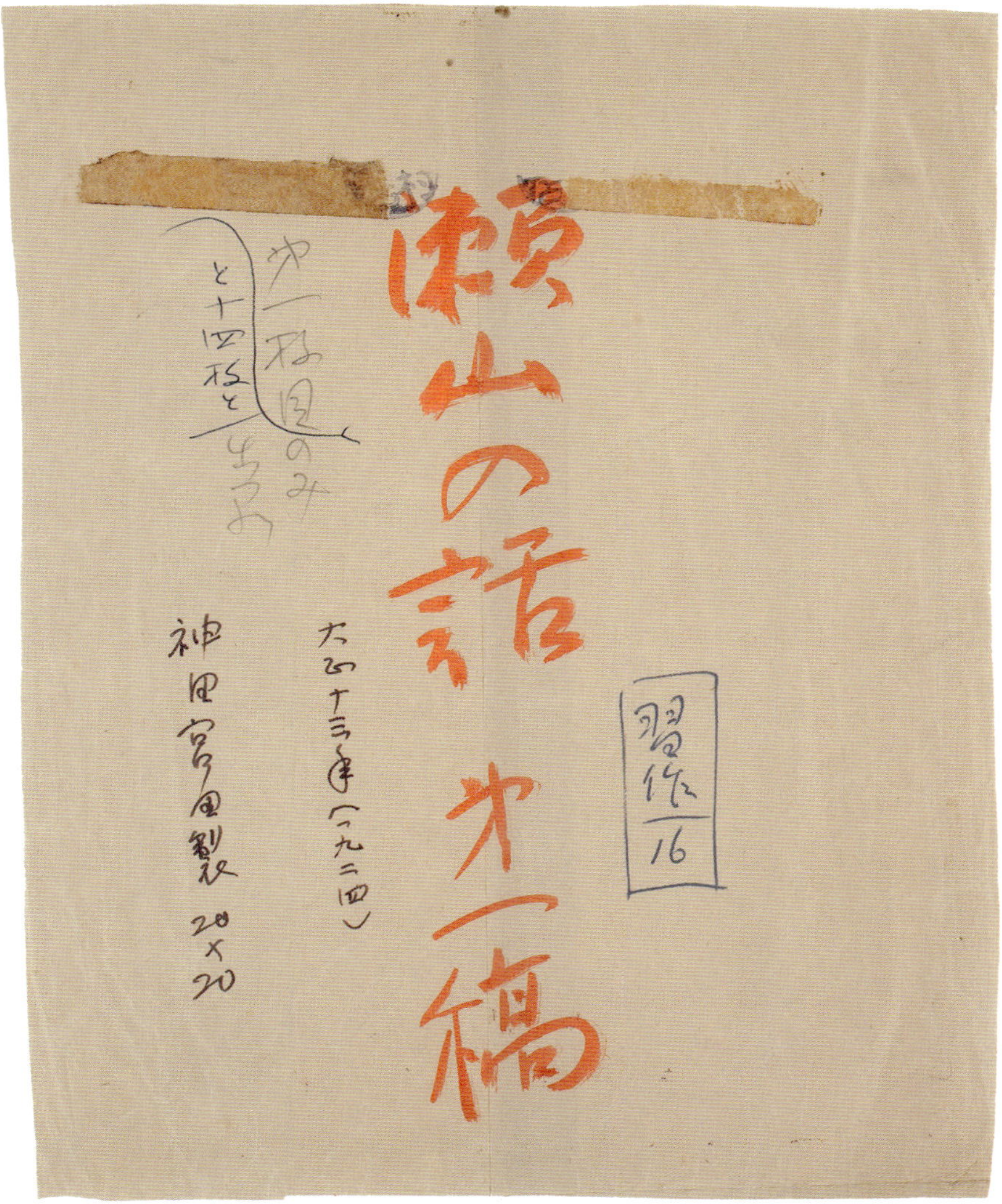
習作
16
瀬山の話　第一稿
第一枚目のみ
と十四枚と
大正十三年（一九二四）
神田宮田製　20×20

しかし汚物の破片は私の道上をせゝら嗤ひながら依然としてとれずにゐる。

1.

私はその男のことを思ふといつも何ともいひ様のない気持になつてしまふ。強ひて云つて見れば何となくあの気持に似てる様でもあるのだが――それは睡眠が襲つて来る前の朦朧とした意識の中で（の出来得）物事のなだらかな進行が、意地悪の小悪魔に会ふ、あの歯がゆい小悪魔奴はどんな奴なんだらう。（――）ことがある。こんな――着物の端に汚ないものがついてゐる。

二三度やつてゐるうちに少しあせつて来る。私はその朦朧とした意識の中でそれを洗濯する。それでも駄目だ。私は幻の中で鋏をとり出してそこを切取る

それをとりかへして見る。みんなとつた箸だのにまだ破片がついてゐる。怪しみながら触れ何の気なしにとるとやはりついてゐる——私はこの皿でもう小悪魔の意地悪い悪戯を感じる様になつてゐるのだ。——あゝこの悪戯に業を煮やした奴はが最後、どんなに歯がみをしてもその小悪魔のせゝら笑ひが叩き潰せるものか。要するに絶対不可能なのだ。ただほんの汚物或破片をとり去るだけのことが！若しそれが汚物ならまだいゝ。相手が人間だ

2

つた時には、それが現実の人間である時にはとつんなにみぢめだらう。こちらが二と出れば向ふは三と出る、十と出れば平気で二十と出る。私はよくその殴はれた幻の格闘でよわよわしい夜を送られるのだが。まづ地に投げつけられると起きするぎにかれ強くなってみると云ふ伝説のまあこの様なことは余計なことなのだ、今も云ふとほり私はその男のことを思ってゆくうちにはきっと、この様な、もう一息が遠かゆい様な、あきらめねば仕方がないと思って

とんなにその幻は

は見るものーあきらめるにはあまりに惜しい様な――苦しい気持を経験するのだ。

さう云つて見れば私はこゝろも云へる様な気がする。一方はその男の~~精純な慕欲~~澄みない気持で~~あるや~~そしてもう一方は濁りない気持であると。そして小悪魔は~~こちらにつ小とゐる。~~が味方してゐるのはこちらの方だ。

私はこれまで前者の方に~~偏~~あらゆる祈願をこめて味方して来た。そしてまたこれからも恐らくはさうであらうと思ふ。然し私はもう単純には若者に味方する様にはなれなくなつた様に思ふ。を画せん。

仮に名をAとしておかう。まり少し

彼の顔付を記すかはりに、少し交際つた人は誰でもAの顔貌が時によつて様々に変るのに驚いてゐる。思ひ出す、私の叔父に一人の酒精中毒者がゐたが、私は叔父の顔には三通りの型がある様に思ふ。Aの顔貌はあらましにしても三通りではきかない。

少し叔父の顔の三つの型。——一つは厳粛な顔であつて、酒の酔が醒めてゐる時の顔である。

十一行十六字以下消す（宮野）

叔父はそんな時には彼の妻にあなたと云
つたのを覚えてゐる。私など只読、一つ云つたのか
つた。而して一つはその顔が直ぐいらいらした刺々しい
顔に変化し易かつたからである。もう一つは弱
々しい笑顔だ、どこか尻尾を股にはさんだ犬
の様な。もう一つは酒を飲んでゐるときの顔だ。
~~叔母~~ 田あの顔！ああいやらしい。田よく叔母は
お口にしつかりわからなくなつた舌で、とりと
めもないことを。それは全然虚構な話が多か
つた。）口走つてゐるのを~~見て私は~~
指していふいふ
した言葉だ。

10、20 神田 宮田製

顔の相好は丸で変ってしまってしまりがなく
なり、眼に光が消えて、鼻や口のあたりのだ
らしがまるでなく、白痴の方が数等上の顔
をしてゐる。私はいつもそう思った。
――その淑女の顔の二つの型を私はやはり、
Aの顔貌の中に数へることが出来る。
Aもやはり酒飲みなのである。
唯物的な謂ひ方で全く酒が彼に反映した。
Aとても此の世の中に腐してゆくといふこと
が丸で出来ない男ではないのである。が、もと

もと彼の目安とする處がそこにあるのではないので・と云つておしまひにはその試験で云へはきりきりの六十点の生活をあの柄にまで渇望したのだが。全くAは夢想家と云はうか、何と云はうか、彼の自分を責めるとき程のねくれて酷なことはなく、それもある時期にならなければそうではないのだがその時期が来るまでの彼のだらしなさ程底抜けのものはまたないのである。

彼は顔を洗ふことをしなくなる。ただその時

10、20 神田 宮田製

四行と四字消すべし

5の二

のもの臭い気持で徴兵検査をすっぽかしたときいてもそれが彼なら通常のことゝしか思へない。私は彼の下宿で酒壜に黄色い液体が詰められて押入の中へ入れてあるのを見た。それは小便だったのだ。私はそれが何故臭くなるまで捨てられずにおいてあるのだらうと思った。彼はそうする気にならないのである。気が向かないのだ。~~臭くて耐れ~~若し一寸嫌気がさしたとなれば彼はそれを捨て去るなければ承知しないだらう。彼は[illegible]面

面に臭気に充ちた挿入を焼き拂はうと思ふ
だ。彼は片方の極端にゐて、その片方の極端
でなければそれに代へるのを肯じない、背後
にあるのはいつも一足出来ない相談の厳格さ
なのだ。——いやひよつと、その極端に傷る
気持があればこそあんな生活も送れたのではな
からうか。それともそれは最も深く企まれた
~~お世辞ではなく、だらうか。~~
立退きを催促に来る彼の心の中の家主に対す
る　遁辞ではないのだらうか。もうそうにし

10、20神田宮田製

てもそれは人間が出来る最高なの企みだ、何故ならば人間ならば誰一人それが企みであるとは見破ることは出来ない、唯、若しそんなことを云ふのが許されるならば神といふもののみがそれを審判するだらう。

彼は後悔する。全くなんでもないことに。

彼は一寸私にかう云つたことがある。――親といふものは手拭き絞る様なもので、力を入れて絞れば水の滴つて来ないことはない。彼は金をとることを意味してゐたのだ。 彼れは欠

以下三行は梶井の消し

以下七行及び欄外の三行消すべし

めなかった。父はある官吏で、派手な生活を
送ってゐた。彼の廿七才程のときに亡くなった。
彼には兄弟が弟がなかった。それ
それも彼の話によれば子供ー孫ー彼の出世
の成長ー孫に彼の出世ばかりを楽しみにし
てほろをさげて、身を機械にして働いてゐる
彼の母から張請するのだ。
私は彼が母から煙草店をして見ゆると思ふが
ようだといふ相談をうけたり、母よりとかい
ふてそれを消し×××子と書き直してある

彼れ以はなかった。父はある官吏だったのが、派手な生活を送ってかなりの借財と
彼を頭に数人の弟ーそれも一人は妾の子だった一人は下女の子だったーみな襁褓から
より彼の家にひきとられた　その数人の兄弟をのこして死んだのだった。

10、20神田宮田製

7

縁切れの手紙を見たことがある。その様な時だつた。彼がその手紙云々の言葉を思ひ出して泣き出したのは。~~そんなことを云つた~~あのときの自分の顔貌を思つて見るのが堪らないと云つて。

私は幾度もAがその母と一しよに一軒一軒借金なしをして歩いた話を知つてゐる。（私は一度もその姿を見たことはなかつた。）Aの母はそれだけの金を信用してAに渡したりすることは勿論、店へ直接送ることすら危んだのだ。往々其處にさへ詭計が張つてあつたりしたのだから。その様にして幾度も幾度も彼は陣を立て直した。本は質屋から帰って来る。新らしい窓かけは買って貰った。洋服も帰って来た。私は彼の深い皺が伸いて話声が麗らかになったのを見てとる。けれたよしいアラ１９が登校一時時前に鳴り、彼は佛蘭西製の桃色の練歯磨と狸の毛の歯刷毛と二ツケル鍍金の石鹸入を、彼の言葉を借りて云へば（棚の上の音楽的効果）である意装を凝した道具類の配置の（ハーモニー）から取出し

8

四つに畳んで手紙籠の中にいれてあるタヱルの上に載せて洗面場へ進出するのだ。彼はその尋常茶飯事を宗教的儀式的な昂奮を覚えながら——然もそれらの感情がただ悠然たる態度となってあらはれるだけを許すのみで——執行するのだ。

だタオルを手拭籠の中から掴んで

私はAについてこうも云へる様に思ふ。彼は常に何か昂奮することを愛したのだと。彼にとっては生活が何時も魅力を持ってゐなければまた陶酔を意味してゐなければいけないのだ。
思へば彼は不思議な男である。

10、20 神田 宮田製

9

私は緑がこんなことを云つたのを覚えてゐる。

——一体俺は此頃何が自分の所有してゐる品々だらうと思ふのだ。此の金は俺ものだ。と云つた所でそれは無論法律と云ふ何とかの極めてゐるわけのことで、俺とは何の交渉もないものだ。それぢや此の身体はと云へばなる程これこそ俺の所有物だ。一応はその積りも思つるがさて考へて見るとどうも怪しい。

アルコホリスム。

私は彼が何故その時々そんなに無茶な酒をのまなければならなかつたかと考へて見る。~~——私の考へは間違つてゐるかも知れない、~~~~が然し~~或はこうでもなかつたらうか。彼の生活はもう力に欠けた彼自身にとつてはあまりに四離滅裂だつたのだ。~~彼は醒め~~~~ているときには~~彌縫することも出来ない程、醒めてゐるときにはその生活の亂れにかつ口を真紅に開けて彼を責めたてる。彼はその威嚇に手も足も出なくなってどうかしてそこを逃げ出したいと思ってしまふ。私は彼が常に友達の傍にゐなかつたり、動物園へ出かけて行かないのを知つてゐる。そして彼はその最後の会話として酒を選んだのだ。彼の心を刺してゐた孤独が温んで割れはじめた、

それもなるべく彼の生活の状態なってゐるのが知らない様な友達と一緒になりたかつたんのを知つてゐる。彼はそれらの群の内では、

生活に何の苦しみもない様な平和とした
態度を装ひ、また恐らくはそれが彼の（かう
でもあったなら！」と思ってゐるコ＝ニクテ
イフであったのだらう―その様なことを喋
っては信用して貰ひたく思ったりしてみた。
私はなる程不幸と云ふものはあの様な男にあ
ってはあの様な段階を経て本当の不幸になつ
て来るのだなと思った。彼は他人の心の中に
第二の自己を築きあげて―その現実の自分
よりは不幸でない自分を眺めたり、その自分

おたしも

10、20 神田 宮田製

おたがいの自分相等な振舞を演じたりしてせめてもの心やりにしてゐたのだ。

~~彼はおれ私に対してはこんなことを云ったこともあった。~~

彼はおれ失恋した男になり了せたり、厭世家になり了せたりした。~~おれには私もやっぱりありのせられた。~~

彼に或る種の失恋があったことはどうしても事実なのであるが兎も角それはもう黴の生えたものにはちがひなかった。私も彼はその記憶を再び眼の前に呼び戻し新しい生命を吹き込んでそれに酔っ拂はうとしたのだ。彼は過古や現在を通じて凡そ今の彼の自暴自棄を人目に美しい様に正当化出来るあらゆる材料を引ずり出して~~惝~~~~来想えさせ界ったのだ。~~彼の火の中に投ずる薪としたのだ。とうとうおしまひに彼の少年時代の失恋物一切も二つも引出されて来た。而も彼はその~~紙~~綿引千切って捨てられた花~~を~~~~また寄せ集めて弁で~~昨日の花を作る奇蹟をどうやらやって見せたのだ。

12

彼の失恋がどんなものだつたか私は恐しくは知らないのだが――彼はとうとうその中の一人の失恋の対象に手紙を出そうと愚真面目に思ひ込む様になつたのだ！

私は知つてゐるその頃彼は昨日の恋人に似てゐると云ふある藝者に出会つた。私は彼にそのことをきいたのだ、平気であつたのかどうなのか――私は一体何時彼が真面目の本気であるのか全く茫然としてしまふのだ。恐らく彼自身にもわからないだらう。然し一体どんな人間がその正真正銘の本気を持ってゐるだらうか。——いや私はこんなことを云ひたいのではなかったのだ。然し私は恐らくはどんな人間も混り気なしの本気を持ってゐないといふことを　Aをつくづく眺めてゐるうちに知る様になって来たのだ。

彼は彼の本気でその藝者に通ひ始めた。

私は覚えてゐる。　彼はその金をけん微鏡を買ふとか、外国文献を註文するとか云って、彼の卒業を諦きつつく様に待ち焦れてゐる気の毒

十九行五字目まで消すべし

13

な母親から引出してゐたのだ。また彼が尊敬してゐたある先輩から借りたりしてゐた。
私は彼がその藝妓を偶像化して三味線も弾かせなければ冗談も云はず（それでゐて彼は悲しい歌を！悲しい唄を！と云つて時々歌はせたといふ）唯彼が思つてゐた女が結婚してゆく、その女はお前に生き写しだ！といふことを粉飾して云ひ云ひしてゐたらしいのである。

――その女子はんがあてに似とりやすのや

そうとすると。——とその藝妓はある男に云つた。

——わてほんまにあの人の御座敷かなわんわ——とよう云つてゐた。——と云ふことを私はその男からきかされたのだ。何故か私はその男に生理的な憎悪をその瞬[illegible]經驗した。その頃彼は益々私の視野から離れてしまつたのであるが、その後の話しで私はその時の挿話といふものをきかされたのを記憶してゐる。やはりその挿話も彼の語るが為のものになつ

その時には

10，20 神田宮田製

14

てゐたことは間違はないのだ。

私は今その挿話を試みに一人称のナレイシヨンにして見て彼の誇り振りの幾分かを彷彿させやうと思ふ。

× × × × ×

檸檬。

恐ろしいことには私の心の中の得体の知れない嫌厭といはふか、焦燥といはうか、不吉な塊が――重くるしく私を壓してゐて、私にはもうどんな美しい音楽も 美しい詩の一節

梶井の消し

も辛抱出来ないのか其頃の有様だった。
全く辛抱出来なかったのだ——蓄音器をきか
せて貰ふにわざわざ出かけても——最初の二三
小節で不意に立ち上ってしまはなくなる。
それでゐて新聞の三面など読んでゐてもたら
ない記事に直ぐ感動したりして鼻を膨ますた
と知合に屢々あった。
それで四常私は街から街へ彷徨を続けてゐ
たのだ。何故だか私はえすぼらしくて美しい
ものに強くひきつけられたのを覚えてゐる。

其頃

15

風景にしても壊れかゝつた街だとか、その街にしても表通りを歩くより裏通りをあるくのが好きだつたのだ。裏通りの空樽が転つてゐたり、しだらない部屋が汚い洗濯物の間から見えてゐたり——田圃のある様な場末だつたら田圃の畦を伝つてゐるとその空地裏の美が残つてゐるものだ。田圃の作物の中でも黒い土の中からいぢこけて生えてゐる大根葉が好きだつた。

私はまたあの花火といふ奴が好きになつた。

花火ものものは第二段として、あの安つぽい絵具が紙の一端に塗つてあつて、それが花火にすると螺旋状にくるくる巻になつてゐるのだ。本当に安つぽい絵具で、赤や紫や青や、鼠花火と云ふ火をつけるとシュシュと云ひながら地面を這ひまわる奴なとが一ぱい箱に入つてゐるところなど変に私の心を唆つたのだ。私はよくあのびいどろと云ふ色硝子で作つたおはじきが好きになつたし、南京玉が好きになつた。それをまた私は嘗めて見るのが何と

10、20神田宮田製

蘇（沱野）

16

も云へない享楽だったのだ。あのびいどろの味程幽かな涼しい味があるものか。私は小さい時よくそれを嘗めて父や母に叱られたものだが――その幼時の記憶が蘇って来るのか知ら、それを嘗めてゐると幽かな爽かな詩美といった様な味覚が漂って来るのだ。

察しはつくだらうが金というものが丸でなかったのだし。――私の財布から出来る贅澤には丁度持って来いのものなのだ。そうだ外でもない、それの廉価ということが、それにそんなにおひもの愛着を感じる要素もつたのだ、——考へて見ても、それが一円にも價するものだつたら、恐らくその様な美的価値は生じて来なかつたゞらう。恐らく私はそれを金のかゝる道具同様、~~軽蔑したのは~~何等興味を感じなかつたに相違ない。

私はこうきいてみる、金持の婦人はある衣裳が何円だときいて買はなかつた。然しそれがそれの二倍も三倍もの價に正札がつけかへられて慌てゝ買つた。また骨董品などゝ云ふものも値段の上下がその品質の高下を左右する

10、20神田宮田製

傾きがありはしまいか。私はそれを堕落によるのでは決してない。唯それが私の場合と同様なしかも反対の方向を持った対蹠的な場合として面白く思ふのだ。

私はまた安線香がすきだった。それも〇〇香とかいてあるあの上包みの色が私を誘惑したのだ。それに第一線香の匂いがどんなにいいものだかは君も知ってゐるだらう。

——それで檸檬の話なのだが、私はその日

も例の通り友人の学校へ行つてしまつて私一人ぽつねんと取残された友人の下宿からさまよひ出したのだ。街から街へ――さつきも云つた様な裏街を歩いたり駄菓子屋の前で、檸りわるいのを辛抱して悪いことでもする様に廉価な美を捜したり。――然し何時も何時もいい物にも倦きが来る。ある時には乾物屋の乾蝦や棒鱈を眺めたりして歩いてゐたのだ。私が果物店を美しく思つたのは何もその頃に始まつたことではなかつたのだが私はその日も

10、20神田宮田製

18

果物店の前で足を留めたのだ。私は果物屋にしても並べ方の上手な所と下手な所をよく知つてゐた。どうせ京都なしらな果物屋などのはないのだが――それでもいゝ店と悪い店の違はある。然しそれが並べ方の上手下手正確に云へばある美しさが感ぜられる所とそうでない所と――それの区別には決してならないのだ。私は寺町二条の角にある果物店が一番好きだつた。あすこの果物の積み方はかなり急な勾配の台の上に――それも古びた黒い漆塗りの板切れと思ふ――どんな形容をしてもいゝか知らぬ。何か美しい華やかな音楽のアレグレットの流れが――若しそんな想像が許されるなら、人間を石に化するゴルゴンの鬼面――的なものを差しつけられて、あんな色彩やあんなヴォリウムに凝り固まかれといふ風に堰きとめられてゐるのだ。も一つはあすこでは例の一山何銭の札がたてゝないのだ。私はあれは印象になるばかりだと思ふ。青物がやはり包紙の上におかれて

10、20神田宮田製

(9)

あつたかどうかは疑はしいが、もし奥へゆけばゆく程高く堆くなつてゐて、—実際あの人参葉の美しさなどは素ばらしかつた。それから水につけてある豆だとかくわゐだとか。

それにその家の果物の

それにその家では—もう果物店としてはありふれた鏡が果物の山の背に傾き加減にたてゝあるのだ。—その鏡がよれた粗悪極まるもので果物の形がおかいたりしく歪んでうつる

鏡—それが不旋な鏡面で不旋な影像を照

すまりどれだけ効果があるかわ首肯出来るだらう。

そこの店の美しさは夜が一番だった。寺町通は一体に賑かな通りで飾窓の光がおびたゞしく流れ出してゐるがどういふ訳かその店頭の周りだけが暗いのだ。——一体角の家のことでもあってその一方は二条の淋しい路だから素より暗いのだが、寺町通りにある方の簷端はどうして暗かったのかわからない。然しそれが暗くなかったらあんなにも

10、20 神田宮田製

やりきり動乱してゐる様に
あしてゐるのだ。

20

私を誘惑するには至らなかつたゞらう。も一つはこの家の扉窓の如だが、――その扉が眼深にかぶつた鳥打帽の廂の様にかなり垂れ下つてゐる。――そして、その廂の上側――その家の二階に当る所からは燈が射して来ないのだ。その蔭にその店の果物の色彩は店頭に二つ程裸のまゝで点けられてゐる五十燭光程の光線を浴びる様にうけて――暗い繊細の中ではやみの中に燦爛と光つてゐるのだ。丁度精巧な照明技師がこゝぞとばかりに照明光線をなげつ

細長い硝子の螺旋棒をきり
電燈が暗い大道に射出

けたかの様に。(*)
これもつけたりだがその果物店の景色はあの
鎰屋茶舗の二階から見るとそれもまたいゝ、
私は鎰屋の二階の硝子越しにあの暗い
深く下された果物店の廂は忘れることが出来
ない。
ところで私はまた序説が過ぎた様だ。
実はその日何時ものことではあるしするので
別に美しくも思はなかったのだが私はなにげ
なく店頭を物色したのだ。そして私は其処に

10、20神田 宮田製

其處の家にはあまり見かけない檸檬がおいてあるのを見つけた。檸檬などは極ありふれてゐるが、その果物屋と云ふのも實はみすぼらしくはないまでも極あたり前の八百屋だつたのだから、そんなものを見付けることは稀だつたのだ。

大体私はあの檸檬が好きだ。レモンエローの繪具をチューブから絞り出して固めた樣な、あの單純な色が好きだ。それからあの紡錘形の恰好も。それで結局私は其家で例の廉価な發表を試みたのだ。

私の其頃が例の通りの有様だつたことをそこで思ひ出して欲しい。其の最も優れた藝術なほのせつな幸福も與へる樣な私の気持がその躁極の一節で思ひがけなく桜は乱れた、突に萌数晴るのうちは桜は乱れてまきちされてゐた。——とふる突如、逆説的な本書で惜なくもれあつたことを首肯して欲しいのだ。

それにしても心といふ奴は不可思議な奴だ！

10、20 神田 宮田製

握ってゐる掌から

22

~~私はその瞬間~~
ホ一そのレモンの冷たさが気になってしよう
たのだ。その頃私は例の肺尖カタルのために
いつも身体に熱があった。~~本~~る実友達の誰
彼に私の熱を見せびらかす為に手の握り合いな
どをしたのだが私の手が誰のよりも熱かった。
その熱い故だったのだろう、~~私はいつまでも長~~
~~握っていれ~~もその冷たさは快いものだった。
身内に染み透ってゆく様な
私は何度も何度もその果実を鼻に持つてゐつ

た。——それの産地の加りホルニヤなどを思ひ浮べたり、中学校の漢文教科書で習つた売柑者之言」の中に書いてあつた「鼻を撲つ」と言ふ様な言葉を思ひ出したりしながら。ふかぶかと胸一張に爽やかな空気を吸ひこんだりした。——その故か身体や顔に淡い色の香とぬりが染つたりした。そして元気が何だか身内に湧いて来た様な気がした。

——実際あんな単純な感覚や触覚や嗅覚や視覚が——ずうと昔から其れはかり探してみた

のだと云ひたくなる位、私にしつくりしたなんて――それがあの頃のことなんだから。

私は往来を軽やかな昂奮に弾んで、誇りかな気持さを感じながら。――大輪の向日葵を胸にさせて街を濶歩した昔の詩人などのことを思ひ出したりして歩いてゐたが、汚れた手拭の上へのせて見たり、緋行スヒトの上へ載せて見たりして色の反映を量つて見たり、こんなことをつぶやいたり。

――つまりは此の重さなんだな。――

その重さこそ私が常々尋ねあぐんでゐたもの
だとか疑ひもなくこの重みはすべての善いもの
美しいものとなづけられたものを—重量に
換算して来た重さであるとか—思ひ上った
諧謔心からそんな馬鹿気た想ひを思って
見たり、何がさて上機嫌だったのだ。
結局は換って丸善になる。
其頃私は以前あんなにも繁く足踏した丸善か
ら丸切り遠ざかってゐた。本を買ってよむ気
もなかったし、本を買ふ金がなかったの勿論、

10、20神田宮田製

硝子戸越しに眺めながら、私は時とすると小一時間も
事さへある。

24

何んかかなりの背皮や金文字や、その前に立って
ゐる荒っぽい学生の顔が何んか私を安からす様
な気がしてゐたのだ。
以前は金のない時でも本を見に来たし、それ
に私は贅沢な享楽をさへ持ってゐたもの為の
だ。それは赤いオートキニンやオートコロン
の壜や、水晶めかしの硝子に持って種々美し
小形を造ってある香水の壜を見ることもあったれ
かだ。
洒落たカットガラスの壜や、ロココ趣味の浮

そんなものを破
時を費した

し模様のある典雅な壜の中に入つてゐる、壊
鉛色や淡い鶯色の香水を見に来ることだつ
たのだ。
翡翠
私は家から金を奪つて来た時など買つたことはほ
んの稀だつたが、高価な石鹸や、ストヒ煙
草やナイフなどを一気呵成に眼をつぶつて買
はうと身構へる時の、壮烈な様な悲壮な様
なあの気持を味ふ遊戯を試みるのも其頃だつた。
そして物足らない様な安慰を抱いて吹を始
する。私は二三年私にとつてはわき応すぎ

10、20 神田 宮田製

25

ま満潮を跳越すために底まで突進して、棄
け気が折れて起上れまま
それに私には畫の本を見る娯しみがあったの
だ。私は然し私はその日頃もう畫の本に
眼をさらして倦ざてあまりに尋常な周囲をみ
まわす時の姿にそれはない気持をあけがけ
もう一遍経験せずになんのかった。
然し姿にその日は丸善に足が向いたのだ。
然しそれまでなかった。丸善の中へ入るや否や
私は変な憂鬱節が段々たてこめて来るのを

感じもした。　香水の瓶にも、箕にも昔の様な執着は感ぜられなかつた。　私は畫帳の重たいのを取り出すのさへ常に増して力が要るな．と思つたりした。　それに新しいものと云つては何もなかつた。　たゞ少なくなつてゐるだけだつた。　然し私は一冊づゝ拔き出しては見る、――そしてそれを開けては入るのだ――然し光明にはいつてゆく気持は更に湧かない。　然も咲はれたことには私は次の本をまた一冊拔かずにはゐられないのだ。　また~~それも~~咲は

10、20神田宮田製

れてことには一寸ベラベラとやって見なくては気がすまないのだ。それで堪らなくなってそこへ置く~~[illegible]~~近所の往還へ戻ることさへ出来ないのだ。――そうして私は日頃大好きだったアングルの橙色の背皮の重いものまで、尚一層の堪え難さのために置いてしまった。手~~足~~の筋肉に疲労が残ってゐる。――私は不愉快気に~~自分の抜け~~たゞ積み上げる為に、積~~[illegible]~~引き抜いたものの群を眺めた。

その時私は袂の中の檸檬を思ひ出した。

指定（活字）

その色彩をゴチヤゴチヤと積み上げ一つの檸檬

べ試して見たりと自分に私は考へついた。

私にはまた先程の軽やかな昂奮が帰つて

来た。私は手当り次第に積みあげまた慌しく

潰し、また築きあげた。新らしく引き抜いて

つけ加へたり取りとつたりした。奇怪な幻

想的な城廓が出来上つた。

その度に赤くなつたり青くなつたりした。

私はやつと、もう、いゝ、これで上出来たと思

つた。そして軽く跳り上る心を制しながら

~~自分に起つた奇妙なアイデアには思はず微笑ま~~

~~れし私は~~

消し（浣野）

別行　17

別行　校訂（浣野）

その城壁の頂きに恐る恐るすゑつけた。

それも上出来だつた。

見わたすと、その檸檬の單色はガチヤカチヤした色の階調を、ひつそりと紡錘形の身体の中へ吸收してしまつて、輝き返り、冴えかへつてゐた。私は、埃つぽい丸善の内の空気がその檸檬の周囲だけ変に緊張してゐる様な気がした。

私は事畢れりと云ふ様な気がした。

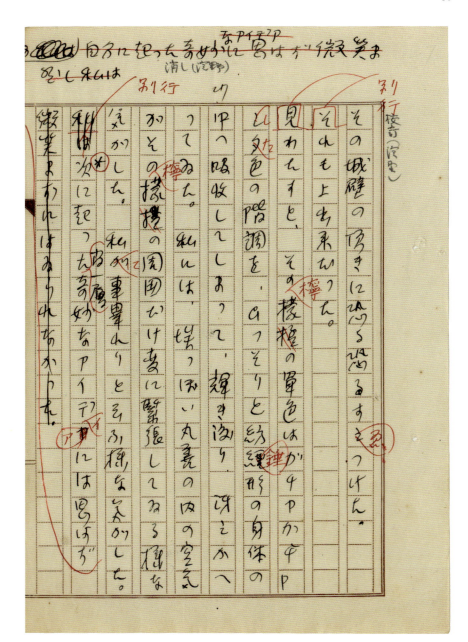

~~私は~~次に起つた一層奇妙なアイデアには思はず~~微笑まずにはゐられなかつた。~~

そして

~~された。~~

別行

まようとした。私はそのアイディアに惚れ込んでしまったのだ。

私は丸善の書棚の前に黄金色に輝く爆弾を仕掛けに来た ― 奇怪な悪漢が目的を達して逃走する~~構~~そんな役割を勝手に自分自身に振りあてて ― 自分とその想像に酔いながら、後をも見ずに丸善を飛出した。あの奇怪な嵌込品にあの黄金色の巨大な宝石を象眼したのは正に俺だぞ！ 私は心の裡にそう云って見て有頂天になった。道を歩く人に。

その奇怪な見世物を早く行つて見ていらつしやい。と云ふ気になる。今に見ろ大爆発をするから。

ーーーーね、兎に角二人を次第で私は思ひがけなく愉快な時間を潰しが出来たのだ。

何に？君は面白くもないと云ふのか。はいーー、そうだよ。あんまり面白いことでもなかつたのだよ。然しあの時の、秘密な歓喜に充されて街を彷徨つてゐた私に、

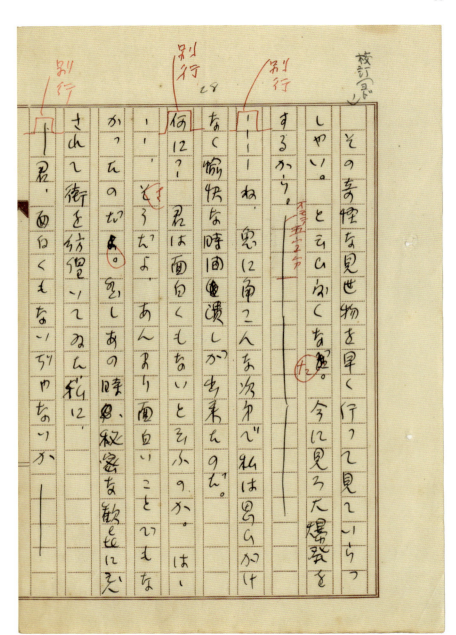

ーー君、面白くもないぢやないかーー

と不意に云つた人があつたとし給へ。私は慌て、抗弁したに違ひない。

—君、馬鹿を云つて呉れては困る。—

俺が書いた狂人芝居を俺が演じてゐるのだ、然し正直なところあれ程馬鹿気た気持に全然なるには俺はまだ正気過ぎるのだ。

10、20 神田 宮田製

そして私は思ふのである。

彼は何と現世的な生活の為に恵まれてゐない男だらう。

彼は彼の母がゐなければとうに餓死してゐるか。何か情けない罪のために牢屋へ入れられてゐる人なのだ。どっちにしろ生きてゐても畢竟彼の生活は、放縦の次が焼糞、放縦—破綻—後悔—の循環小数に過ぎないのではないか。

彼には外の人に比べて何かが足りないのだ、いや与へられてゐる種々のもののうちの何か友人等の不幸を持つして。布団の一枚を借して貰ったり。
飯を粉食べさせて貰ったり。――そんな日が積もると私は段々彼等に気兼をしなければならなくなった。

別行

常体何かが比例を破ってゐるのだ。その為にあの男は世渡りの掟が守れないのだ。

私は彼が確かにこれこれのことはしてならないのだと知ってゐることを―踏みしだい―てやってしまふその気持を考へて見るのだ。一体私たちが行為をする時に、それが反射的な行為でない限り―自分の心の中の許しを経なければ絶対にやれないものではないだらうか。

梶井 宮子 消す

終りの五字生かし、二行目の〃字消す（注）

以下の35字を消し、三枚目の欄外の文字を入れる（注30）

以下梶井推敲せり。

私はまた彼にこんな話~~をしました。~~

をした。

× × ×

友人等の下宿を転々として〔して〕ゐた日が続いたり、食い荒してゐる日が積なると

（友人の家へあまり毎日陥りあるいてゐたので、私は段々友達に気兼ねをしなければならなくなった。）~~それで~~を求めて独りでゐるのが堪らない気持を起させる係上かったので、私は気兼をしながらも夜晩く友達の家の戸を叩いたり、この男は此頃どうも私と一緒にゐるのが苦になるらしいな！とは思ひながらもまんじりともとうも倦

とはいふものゝ私の足はともすると淀りがちで
ふとすると　あの真白い　白川路の真中で
立留つたりした。

は此頃僻み癖が昂じてゐる様だぞ！と思つて見たり、様々に相手の気持を忖量して、今夜の宿が頼めるかどうかを探つて見る、——私は益々気兼ねが募り[昂じて来る]と、殆ど[益々]私の卑屈なことが堪らなくなり、一そさつぱり自分の部屋へ帰つて見やう——とその晩（といふのは野晩の事）、はとうとう自分の部屋へ向けて歩いて行つたのだ。とは云ふもの、私は~~自分の部屋~~ ふとすると私は足が淀つて、あの真白い白川路の真中で立留つたりした。

10、20神田　宮田製

31

丁数（済の）

（31）半枚也

それもさうだつたのだ。

あの頃の私といふのは此頃考へて見ると神経衰弱だつたらしい。身体も随分弱つてゐた。それで夜が寝つけないのだ――一つは朝、あまりおそくまで眠つてゐる故もあつた然し寝つく前になると極つて感覚器の惑乱がかゝつて来るのだ。それはかなり健康になつた此頃でもあるのだが、然しその時のは時間にして見ても長時間だつたし、程度にしても随分深かつた。

~~電燈の消してある部屋が何と変なことには白~~
~~かかんかんかん当つてゐる~~

「それに思ひ出せないと思つてゐる家のことやら学校のことやら　質屋のことやら――別に思ひ出すまでもなくそれらの心労は生理的なものになつて日がな一日憂鬱を逞しうしてゐたのだが、それが夜になつてさて独りになつてしまふと虫歯の様にズキンズキン痛み出すのだ。

私は恐し　その頃私を責め立てる義務とか責任などが、その厳めしい顔を間近に寄せて来るのを追ひ散らすある術を知る様になつた。何でもない頭を振つたり、聲を立てるかすればそれは済むのだ。――然し眼近にはやつて来ないまでも私はそれら債鬼が十重二十重に私を取り巻いてゐる気配を感じる、それだけは必竟逃れることは出来なかつた。それが結局は私を生理的に蝕んで来た奴等なのだ。

それが夜になつて独りになる。つくづく自分自身を客観しなければならなくなる。私は横になれば直ぐ寐ついてしまふ快い肉体的な推敲す。

その精神をほかへやらずに、

33

疲労をどんなに欲したか。ゆくがくあたりす
ゆつくりしれ五官に訴へて来る刺戟がみな寐
静まつてしまふ夜といふ大きな魔物がつくづ
く呪はれて来る。然も私の五官だけは起き
てゐるのだ。感覚器が刺戟から五官が任務から解放されると、いや
でも応でも私の精神は自由に奔放になつて来
るのだ。私は何か素張らしい想像を発展しさせよう
何つて見れたりと思つて見たり難しい形而上
学の組織の中へ潜り込もうとまとまろうと努めたりする。思つたれそしてあゝ気持よく
流れ出したなと思ふ隙もなく私の心は気味の

と努めたり

わるい債鬼に捕まってゐるのである。私は素早く其奴を振りもぎってまた〳〵幸福とは何ぞや！と自分自身の心に乳房を啣ませる。

結局は何もかも駄目なのだ――永い夜の限りも知らない循環小数を、私は喘ぎ喘ぎ読みあげてゆくに過ぎないのだ。

そうしてゐる中に私の心も朧ろ気にぼやけて来る――然し明瞭に自認出来る訳ではないが、その証據には摂は蜻蛉とは少しも変ってはゐない。変な妖怪が此のあたりから跳梁しは

10, 20 神田宮田製

悪戯とでもはろうか。

ポオの耳へ十三時を打たせてきかせたのも恐らくは輩の悪戯ではなかったらうか。

化るのか肉になった

じめる。不思議にも私は毎晩極った様に母の聲がきこえたの
何を云ってゐるのかは明瞭しないが、何
か弟に小言を云ってゐるらしい。
母はよくこせこせ云ふ性なの
だが、何故よた極った様に毎晩そんな声がき
こえて来たのだらう。初め私にはそれが堪らなかった。が哀れなのだ
怪くも慕しくもあった。
――少し段々私はそれを堪へ
だ。何故といへば、それは睡りのやって来る
確実な前触を意味してゐたからなのだ。時とす
ると私は呑気にもその声が何を一体言ってゐ

るのだらうと好奇心を起して追求して見るの
ながさてそれは大きな予備ではないか。
~~元来私の心の中から吹いて来る風に乗つては~~
私の耳の神経が錯乱をおこしてゐるのに、私
の耳がそれをきかうとあせるのだ。自分の歯
で~~私~~自分の歯に噛みつかうとしてゐる様な予
備~~ぺ~~私はそれでも熱心になつて聴耳を騎てる。
私は~~私~~その声が半分は私の推測に従て~~描~~来るう
しい」といつてそれもはつきりしないかい
つよい張つてもはつきりしないまゝでそれは

10、20 神田 宮田製

ここに欄外の書入れ来り、十行より十五行六字

げっきとして声がないといっても夜には夜の響きがある。~~さゝやかな~~とはいふ響き○は集ってぼやけて一種の響を作ってゐる。時々は鉄瓶の音や、時計の秒を刻む音、汽車の遠い響や汽笛も聞える。そしてその内に

近り

よんでしまふのだ。私は何といっていいかわからない様な感情と共に取残されてしまふ。

私はまた

そんなことから私は一つの遊戯を発見した。

これも花火やびいどろの悲しい玩具乃至は様々の悲しい遊戯と同様に（その頃の）私の悲しい遊戯として一括されるものなのだが、これは此頃に於ても私の眠むれない夜の~~睡~~催眠遊戯であるのだ。

それは一まとめして夜の響きと云はうか、は

日まで消すべし（注の）

私の讃歌といふのは
それらから

つきりわかるものは近くの木の葉の葉ずれや、汽車の響や、時計の秒の音やなどがあるが——無数のそれらの音が夜ほやけて一色になつて——その様な色々の音をその中に宿してゐるのだ。私はそれらから一つの大聖歌隊を作つたり、大管弦團を作ることも出来る。~~野象が張かつた故か一高三高野球戦の巻は素ぱらしい出来栄を示した。~~それに比して聖歌隊や交響は蓄音器の貧弱な經驗以外にはあまり經驗がなかつたのでどうもうまくはゆかなかつた。

10、20 神田 宮田製

ヴァイオリンやピアノは最後のものとして残されてゐた。

それは丁度ポンプの迎へ水といふ様な工合に夜の響のかすかな節奏（リズム）に、私の方の旋律（メロディ）を差し向けるのだ。そうしてゐる中に彼方の節奏（リズム）は段々私の方の節奏（リズム）と同じに結晶化（クリスタライズ）されて来て、旋律が徐々に乗りかゝってゆく。その頃合を見はからってはっと肩をぬくと（同時にそれは）洋々と流れ出すのだ。それから自分もその一員となり揮指者となり段々勢力を集め　この地上には存

それに比べて　、聖歌隊
合唱や交響楽管げん楽は、器防
音楽器の貧弱な経験しか持たないので
どうもうまくはゆかなかった。然し私

なしない様な大合唱隊を作るのだ。
この様な譯で私が出来るのは私がその旋律を
讀んじているものでなければ駄目なので、そ
の点で千高三高大野球戦の巻は怒號、叫喚、
印象の強かった故か
大太鼓まで入る程の完成だった。ベートオー
フェンの神の栄光……（エーレ　ゴッテス）やハイドンの巡禮の合唱を不完全ながら
点でボルガドイツの合唱より先ずおよかす
たし、私はあれ程ベートオーフェンの第五大
響楽は絶曲が劇的一番手がいり
ことき知れる様んなった。然し
ヴァイオリンやセロは最も好きなものとして残されてゐた。

うきくことが出来たし。

10、20 神田宮田製

時によっては、独唱曲を低音の合唱に纏繞し、次にそれの信音を捜りあて、たゞそれにのみ注意を集めることに依て私はネリイ・メルバが胸を膨らまし、テトラツィニが激しく息を吸込むのが彷彿とする程の効果を収めた。私は拍手や喝采のどよもしを作って[illegible]。全く出鱈目な中途でこれが出て来たりした。出鱈目の方はそんなところではなかった。寮歌の合唱を遠くに聞いてゐる心持の時、自分の家の直近の二烈しい出鱈目は却て面白い。

階の窓から少女が現はれて――それに和してみる。――そんな出鱈目があつた。あまり突飛なので私はこの出鱈目だけを明瞭り覚えてゐる。出鱈目はまるで混乱に陥ることが、私は今それには閉口したと言つたが、それは実は嬉しい閉口なのだ。丸で思ひがけない出鱈目が不意に四辺から現れ私の行進曲に参加する。又天から降つて来た様に、さまよひながらやつて来る。――それらのやつて来る方が実に狂想的で自在無碍なので私は眩惑されてしまふ。行進曲は叩き潰されてしまひ、絢爛とした騒擾がそれ

櫻井の消し
（作の）
38

に似るのだ。——私はその眩惑をよろこんだ。一つは眩惑そのものを、一つは真近な睡眠の穣吉として。

私はもう一つ幻視のことを云はう。幻視にも随分悩まされたが、私はその稀な断片を覚えてゐるだけだ。それも何故かわからないのだが、私は或晩弟の顔を

10、20神田宮田製

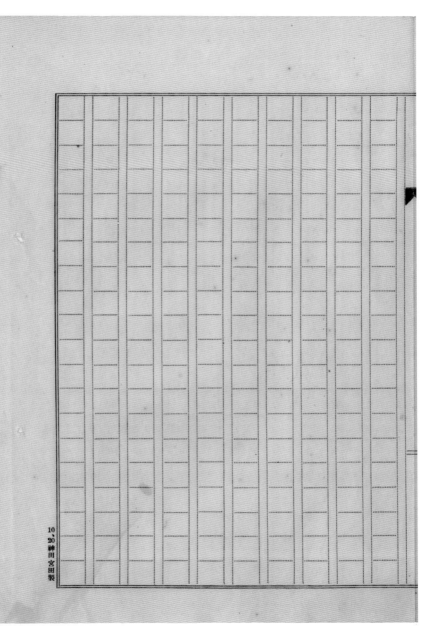

35

感覚器の惑乱は視覚にもあった。

その晩私は昼よりさへそれを経験した。

ある晝間、私はその前晩の泥醉とそれから——いやな話だが泥醉の挙句宮川町へ行ったんのだ——私はすっかり身体の調子を狂はせて白日娼家の戸から出て来た。

あの泥醉の翌日程頭の変な時はない。七彩に変はる石鹸玉の色の様に、悠忽に気持が変って来る。

胃腑の調子もその通りだ——なにか食へないではゐられない様ないらいらした食欲が起る。

私はその懸々子の様な

食欲に私は肉色々な御馳走を心で擬して
みる。一つ一つ、どれにも首りまからないゆしい。然し何一つとして歯はれないのだ。そ
れでゐて今にも堪らない様に食欲は唸く。
（私は此處で、一寸断はつておかねばならない、こんなの癖がある。
が、私は酒に就いてふと時は、よく、酒をのむ私に対して酒
に虐げられる私を想像する。そして私はこ
の一番目の私の身体と小奴にぺこぺこを辞
儀をしたり、悪いのはわかつてゐるがあ堪
忍して笑ふと云つて見せて心の中で詫びたり
そんなことをするのだ。）そう思つていると私がこの插孤

のあちら側で私の胃腑を私以外のものに見立

擬人的に呼んでゐるのも万ざら便宜のためばかりでもないのだ。

て、話をしてみる気持もそれは私の気持の中

あまりの記述でもあるのだ。——

そこで虐げられた胃腑はもう酔の醒めた私にやけにな

って無理を云ひはじめる。

——若葉の匂ひや花の匂ひに充ちてゐる風の

ゼリーを持って来いとか、何か知らすかすか

と歯切れのする、と云ってもそれだけではわか

ないが、何しろそんなものが欲しいのだとか。

また急に、濁ったスープを！　濁ったスープ

を！」といひます、然し私がそのために去る
べく行動を開始しますと、あそこめしは厭だな
あ！」とかもう嫌になつた、反吐が出さうだ。
とふ――私は前夜の悪業をつくづく後悔し
ながら白日の街の中程に立つて全く困却して
しまふのだ。馬鹿酒の習慣と云へば
今注文したばかしの料理が不用になつたり、食ひはじめても
一箸でころんだりしたり私は結局何も食べずに夕
~~方近遠すか~~ さもなければ ~~其の不愉快な液や塊を吐き出し胃腑~~
~~木造りのものだ。~~馬鹿やりに食つてお茶を濁すのが
関の山なのだ

それでゐては、何か大きな失策をしてゐるのにそれが思ひ出せない様な気持になる。

情緒が空の雲の様に、カメレオンの顔の様に姿をかへ色を変へるのもその瞬間だ。英雄的な気持に一瞬なりたんかと思ふと私はふと鼻緒に力が入り過ぎてゐるのに気がつく——と思つてゐる内にも私の心は忽ち泣けそうになつて、眼頭に涙をこらへる、お祭の行列が近所を通る気配の様なものを感じるかと思へば——鴨川の川沿の匂に郷愁と云つた様な気持にひきこまれる。それはすえた身体から発酔ふるにはあまりに美しい澄んだ、いゝ音楽

に係はれりもしなくてはとても堪へられない
様な割りきれない気持である。
ともすればそのまゝ街上で横になりかねない様な
堪らない疲労と腕の下を気味悪く流れ伝つ
て来る冷汗。酒気、体臭やべとべとと
まつはりつく着物。それは何と云ふ呪はれた白昼だ。
丁度その日も私はそんな極度な状態で花見小路の
方から四條大橋の方へ、丁度二ひきの看板の下
あたりまでやつて来たのだ。
その時私はふと、天啓とでもいひたい様な工

10、20神田 宮田製

42

会に、ありあり弟の顔を眼の前に浮べたのだ。然しそれが不思議なことには丁度三六年前の弟の顔だ、白い首からの前掛をかけて飯を食ってゐる、それがどうした訳か顔を歪ませて泪をポロポロッ涼してゐる——その流れが頬から茶碗の中へ落ちこむのだ。然も一体どうしたと云ふのか弟は忘れられた様に さも惜しむものの様にかつかつ飯を食ってゐるのだ——今こそ私はその事実だけを覚えてゐるだけで弟の三十年前の顔など思ひ出せはしないのだが、その時はその五年前の

顔が何か浮んで来るのだ、いくら何の顔を
思ひ出そうと力めてもその顔、然もその顔へ
な顔が出て来るばかりなのだ。
一体何の因果だ！　私はその日一日それが何
を意味するのか、ひよつとして何かの前兆か夜の報いなのか
などと思つて悩まされ通したのだ。
私はその顔をもう一度その他いつてそか、その
晩いつたか―例の精神の大禍時（オホマガドキ）の幻視に
それを見ん。　あすの晩は
何しろその頃は妻な ことがちよいちよいあつた。京阪電

10、20神田 宮田製

大方私はクッションの上で寝ぼけてゐたのかも知れない。恐し気がついて見ておどろいた。

窓は 43

車にのつてゐて、私が坐つてゐる向側のじめ

切つた鎧戸を通して、一条、私はその四の

風景をよく覚えてゐたのだが、それはまるで硝子戸

越しに見えるやうに、窓の外の風景が電車の奥

るのに入れて後へ後へとうさつてゆくのだ。

それはあれのだ。

其時は気がついて驚いたが、

私一流にそれが事でもあるまい一つたのだ。

私は嘘をつくことなしにその偶然の現象と

其人達は吹聴出来たかもしれないのだ。であつた。

私が十日、百万遍の風呂屋で 銭湯で演じた失策談

とはいふもの、

私の居つて

外の景色が見えて来た。

私は直ぐそれを友人達に吹聴してまわった。

鉄場での先輩といふのも確か

友人の寄って

方の目方を防かって見たと其の夫人先輩が

情けな気くなって来た時分だった。

それと私小夢ものの一件といふの由来は

湯から上って

それも説解の望朝だった。私は何の気なのし

そこに備へてあった

に貫にのって目方を量って見たのだ。私

は十三貫の分銅を

掛けておいて、

目盛りの上の補助分銅を

あのスゥーっと上

補助分銅を動かしてゐた。その時の私は

量る

身体の目方が減って来てゐるのだ。不

思議にも

その

補助分銅は前の日の

目盛を

通り過ぎて

百目

二百目と減りてゆく

のに

―　それと

また

私は嬉の

12枚

44　で

歩みの横にほんの少しづゝ、少しづゝ新しい姿をして動かしてゐたのだ。――三五夕ゐる夜とつゝしてゐるのに光の細い方は雨あがつて来たのだ。私のその暗の悲しさと陰詩の会を楽しんで見るがいゝ。私は、もうこれは変だとどうとう思ひ出したのだ。もう君にもわかつてゐるだらう。私は貴女の上へ乗らうに枝裏の上にゐたまゝそれをやつてゐたのだ。――私はそれを見てる人があつたら私はたいへん本当に驚いたらう。気がついてしまつたと思ふと目ばに私は顔があかくなる

つた。悲しい人がそれを見てゐるのかつたと気が
ないた後も、私は一瞬（切れ）の笑ひさへ笑へなかつた
のだ。——私は前とはじ。これは変だぞといふ
疑をみつめにも私自身に向けなければならな
くなつたのだ。私の顔（の表情）が固くこはりついてしま
つた。　私はその自分自身に向けられた疑ひが
一層はそれすまで——それには一る千日か、
つたのだが、友達一人にさへ（その事は）話せなかつた◎
◎。——私はやつと一時はれなつてから、俺
は変だと皆に触れて歩いたりかつ。

10、20 神田 宮田製

45

何しろこんな時代だ。遺憾ながら時の流れに出て来る妖怪が幽霊余されたのに道理もないことは君にもわかって貰えるだらう。

彼の幻視にも苦労があった

尤もこの幻視といふ奴はなかなかーーーこれは眼をつぶって枕の上に頭を横たへてゐる時にもてる神業のて悪しく幻視といっても眼をあけてゐる時に見えるのではなく、からだ全体はたておるなえる様なものでは決して無かった。突飛なのわけは苦労がない。

見てゐるのは両方と思ってたのはまありたい。

こんなのがあった。

まわりも両方のはセカセヌの書集の中で

見る、絵画も人々てぎイ家さん本が入れ
（かなれかの）（氏の肖像がある時はあれて来た。）
林。画い見ることのない…は日本
（その畫では）
の浮世絵を張りつけた壁の様なもの皆が
（景れなってゐて、人物は）
畑。此頃文学書をかやってゐる様に丸く略
子の上中折の上を凹ませ、ら竹の生えた試
（たすを冠り、）
を遠ら西にしてゐる。私はその人物か
（人物）
畫の中からまちよって笑のまちつを見たのだ。
とうして又て村イ氏の肖像などか出て来たの
だろうか、何かの拍子で私がそれを思出すと
は時に、眼まかに彷彿として来て、動き出した

幻視も稀に醜貌をやり出すのだ。

46

のぢやないか――どうもさう思ふのが正當らしい。――幻視もまた、他人の幻視を私がするのを私が見る話もなし、つまり幻視といふのも私一人の幻視者の世界、その構造はそれが思ひのかけないものが実際的に出て来たり、おれ全身のましれかの様に思ひがけないことをやり出すのだ、その他には、今目を閉つと誰かの顔を思ひ出す、その思ひ、その行動さよりももつと明瞭であるに止まらなかつた。

こんなこともあつた。

それも天啓的だつたか

例のもやもやとした、気持の混乱を意識した
した嵐の中に、今根をつかんでうつつ伏せに
なり深い渓谷を覗く様な姿勢をして見ろ！」
と私は自分自身に命じたのだ。私は眼の瞬るそう
してみた。すると下ゞ私は日世三千の大峡谷
の切先に身を伏せて下を眼下に
すときはさもあろうかと思はれた程、壮なら
ない胸の動悸と、私を下に引摺る様にも思へ
る高層気流と、高い所にありとあらゆる
ときの眩暈を感じた。私は平凡師

君にはきっとこんな経験があるだらう。—

47

ハッ！ハッ！と気合をかけて様々の不思議を現出せしめる様に、やはりその「ハッ」と気合がかかると同時に来る様な気持で寝床の上を論者の様に跳ねて—奈落に陥ちる気持やら何やら様々の気持を身内に感じ、それでも其切の夜中のすたった。

私は子供の時、風邪などして臥ってみる時、夜な寒さ来ぬものだ私の力はそれがどうしても口では伝へることの出来ないのだが——若し君がそれを経験してゐるのだったら、或はこの様な

②経験したことのある気持であるに違ひないといふ気がする。触感からであつたか、視覚からであつたか――それらを通してその気持を説明

思ひ出がゆい言ひ方だがそれで、あーそれで
れ！と相槌を打つて笑はれるだらうと思ふ。①（などの）
私が覚えてゐるのは※⑤十歳の時の経験だ。
涯しもない廣々とした海面で――海面だと云
ふのは寧ろ要らはない。何しろ涯しもない涯
しもない、涯しもなく続いてゐる広い広いそ
れこそ広い――ずーつと〃とふ気持（感じ）
のそれなのだ――それが刻々動いてゐる様で
もあり、私が進んでゐる様でもあり――忍れは
そのあまりの広茫が私の心を脅し、恐怖さ

経験しながら探つてゐると一種何かで　それが思ひ出されば　出来るのだが然し

又すえすそれが思ひ浮ばないのだ。③（48枚の分へ）

10、20 神田宮田製

○ ④子供の時ではそれが夢の中で出て来た。※（47枚の13行へ）（挿入）

風邪などで臥せつてゐる時の

48

せる様によつてゐる。病気の時の夢に見た経験を私は験めてゐて

私は其の間も病気の時に較べれ〻〻と大同小

其の経験を、もう毎晩繰かへす様になつた。

それ故その国けかゐなることは思はれもあつた。

然もそれが毎晩にその体をその中から

かは分か、——そしてその時はそれが単なる気持

の認識へは留まらない種の性質を持つものになつ

つてしまつてゐた。

劫初から未世まで吹き荒ぶと云はうか。

果しもない宇宙の空間宇宙の中心に捲き起る、想像も出来ない様

な巨大な颶風が私を取巻いて来たのを感じは

その変化の頻繁さは時と共に
段々烈しくなり、~~それと共に~~収斂、開散
に伴ふ変な気持が刻一刻強くなってくる。

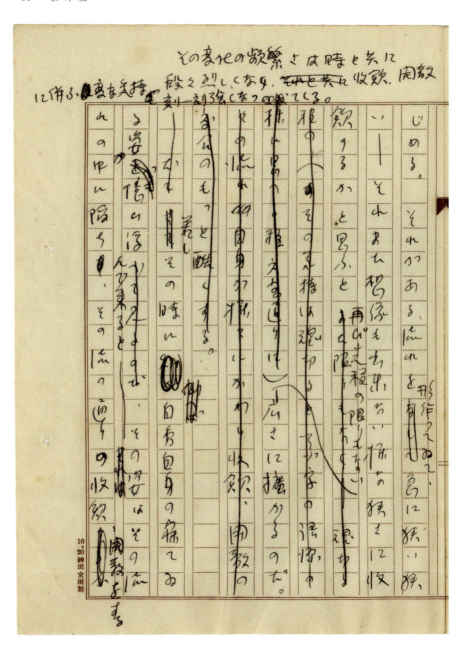

じめる。それがある流れを形作って、急に狭い狭、
い──それはまた相互関係も出来合い、様々の狭さに収
斂するかと思ふと再び無限の限りもなく混ぜ
~~相の（その気持は混ぜ切る様な細分子の混沌の中~~
~~様々の粗大な道りに）広さに擴がるのだ。~~
~~その流れ自身が様々にかわり収斂、開散の~~
~~ま公のもっと醜くする。~~
かな その時に自分自身自身の孫てゐ
る姿が隠れに浮かすのでせう。その姿はその流
れの中に隠れ、その流の流れの収斂開散する

ゴヤの画に出て来る。巨男が女を食てゐる図か
大きな鶏が人間を追ひ散らしてゐる図
49　規模は小さいがちよっと
あれを見た時の気持に似てゐる様にも思はれる。

と寒つは悶敷ある。実に気味わるい。そ
その大きさを思ふと気味がわるい。その気持
の蔵え小規模、でもあるがあるならば、あの
ゴヤの画に巨大なギリヤの様な人間が、一人
の女を喰ひ平気な様で口に口の中への様とし
てゐる画を見た時の気持だ。
又は自分自身の眼から自分の生きてゐる姿
雛を追ひ出るそれがまたその点に隠て作
偽るにと気高いだ。
然し私の宿てゐる踏女性とゐい。を失はじ

もし何も信の話つてないでも　とⅠでで
その気持は、機械の空廻り~~の技術ではない~~
~~会社~~
~~空廻りをしてゐる~~

の雑誌と、それはたゞ編輯機に紙を入れた
時の編輯者ものだ、紙を入れなくとも編輯機は
空廻りしてゐる。——~~側面~~形もない形の隙
じ~~技術の機械の様なもの~~とふ技術そのもの、大きな空廻りをやつて
ゐる~~ので~~、
私はそれが増大してゆくにつれて恐ろしくな
つて来る。気が狂ひそうに、空転しつかりし
てないとさらつてゆかれるぞと思ふ。——そし
ていよいよ堪え切れなくなると私は意識して
あーーーと声を立て、ところから逃れるのが習

10、20 神田 宮田製

50

慣になつてしまつた。私は寝るまへには必ず
その「ー、ー、ー」をやる様になつたのだ。
随分話が横にそれてしまつたが、――2本が紙
私の、今も云ふ精神の大福帳の話なのだ、
さて云つた様に、この様な妖怪共は却て頑強
的なまでに私にさへ来、その頃は変へられてゐたの
だ。――云つた様に、悪魔の手が付いても私は自分の
美しい思ひ出から逃れられぬ許りし、またそ
れが睡眠の約束であつたからだ。
美しさが作つてやつて来ない。真夜中過ぎて

こは四時頃までも私は寂寞の中で彼の債鬼共、の責苦にあはなければならないのだ。そんな彼を、どうして私は自分の不徳の自分の部屋で唯一人過す様なことが出来ませう。――こゝで私が私の不徳へ帰る所だつたことを思ひ出して貰ひたい。話はそこへ続いて行く。

10、20神田 宮田製

初の　51

その当時私の下宿は白川にあつた。私は殆ど一学期に一度か、下宿の掃除をしなかつた。それが一学期に一度になつたり、正確に云へば冊に原紙を頼まなければならなくなる迄滞らせておいたのだ。改俊期が来る迄滞らせておいた。私の倪儀は私の借金はその改俊期の法定期間といふ様なものを勤めあげるかあげない裡にそろそろ始りだす。それが苦になる頃にはまず大きなかさになつてゐる。私は一日一日、飛躍を飛躍

を忘れながら　學校の欠席もその通りで、新學期のはじめ一日間は平氣で欠席する。そしてまだ平氣だまだ平氣だと言つてゐるうちにその声にどうやら堆高いブランクの壓迫を挾じ伏せ樣とする樣な調子を帯びて來、る。私は一日一日、自分の試み樣と思ふ飛躍の壁がへなへなとなつてゆくのを一ツ一ツ哀しく思ふ。昨日が十の努力を必要とした樣な状態だとすると今日はまん一日遅れただけの十一の努力を必要とする。　然し私はまだ自

52

信を持ってゐる。若し一日勉強にとりかゝつて見ると勉強といふものが実に辛い面倒なんだと思ふ。そして私の自信が少し崩されて私は不愉快な気持でそれをやめて、次のヘターコンディションの日を待つのだ。そうして私は藻掻きながら這ひあがられない深みへ陥ちてゆく。そして段々やけの色彩を帯びて来る。

当時来、私はもうその程度を超えてゐた。借金と試験の切迫――私はそれが私の回復力に余てゐることを認めてはゐながら然もそれに望

なこと

みをかけずにはゐられなかった。何故と云っ
てそれまでに私は幾度もその様な破産で母を傾
はせてゐて、此度と云ふ此度はいくら私が
厚顔しくてもそれが打ちあけられる義理では
なくなってゐたし、若しその試験がうけられなけ
ればその學年は落第しなければならない然も
前年に一度落第したのだからそれを繰返へす
様なことがあっては私は學籍から除かれなけ
ればならないのだった。
然しその重大な理由も私の様な人間にとっては飛躍の源

53

動力とはならなかった。それが重大であればあるだけ私の陥ち込み方はひどくなり、私の苦しみは益く烈しくなって行った。

十数木に實った林檎の一つで私はあった。虫が私を蝕むでゆくので他の林檎の様に真紅な実りを待つ望みはなくなってしまった。早晩私は腐っておちなければならない。然しおちるにはまだ腐りがまわってゐない、それまで私は段々苦しみを酷くうけなから待たなければはならない。然し私は正気でそれを被けるには余りに弱い。とうとう終ひに私は貧らす力の方に加名する。それと同時に自分自身を麻酔させなければならない。借金がかさんで直接に債務者が母を仰天さすまで、また試験が済んで確実に試験がうけられなくなつたことを得心するまで――私は自分の感情に放火(つけび)をして、自分の乗つてゐる自暴自棄の馬車の先曳きを勤め、一直線に破滅の中へ突進して、そして椎けて見やう。始まれるものならそこから始めやう。――其頃私はそういふ風な狂暴時代に

54

ゐたのだ。

下宿はすでに私の為の炊事は断つた。先づ拂ひをして呉れ。そして私の為へ三ケ月程の間の借金の書きものが突き出された。

そして下宿は私の部屋の掃除さへしなくなつたのだ。

私が最後に下宿を見棄てた時、私の部屋には古雑誌が散乱し、おうおうする砂埃りがたまり寝床は敷つ放し、煙草の吸殻と、虫の死骸が枕元に散らかされてゐる様な状態だつた。そして私は二週間も友人の間を流転してゐたのだ。

そんな部屋へ其夜とうして帰る気など起るものか。そんな夜更けに夜盗の様に鍵音をこぢあけ、帰つて見た処で義務を思ひ出させるものに充満し、汚れ切つてゐる寝床の中で直ぐ寝つける訳でもない。それにいつかの様に布団の間で鼠が仔を産んでゐたりしたら。

私はあれやこれやと思ひながら白川道をとぼとぼ下宿の方へ歩いてゐた。

~~私は段々自分がいかにとるに足りない存在であるかといふ考へに導かれ~~

（どの赤丸よ）

55

決算の算盤から弾きだされた男

私は病み且つ疲れてゐた。汚れと悔いにみちされたこの私は地の上に、あらゆる荘厳と、豪華は天上に、――私はそんなことを思ふともなく思ひながら、真暗な路の上から、天上の戴冠式とも見える星の群を眺めん。

~~私のお母様~~、この後あらわるし

私はその時程はつきり自分が独りだ！といふ感じに捕へられたことはない。――それは友達に愛想つかしをされてゐる身の淋しさでもなかつたし、深夜私一人が道を辿つてゐるといふその一人の感じでもなかった。情ないとか、淋しいとかその様な人情的なものではなく、——何と云ったらいいか、つまり状件的（コンディショナル）ではない絶対的（アブソリュート）な寂寥、孤独感——まあその様なものだった。私はいつになったらもう一度あの様な気持になるのかと思って見る。

その次に私は浮圖母のことを思い出したのだ。私は平気で母を憶い出すのは苦しい堪らないことだったのだ。然も私はどういふ訳か、その晩は、若し母が今、此の姿の、此の

私を見つけたならば、息子がなかしん
息子の種々な悪業など忘れて、直ぐ
孩児だった時の様に私を抱きとって呉れる
とはっきり感じた。――そしてそんなことをし
て呉れる人は母が一人あるだけだと思った。
――私はその光景を心の中で浮べ、浮べて
ゐるうちに胸が迫って来て、涙がどっとあふ
れて来た。
――私は生ける屍のフェージャが、自分は
妻に対して済まないことをするが妻に対

する愛情が薄らいだと云ふ様な意味のことを云つてゐるのを知つてゐる。私も友人や兄弟などにはその気持を経験した。丁度舟に乗つた人が櫂で陸を突いた様に、おされた陸は少しも動かず、自分の舟が動いて陸と離れるといふ風に——自分の悪業は越えられない距りとなつてしまふ。然し母との間は丁度つなりだ舟の様なもので、押せば押す程、その綱の強いことがわかるばかりなのだ。然しそんな誒理では勿論ない、——あとから

あとから、悲しいのやら有難いのやらなんともつかない涙が眼から流れ出て来たのだ。しかしその快感を過ぎると涙も收り気持は浪の様に退いて行つた。

私は自分が寝むともなく寝んでゐたのを知つた。心の中は~~[illegible]~~見物が帰つて行つた跡の劇場の様に空虚で、白々してゐた。身体は全く疲れ切つて、胸はやくさなふいごの様に、~~[illegible]~~~~機が痛んでゐる[illegible]~~、壊れてゐることが恐れではなく真実であることを教へる様にぜいぜい喘いでゐるのだ。
あと壱丁程が、早く経ってほしい様な、それで
ゐてまたそれと反対の心が私の中に再び烈し
く交替した。――私も私の足はその通りぎくし
やくと遂に踏みまされてゐる。
何とまあ情ないことだ。此の俺が、あのじたばつ
た毎日やけに藻搔りてゐた苦しみの、何もか
もの総決算の算盤玉から弾き出されて来た俺
なのか。
~~そんなことを思つて私は我ろがツとほしくて~~

10、20神田宮田製

58

私は何だか母が可哀そうに思ってくれるよりも、この私自身がもう自分と云ふ者が可哀そうで堪らなくなって来た。

私はもう何にも憤りを感じなかったし悔の念も感じなかったし嫌悪も感じなかった。

そして深い夜の中で私は二人になった。

「お前は可哀そうな奴だな」と一人の私が云ふのだ。もー人の私は黙って頭をうなだれてゐる。

「一体お前のやったことがどれだけ悪いのだ」

――――――――

っあ……。可哀そうな奴」

――――――――

そして一人の私が大きいためいきをつくとも

う一人の私も微かにためいきをつく。

そして私は星と水車と地蔵堂と水の音の中を

歩み秘めてみたのだ。

~~ト彼は近くにあって学生達のやかましい音~~

~~ほんの[illegible]バラックの様な平屋建が幾つか高~~

~~ッ畑の中に横はっているのが見えた。~~

私は眼をあげた。ずっと先程から視野の中に

10、20神田宮田製

59

あつた筈の私の入寢を私ははじめて見た。學生あての込み具のやくざ着しんのハツフの樣に細長くそして平屋の私の入寢を。

私は微かに［あの後味が殘つてゐるのん］心が二人に分れてゐることの

た。——ふとその時また私に悲しき遊戯の衝動が起つた。

此の夜更けに、此の路の上で此の星の下で、此の迷ひ犬の様な私の声が一体どんなに響くものなだらうか。萎枯れてゐるならうか、かさかさかさしてるのか知ら、冥府から呼ぶといふ様な声なのか知ら。

私は自分自身が変な怪物の様な気がして来た。私がこゝで物を言つても、それが言つてゐる積りでも、との実は何か獣が悲しんで唸つてゐる声なのぢやないか――一体アと云へばあの片仮名のアに響くのだらう。私は口が発音する響きと文字との関係が――今までついぞ疑つたことのない関係が変挺で堪らなくなつた。

一体何是イと云つたら片仮名のイなんだらう。

60

私は疑つてゐるうちに私がゐるといふ風に疑つて正当なのかわからなくさへなつて来た。

「ア」、変だな、「ア」と、

それは理解すべからざる様なものがある様に思つた。

又そして私自身の帯声や唇や舌に自信がもてなくなつた。

それにしても私が何とかいつても畜生の言葉の様に響くのではないかしら、つんぼが狂つた楽器を叩いてゐる様に私の人に通じないのではない

ゐるのか

変に思つて

身のまわりに立罩めて来る魔法の呪ひを拂ひ退ける様にして

か知ら。

~~私は呪文を~~

~~読まれ私の身体をしめつけて来る魔法の一つ一つ~~

~~めかりま~~

私の発し得た言葉は、

「悪魔よ退け！」

ではなかつた。

私でもない私の名前だつたのだ。

「瀬山！」

私は（私の前に）変なものを味、~~小様に~~、~~十数鐘で自分の顔~~

を眺めるときの機味つた。丁度真夜中自分の

10、20 神田 宮田製

61

顔を鏡の中で見る様に、私自身が耳にした私
ときの鬼気が、声自身よりも、声をき
くことに（とき）感ぜられた。私はそれにおう殺せる
様に再び
「激出し」と云って見た、その声は中ー高く
（フーカの）様に、ボーの声を追って行った。その声は行屋の火の様に三尺もゆかな
いうちにほやけてしまった。私は声を出すと
いふこと（私）にはこうへな味があったのかとその後
味をしみじみ味はった、
「激出し

「瀬出し」「瀬出し

「瀬出し

「瀬出し

~~私はヤリアミヨシきつけて~~

種々様々に呼んゐるんだ。

さし何といふ変挺な変曲なんだらう。

一つは恨む様に、一つは叱る様に、一つは嘆

み様に、一つ一つ過去を持ってあり、一つ一

つの記憶の中のこーこを蘇らしてゆく様だ。

何といふ奇妙な変曲だ！！

62

「瀕山」

「瀕山」

「瀕山」

才

「瀕山——」此女は嫌も探に。

先程の第十の私と第二の私はまた

私の中で分裂した。第十の私が降りかかる その嫌な声

の親愛を込めて私は何故かに 第一 第二の私はの

たと首をたれて泪ぐんいるた。

腹山し

「淋しい！」第一の私の声もうるんで来た。そして第一の私は第二の私を固く抱擁しあった。

私はもう谷の附近まで来てゐた。私はそこに突立った。つきものがおちた様に。帰らうか帰るまいか。私はよた迷った。~~然しどうしても私は夜道の様に鍵をかけまかあけてま~~然し私ははやく決心した。帰るまいと決心した。そのかわり私は不意に嘆きおした。

10、20神田 宮田製

63

極（などの）

「瀬山」

友達の誰彼からも省みられなくなった。瀬山君のために、私は深夜の訪客だ。「俺はお前が心配でやって来たのだ」

「瀬山君――」、

私は声を嗄して吠えたが、その声が消えて行った後には何の物音もしなかった。

~~私は目~~

「瀬山君――」

蓄生、寒いよいましい! 今夜は郵便屋だ、

電報だ、書留だ、電報為替だ、家から百円送
って来たのだ。
「瀬山さんといふ方みえませんか！」
「沼田さん。」「電報だ！」
瀬山さんと云ふ方[illegible]に電報じ
私はヒステリックになり声は上釣って来た。そ
して下駄で玄関の戸を蹴り飛した。
「へいーーし。」マキャベリズムの狸親爺奴、お
きて来やがったな。
私は逃足になって来たのを踏みこらへて

64

「三五郎の大馬鹿野郎」と云つてと喚いたまゝ一生懸命に白川道をかけ下りたのだ。

瀬山極の話は茲所で終たのではなかつたが、し

私はその末尾を割愛しやう。

~~然し私は~~

然し私は彼が当然の結果として今年も又落第したことをつけ加へておかねばならない。私は

学校の規則として彼が除籍される事に、彼が職業を捜す相談にものった。然し彼の私はその中に東京へ来てしまった。京都の彼の友達の或者へ問合せを出したり、友人に訪ねて見たりしたが、彼の行衛はわからなかった。ある者は復校したと云ひ、ある者は結婚したといった。

私は彼の夢を二度まで見た。

それで心がかりになっていた問合せを出した上、私の友達が徴兵で京都へ帰るのに呉々も頼んだ。

65

そして最近彼の手紙がやつと私の許に届いた。私が未だ彼についてのことを書きかけたのは、その手紙を受取つてからのやゝ短い安緒の下にいある。私は彼の手紙を読んでゐるうちに彼の思索が結晶物の様に系統付られて行つた。私はそれを順序もなくかきました。まだかいても切りがない。私は彼の手紙の抄録をすることによつて此の稿を留め様と思ふ。

10、20神田 宮田製

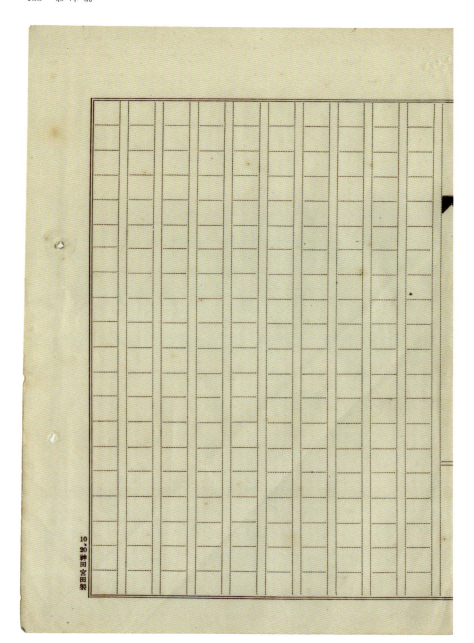

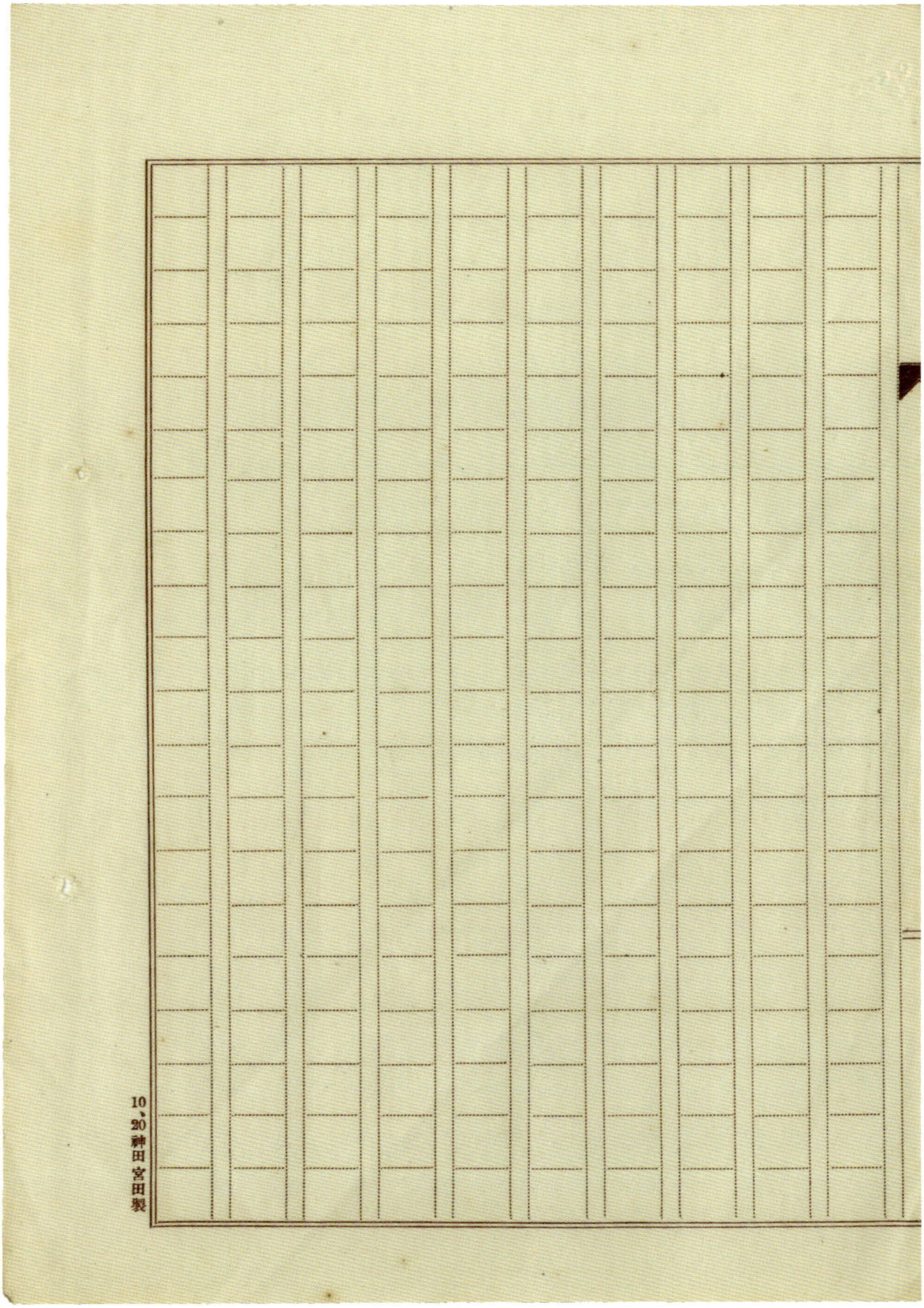

10、20神田宮田製

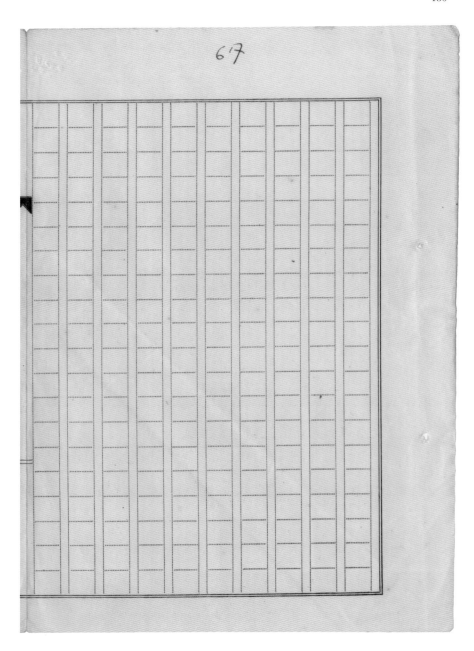

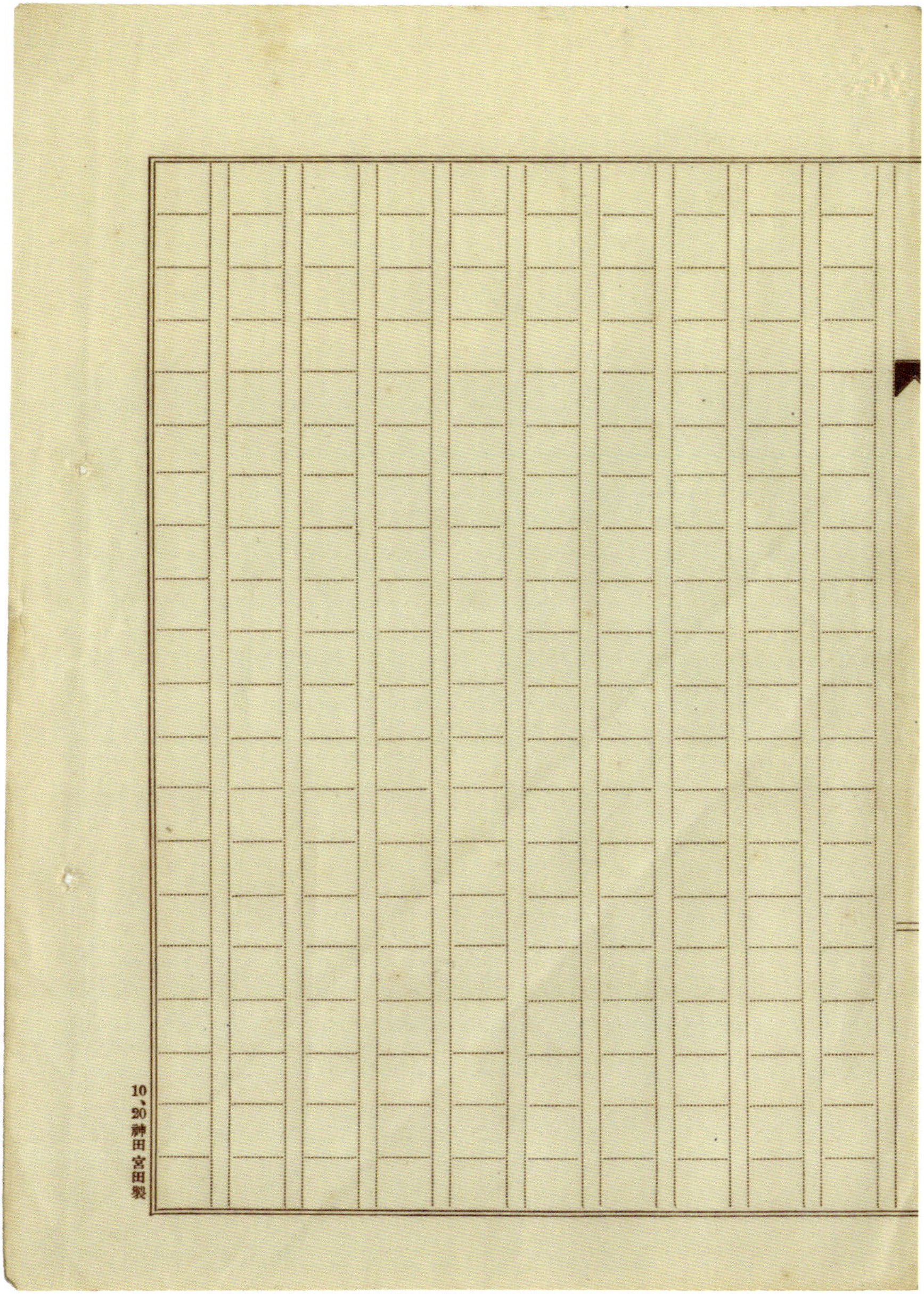
10、20 神田 宮田製

68

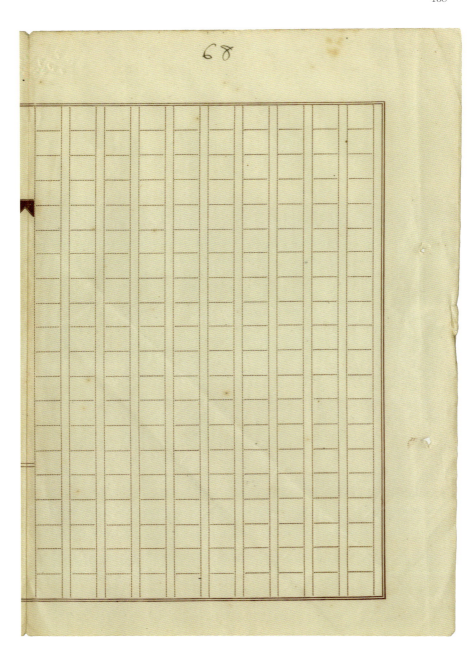

10、20神田宮田製

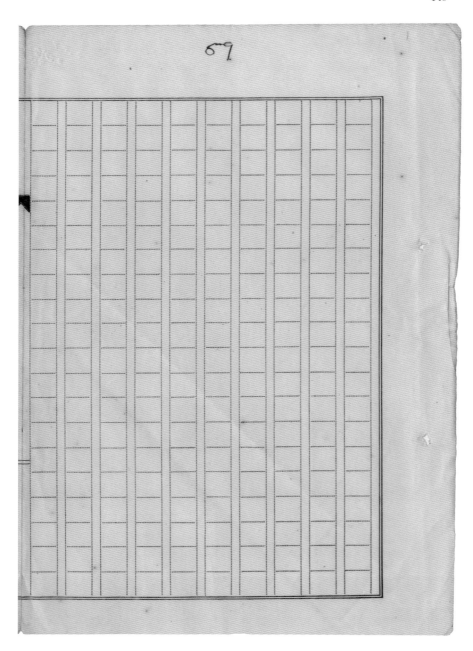

10、20 神田 宮田製

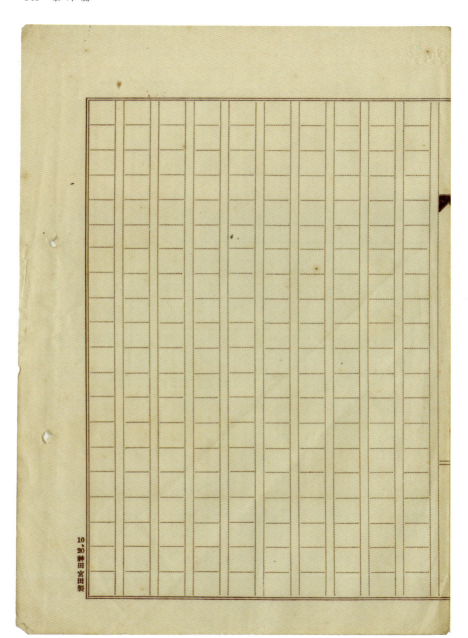

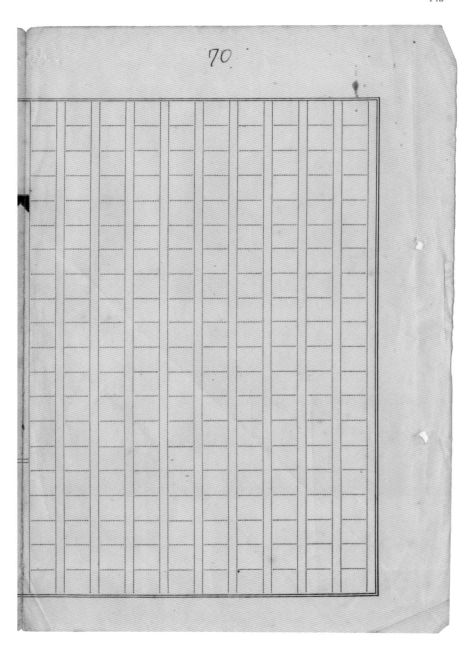

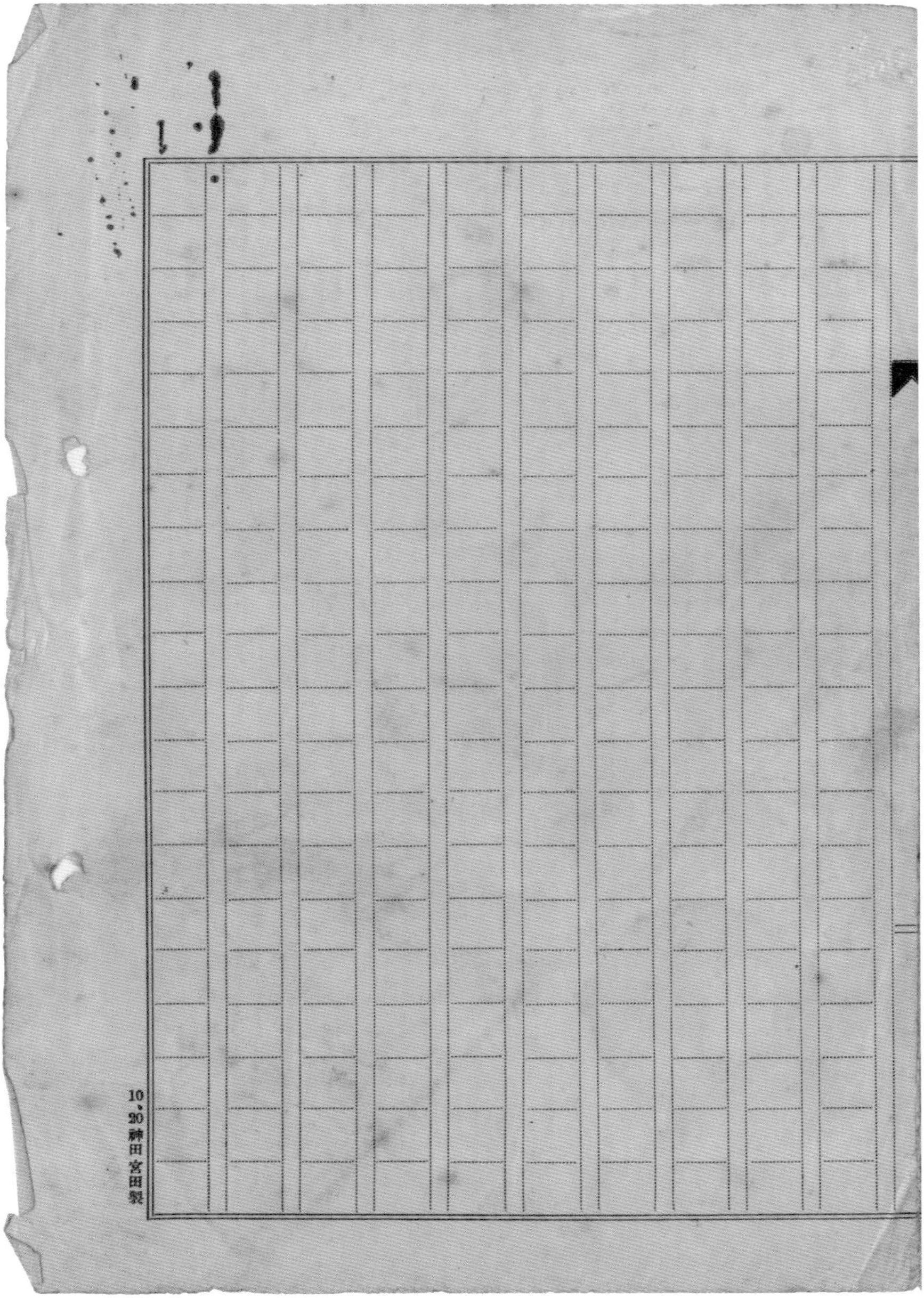

10、20神田宮田製

第一行冒頭の二字を消し、三枚目十一行の十五字につづける（淀野）。

④ ヨドノ

して「あなた」とか「下さい」とか切口上で物を言つた。皆も叔父を尊敬した、私なども冗談一つ云へなかつた。といふのは一つにはその顔が直ぐいらいらした刺々しい顔に変り易かつたからでもあるのだが。それが酒を飲みはじめると掌をかへした様になる。「あの顔！まあいやらしい」よく叔母は彼が口レツがまわらなくなつた舌でとりとめもないことを（それは全然虚構な話が多かつた。）口走つてゐるのを見るといひいひした。顔の相恰はまるで変ってしまってしまりがなくなり、眼に光が消えて鼻から口へかけてのだらしがまるでなく――白痴の方が数等上の顔をしてゐる。私はいつもそう思った。それにつれて皆の態度も掌をかへした様にかわるのだ。叔父の顔があんなにも変ったのも不思議であるが皆の態度があんなにあんなにも変ったのはなほさらの不思議である。

もう一つは弱々しい笑顔――私はこの三つの型を瀬山の顔貌の中に数へることが出来る

④につづく

⑤の一

。彼もやはり酒飲みなのである。然し瀬山の
顔貌はあらましにしても三つではきかない。
全く彼の顔には彼の心と同じ大きな不思議が
ひそんでゐる。
瀬山とても此の世の中に處してゆくこと如丸
で出来ない男ではないのであるが、もともと
彼の目安とする所がそこにあるのではないの
で、と云っておしまひにはその、試驗で云へ
ばきりきりの六十点の生活をあの様にまで渇
望するのだが。全く瀬山は夢想家と云はうか、

5の二の五行目初めにつづく

何と云はうか、彼の自分を責める時程ひねくれて酷なことはなく――それもある時期が来なければそうではないので、またその時期が来るまでの彼のだらしなさ程底抜けのものはまたないのである。

彼は毎朝顔を洗ふことをすらしなくなる。例へば徴兵検査を怠けれたときいても彼にはありそうなことゝ思へる。私は一夜彼の下宿で便壜に黄色い液体が詰められて、それが押入の中に何个もおいてあるのを見た。それは小便

⑥'

6の10行につづく

彼に父はなかつた。父はある官吏だつたのだが派手な生活を送つてかなりの借財と、彼を頭に数人の弟妹――それも一人は妾の子だつたり一人は小間使の子だつたり、みな産褥から直ぐ彼の家にひきとられたその数人の子供をのこして死んだのだつた。その後は彼の母の痩腕一本が瀬山の家を支へてゐた。彼の話によれば彼の母程よく働く人はない、それも精力的なと云ふよりも気の張りで働くので、それもみな一重に子供の成長を楽しみにして、物見遊山をするではなし、身にぼろを下げて機械の様になつて働くといふのである。

私は彼が母から煙草屋をして見やうと思ふがどうだといふ相談をうけたり、宿館の老舗が売物に出たから買はうと思ふのだがとかいふ様な手紙が来てゐたのを知つてゐる。またある手紙は母よりと書いてあるのが消してあて改めて頼山の子と書き直してあつたりした。それは彼をもう子とは思はないといふ彼の親不孝をたしなめた感情的な手紙だつた。

10、20 神田宮田製

(7)'

私は幾人も彼がその母と一緒に一軒一軒借金なしをして歩いたと云ふ話を知つてゐる。然しそれは話だけで一人もその姿を見る機会はなかつたのだ。瀬山の母はそれだけの金を信用して瀬山に渡したりすることは勿論、友人直接に送ることすら危んでゐたらしい。往々其處にさへ詭計が張つてあつたりしたのだから。然しその頃はまだよかつたと云へる。七転び八起き、性もこりもなく母は瀬山の生活の破産を繕つてやつてゐた。

女は質屋から帰つて来る。新らしい窓掛は買つて帰つた。洋服も帰つて来た。私は冬枯れから一足飛びに春になつた彼の部屋の中で、彼の深い皺が伸びて話声さへ麗らかになつたのを見てとる。——けたたましい時計のアラームが登校前一時間に鳴り、彼は佛蘭西製の桃色の練歯磨と狸の毛の歯刷毛とニツケル鍍金の石鹸入を、彼の言葉を借りて云へば、棚の上の音楽的効果である。意装を凝した道具類の配置のハーモニーから取出し、四つに畳ん

10、20神田宮田製

(8) ? 悠一悠

だタオルを手拭籠の中から掴んで洗面場へ進出するのだ。彼はその様な尋常茶飯事を宗教的な儀式的な昂奮を覚えながら――然もそれらの感情が唯一方悠然たる態度となつて現れるのを許すのみで――執行するのだ。

私は瀬山に就てこうも云へる様に思ふ。彼は常に何か昂奮することを愛したのだと。彼にとつては生活が何時も魅力を持つてゐなければ、陶酔を意味してゐなければならなかつたのだ。

然しその朝起きも登校もやがては魅力を失つてゆく。そして彼はまたいつもの陥穽へおち込むのだ。
それにしても彼が最近に陥つた状態は最もひどいものだつた。彼にとつても私にとつても
その京都の高等学校へ入つて三年目、私は三年生にゐたし、彼は二度目の二年生を繰返してゐた。――その時のことである。
私は彼が何故その時々あんなにも無茶な酒をのまなければならなかつたかと考へて見る。

(9′)

或はこうでもなかつたらうか。彼の生活はもう実り的な力に欠けた彼にとつては彌縫することも出来ない程あまりに四離破裂かつたのだ。醒めてゐる時にはその生活の割口が口を真紅にあけて彼を責めてる。彼はその威嚇に手も足も出なくなつて、とうかして其処を逃げ出したいと思つてしまふ。私は彼が常に友達——それも彼の生活が現在とうなつてゐるか知らない様な友達と一緒になりたかつてゐたのを知つてゐる。彼はそれらの群の中では、彼等は様生活に何の苦しみもない様な平然とした態度を装って見たり、（こうでもあったなら！）と思ってゐる状件をそのまゝ着用したり、そしてそれが信用され通用することにある気休めを感じてゐるらしかった。他人の心の中に第二の自己を築きあげる──そのことは彼の性格でもあった。現実の自分よりはまだしも不幸でないその第二の自己を眺めたり、また第二の自己に相等な振舞を演じたりしてせめてもの心やりにし

(10)

てゐた。——その頃は殆ど病的だつたと云へる。彼はよくその意味で失恋した男になりすませたり、厭世家になりすませたりした。

彼にある失恋があつたことはそれより以前に私もきかされてゐた。然し兎も角それはもう織の生きたものだつたのである。然も彼はその記憶に今日の生命を吹き込んでそれに酔払はうとした。彼は過古や現在を通いて、彼の自暴自棄を人目に美しい様に正当化出来るあらゆる材料を引き出して、それを鴉片として、それをハッシュとしやうとしたのだ。
とうとうお終ひに彼の少年時代の失恋が、然
も二つも引き出されて来た。　そして彼はその
引きちぎつて捨てられた昨日の花の花弁で新
うしい花を作る奇蹟をどうやらやつて見せた
のだ。それはかりか、そんなことには臆病な
彼がその中の一人に、恐らくは最初の手紙を
書かうと真面目に思ひ込む様にさへなつたの
だ。
その頃彼はその恋人に似てゐると云ふある藝

(11)

者に出会った。私は彼にそのことをきいたのだ。そして本気になつてその方へ打込んでいった。――私は一体何時彼が正真正銘の本気であるのか全く茫然としてしまふ。恐らく彼自身にもわからないだらうと思ふ。然し一体どんな人間がその正真正銘の本気を持ってゐるだらうか――いや私はこんなことを云はないのではなかった。然し私は、恐らくはどんな人間もそれを持てゐないといふことを彼をつくづく眺めてゐるうちに知る様になるたのだ。

彼はその本気でその藝者に通ひ始めた。私は覚えてゐる。彼はその金を誰々の全集を買ふとか、外国へ本を註文するとか云つて彼の卒業を泳ぎつく様に待ち焦れてゐる気の毒な母親から引き出してゐた。或る時はまた彼の尊敬してゐた先輩から借りてそれに充てゝゐた。

彼がその藝者を偶像化してゐたのは勿論、三味線も弾かせなければ冗談も云はず — それ

(12')

でゐて彼は悲しい歌を！悲しい歌を！と云つて時々歌はせてゐたといふのだが、とにかく話としては唯彼の思つてゐた女が結婚しやうとする。そしてその女はお前によく似てゐる。といふ様なことを粉飾して云ひ云ひしてゐたらしいのである。

私は二三の人を通してそのことをきいてゐた。その中にはその藝者を買ひ名染んでゐた一人もゐた。その男から私はある日こんなことをきいた。

13の十九行目六字へつゞく

―その女子はんがあてに似といやすのや
そうどすえ。――
――わてほんまにあの人のお座敷かなわん
わ――その藝者がその男に瀬山の話をし
たのだそうなのだ。
その瞬間、私は何故か肉体的な憎悪がその男
に対して焔えあがるのを感じた。何故か、何
故か、譯のわからない昂奮が私を捕へた。
その頃から彼は益く私の視野から遠さかつて
行つた。其の後私は彼からその後の種々な話

檸檬　武蔵野書院版　影印

檸檬

六

えたいの知れない不吉な塊が私の心を始終壓へつけてゐた。焦燥と云はうか、嫌惡と云はうか――酒を飮んだあとに宿醉があるやうに、酒を毎日飮んでゐると宿醉に相當した時期がやつて來る。それが來たのだ。これはちよつといけなかつた。結果した肺尖カタルや神經衰弱がいけないのではない。また脊を燒くやうな借金などがいけないのではない。いけないのはその不吉な塊だ。以前私を喜ばせたどんな美しい音樂も、どんな美しい詩の一節も辛抱がならなくなつた。蓄音器を聽かせて貰ひにわざわざ出かけて行つても、最初の二三小節で不意に立ち上つてしまひたくなる。何かが私を居堪らずさせるのだ。それで始終私は街から街を浮浪し續けてゐた。

何故だか其頃私は見すぼらしくて美しいものに強くひきつけられたのを覺えてゐる。風景にしても壞れかかつた街だとか、その街にしても他所他所しい表通りよりもどこか親しみのある、汚い洗濯物が干してあつたりがらくたが轉してあつたりむさくるしい部屋が覗いてゐたりする裏通りが好きであつた。雨や風が蝕んでやがて土に歸つてしまふ。と云つたやうな趣きのある街で、土塀が崩れてゐたり家並が傾きかかつてゐたり——勢ひのいゝのは植物だけで時とすると吃驚させるやうな向日葵があつたりカンナが咲いてゐたりする。

時どき私はそんな路を歩きながら、不圖、其處が京都ではなくて京都から何百里も離れた仙臺とか長崎とか——そのやうな市へ今自分が來てゐるのだ——といふ錯覺を起さうと努める。私は、出來ることなら京都から逃出して誰一人知らないやうな市へ行つてしまひたかつた。第一に安靜。がらんとした旅館の一室。清淨な蒲團。匂ひのいい蚊帳と糊のよく利いた浴衣。其處で一月ほど何も思はず横になりたい。希はくは此處が何時の間にかその市になつてゐるのだつたら。——錯覺がやうやく成功しはじめると私はそれからそれへ想像の繪具を塗りつけてゆく。何のことはない、私の錯覺と壞れかかつた街との二重寫しである。そして私はその中に現實の私自身を見失ふのを樂しんだ。

私はまたあの花火といふ奴が好きになつた。花火そのものは第二段として、あの安つぽい繪具で赤や紫や黄や青や、様ざまの縞模様を持つた花火の束、中山寺の星下り、花合戰、枯れすすき。それから鼠花火といふのは一つづつ輪になつてゐて箱に詰めてある。そんなものが變に私の心を唆つた。

八

それからまた、びいどろといふ色硝子で鯛や花を打出してあるおはじきが好きになつたし、南京玉が好きになつた。またそれを嘗めて見るのが私にとつて何ともいへない享樂だつたのだ。あのびいどろの味ほど幽かな涼しい味があるものか。私は幼い時よくそれを口に入れては父母に叱られたものだが、その幼時のあまい記憶が大きくなつて落魄れた私に蘇つて來る故だらうか、全くあの味には幽かな爽かな何となく詩美と云つたやうな味覺が漂つてゐる。

察しはつくだらうが私にはまるで金がなかつた。とは云へそんなものを見て少しでも心の動きかけた時の私自身を慰める爲には贅澤といふことが必要であつた。二錢や三錢のもの――と云つて贅澤なもの。美しいもの――と云つて無氣力な私の觸角に寧ろ媚びて來るもの。――さう云つたものが自然私を慰めるのだ。

生活がまだ蝕まれてゐなかつた以前私の好きであつた所は、例へば丸善であつた。赤や黄のオードコロンやオードキニン。洒落た切子細工や典雅なロココ趣味の浮模樣を持つた琥珀色やひすい色の香水壜。煙管、小刀、石鹸、煙草。私はそんなものを見るのに小一時間も費すことがあつた。そして結局一等いい鉛筆を一本買ふ位の贅澤をするのだつた。然し此處ももう其頃の私にとつては重くるしい場所に過ぎなかつた。書籍、學生、勘定臺、これらはみな借金取の亡靈のやうに私には見えるのだつた。

ある朝――其頃私は甲の友達から乙の友達へといふ風に友達の下宿を轉々として暮してゐたのだが――友達が學校へ出てしまつたあとの空虚な空氣のなかにぽつねんと一人取殘された。私はまた其處から彷徨ひ出なければならなかつた。何かが私を追ひたてる。そして街から街へ先に云つたやうな裏通りを歩いたり、駄菓子屋の前で立留つたり、乾物屋の乾蝦や棒鱈や湯葉を眺めたり、たうとう私は二條の方へ寺町を下り其處の果物屋で足を留めた。此處でちよつと其の果物屋を紹介したいのだが、其の果物屋は私の知つてゐた範圍で最も好きな店であつた。其處は決して立派な店ではなかつたのだが、果物屋固有の美しさが最も露骨に感ぜられた。果物は可成勾配の急な臺の上に竝べてあつて、その臺といふのも古びた黒い漆塗りの板だつたやうに思へる。何か華やかな美しい音樂の快速調の流れが、見る人を石に化したといふゴルゴンの鬼面――的なものを差しつけられて、あんな色彩やあんなヴォリウムに凝り固まつたといふ風に果物は竝んでゐる。青物もやはり奧へゆけばゆくほど堆高く積まれてゐる。――實際あそこの人參葉の美しさなどは素晴しかつた。それから水に漬けてある豆だとか慈姑だとか。

また其處の家の美しいのは夜だつた。寺町通は一體に賑かな通りで――と云つて感じは東京や大阪よりはずつと澄んでゐるが――飾窓の光がおびただしく街路へ流れ出てゐる。それがどうした譯かその店頭の周圍だけが妙に暗いのだ。もともと片方は暗い二條通に接してゐる街角になつてゐるので、暗いのは當然であつたが、その隣家が寺町通りにある家にも拘らず暗かつたのが瞭然しない。然し其家が暗くなかつたらあんなにも私を誘惑するには至らなかつたと思ふ。もう一つは其の家の打ち出した廂なのだが、その廂が眼深に冠つた帽子の廂のやうに――これは形容といふよりも「おや、あそこの店は帽子の廂をやけに下げてゐるぞ」と思はせるほどなので、廂の上はこれも眞暗なのだ。さう周圍が眞暗なため、店頭に點けられた幾つもの電燈が驟雨のやうに浴せかける絢爛は、周圍の何者にも奪はれることなく、肆にも美しい眺めが照し出されてゐるのだ。裸の電燈が細長い螺線棒をきりきり眼の中へ刺し込んで來る往來に立つてまた近所にある鎰屋の二階の硝子窓をすかして眺めた此の果物店の眺めほど、その時どきの私を興がらせたものは寺町の中でも稀だつた。

一〇

その日私は何時になくその店で買物をした。といふのはその店には珍らしい檸檬が出てゐたのだ。檸檬など極くありふれてゐる。が其の店といふのも見すぼらしくはないまでもただあたりまへの八百屋に過ぎなかつたので、それまであまり見かけたことはなかつた。一體私はあの檸檬が好きだ。レモンエロウの繪具をチユーブから搾り出して固めたやうなあの單純な色も、それからあの丈の詰つた紡錘形の恰好も。——結局私はそれを一つだけ買ふことにした。それからの私は何處へどう歩いたのだらう。私は長い間街を歩いてゐた。始終私の心を壓へつけてゐた不吉な塊がそれを握つた瞬間からいくらか弛んで來たと見えて、私は街の上で非常に幸福であつた。あんなに執拗かつた憂鬱が、そんなものの一顆で紛らされる——或ひは不審なことが、逆說的な本當であつた。それにしても心といふ奴は何といふ不可思議な奴だらう。

その檸檬の冷たさはたとへやうもなくよかつた。その頃私は肺尖を惡くしてゐていつも身體に熱が出た。事實友達の誰彼に私の熱を見せびらかす爲に手の握り合ひなどをして見るのだが私の掌が誰れのよりも熱かつた。その熱い故だつたのだらう、握つてゐる掌から身内に浸み透つてゆくやうなその冷たさは快いものだつた。

私は何度も何度もその果實を鼻に持つて行つては嗅いで見た。それの產地だといふカリフオルニヤが想像に上つて來る。漢文で習つた「賣柑者之言」の中に書いてあつた「鼻を撲つ」といふ言葉が斷れぎれに浮んで來る。そしてふかぶかと胸一杯に匂やかな空氣を吸込めば、ついぞ胸一杯に呼吸したことのなかつた私の身體や顏には溫い血のほとぼりが昇つて來て何だか身

一二

内に元氣が目覺めて來たのだつた。………

實際あんな單純な冷覺や觸覺や嗅覺や視覺が、ずつと昔からこればかり探してゐたのだと云ひ度くなつたほど私にしつくりしたなんて私は不思議に思へる――それがあの頃のことなんだから。

私はもう往來を輕やかな昂奮に彈んで、一種誇りかな氣持さへ感じながら、美的裝束をして街を濶歩した詩人のことなど思ひ浮べては歩いてゐた。汚れた手拭の上へ載せて見たりマントの上へあてがつて見たりして色の反映を量つたり、またこんなことを思つたり、

――つまりは此の重さなんだな。――

その重さこそ常々私が尋ねあぐんでゐたもので、疑ひもなくこの重さは總ての善いもの總ての美しいものを重量に換算して來た重さであるとか、思ひあがつた諧謔心からそんな馬鹿げたことを考へて見たり――何がさて私は幸福だつたのだ。

何處をどう歩いたのだらう、私が最後に立つたのは丸善の前だつた。平常あんなに避けてゐた丸善が其の時の私には易々と入れるやうに思へた。

「今日は一つ入つて見てやらう」そして私はづかづか入つて行つた。

然しどうしたことだらう、私の心を充してゐた幸福な感情は段々逃げて行つた。香水の壜にも煙管にも私の心はのしかかつてはゆかなかつた。憂鬱が立て罩めて來る、私は歩き廻つた疲勞が出て來たのだと思つた。私は畫本の棚の前へ行つて見た。畫集の重たいのを取り出すのさへ常に増して力が要るな！　と思つた。然し私は一冊づつ抜き出しては見る、そして開けては見るのだが、克明にはぐつてゆく氣持は更に湧いて來ない。然も呪はれたことにはまた次の一冊を引き出して來る。それも同じことだ。それでゐて一度バラバラとやつて見なくては氣が濟まないのだ。それ以上は堪らなくなつて其處へ置いてしまふ。以前の位置へ戻すことさへ出來ない。私は幾度もそれを繰返した。たうとうおしまひには日頃から大好きだつたアングルの橙色の重い本まで尚一層の堪え難さのために置いてしまつた。——何といふ呪はれたことだ。手の筋肉に疲勞が殘つてゐる。私は憂鬱になつてしまつて、自分が抜いたまま積み重ねた本の群を眺めてゐた。

　以前にはあんなに私をひきつけた畫本がどうしたことだらう。一枚一枚に眼を晒し終つて後、さてあまりに尋常な周圍を見廻すときのあの變にそぐはない氣持を、私は以前には好んで味つてゐたものであつた。……

一四

「あ、さうださうだ」その時私は袂の中の檸檬を憶ひ出した。本の色彩をゴチャゴチャに積みあげて、一度この檸檬で試して見たら。「さうだ」

私にまた先程の輕やかな昂奮が歸つて來た。私は手當り次第に積みあげ、また慌しく潰し、また慌しく築きあげた。新しく引き抜いてつけ加へたり、取り去つたりした。奇怪な幻想的な城が、その度に赤くなつたり青くなつたりした。

やつとそれは出來上つた。そして輕く跳りあがる心を制しながら、その城壁の頂きに恐る恐る檸檬を据ゑつけた。そしてそれは上出來だつた。

見わたすと、その檸檬の色彩はガチャガチャした色の階調をひつそりと紡錘形の身體の中へ吸收してしまつて、カーンと冴えかへつてゐた。私には埃つぽい丸善の中の空氣が、その檸檬の周圍だけ變に緊張してゐるやうな氣がした。私はしばらくそれを眺めてゐた。

不意に第二のアイデイアが起つた。その奇妙なたくらみは寧ろ私をぎよつとさせた。

――それをそのままにしておいて私は、何喰はぬ顔をして外へ出る。――

私は變にくすぐつたい氣持がした。「出て行かうかなあ。さうだ出て行かう」そして私はすたすた出て行つた。

變にくすぐつたい氣持が街の上の私を微笑ませた。丸善の棚へ黄金色に輝く恐ろしい爆彈を仕掛て來た奇怪な惡漢が私で、もう十分後にはあの丸善が美術の棚を中心として大爆發をするのだつたらどんなに面白いだらう。

私はこの想像を熱心に追求した。「さうしたらあの氣詰りな丸善も粉葉みじんだらう」

そして私は活動寫眞の看板畫が奇體な趣きで街を彩つてゐる京極を下つて行つた。

（大正十四年一月）

翻刻篇

「「檸檬」を含む草稿群」（いわゆる「瀬山の話」草稿）の翻刻について

河野龍也

新発見の三三八〇字

今回紹介する「「檸檬」を含む草稿群」は、梶井基次郎の歿後に見つかった遺稿の一つで、旧友淀野隆三による編集を経たのち、昭和八年十二月一日発行の『文芸』一巻二号に「瀬山の話（遺稿）」のタイトルで発表された。その後、同じく淀野の手になる数度の全集に収録され、梶井の代表作「檸檬」の下書きとして広く知られるようになったものである。しかし、草稿現物の状態や、「瀬山の話」の編集方針について読者が知り得た情報は、これまで極めて限られていた。そしてその草稿も、淀野が筑摩書房版全集で「瀬山の話」を再訂するのに用いて以来、公式には行方が分からなくなっていたのである。ということは、大正十三年秋頃に執筆されたらしいこの草稿群は、当の作者と、淀野ほか身近な友人たち、またその後の旧蔵者を含めてもほんの数名の目に触れただけで、長い間秘蔵されてきたことになる。その幻の草稿を、平成二十三年、実践女子大学は東京神田の八木書店から購入した。一人の作家の誕生と、名作「檸檬」誕生の謎を秘めた草稿群の分析が、執筆から一世紀近い時を経て、今ようやく可能になった。

本草稿群が淀野により最初に活字化された際、編集の意図が強く働いたらしいことは、初出『文芸』の本文末尾に、この遺作には題がないのだが、仮りに「瀬山の話」と附けた。それは同じやうな内容を二枚ほど書き遺した断片に「瀬山の話」と傍題されてゐるのから取つたのである。

と、編者自身が注記していることからもすでに予想されていた。皮つき桜材の美しい文箱の中にまとめて収められていた実物を観察してみると、草稿はまず二系統に分類できることが分かる。梶井の筆跡で「1」から「70」までの通し番号を有する七十枚の草稿一束と（内、66〜70は未使用でノンブルのみ）、淀野によってノンブルが後付けされた断片的な草稿九枚。後者の筆跡は丁寧で、前者における推敲を活かした形跡がある。それで、同一作品の清書稿の断片であることも分かった。

そこで本書では、前者を「一次稿」、後者を「二次稿」と成立順にそってこれらを仮に名づけた。影印の排列もこの分類に従ったのである。また本書では、整頓された活字テクストとしての「瀬山の話」と区別するために、「一次稿」「二次稿」の両者を「「檸檬」を含む草稿群」と総称する。

最初に、草稿との比較で明らかになった淀野版「瀬山の話」の性格、すなわち淀野の編集の実態について簡単に触れておこう。一口に「瀬山の話」と言っても、淀野は戦後の第一次筑摩書房版全集第一巻（昭和34・2）への収録時に再び校訂をやり直しているため、本文には若干の揺れが生じている。だが、現存の草稿（すなわち今回の「「檸檬」を含む草稿群」）を使って、どこにも存在しない「完成形」に可能な限り近づけるという方針に変わりはなかったようだ。推敲は不充分ながら、目指した物語の骨格を窺うに足る「一次稿」をベースに、断片しかないものの完成度の高い「二次稿」をこれに被せる——というのが淀野のやり方だったのである。

亡友にかわって作品を「完成」へと導く淀野の努力の誠実さは、細部まで検討するとよく分かる。彼の編集には抑制が利いており、欄外メモの選択や挿入箇所の指示、草稿の接続具合などには幾分創見が入るものの、梶井のフレーズを勝手に改竄したり、無から有を生じさせたりするさかしらは一切行っていない。だが、興味深いのは、淀野が「完成」を追求する過程で不要と判断した草稿が、未紹介のまま存在したことである。それは「二次稿」の採用によって上書きされてしまった「一次稿」の該当部分で三三八〇字ある。これまで日の目を見ずにきたこの部分こそ、今回の新発見である。

「一次稿」全体は二六一一七字にのぼるから、新発見の草稿はその十三パーセント弱に相当する。もっとも、この削除箇所は「二次稿」の下書きであり、表現の多くは「二次稿」に活かされている。また、「一次稿」のその他の部分にも、「瀬山の話」の表面には出てこなかった梶井の抹消箇所が数多く散らばっている。したがって、今挙げた数字はもちろん「新発見」の一つの目安に過ぎない。が、これまで埋もれていた「瀬山の話」の異稿が見つかったことは、梶井研究にとって極めて大きな発見である。本書の影印によって、読者みずから梶井の推敲箇所を精査され、表現を磨き上げて行く作家の苦闘の痕跡を辿られるならば、この「草稿群」は思いもよらぬ創作の秘密を物語ってくれるに違いない。

翻刻の方針

さて、編集された活字本文がすでに存在する本草稿の場合、その翻刻＝活字化の作業には、「瀬山の話」と違う方法が求められる。「完成形」の予想図ではなく、推敲の状況をありのままに提示することである。しかし、影印版から多くの情報を読み取れる本書では、単に抹消箇所を読み易くするだけにとどまらない工夫が必要になるだろう。逆説めいた言い方をすれば、活字化することによって手書き文書の特徴がはっきり見えてくるような翻刻を目指したい。

そこでまず、翻刻活字は、現行の一般的なフォントのうち最も原文に近いものを採用することにした。活字で表現できない字体（略字・異体字・誤字）や書体（草体）については、標準字形の脇に記号を付して識別する。また、抹消や挿入の指示についても各種の例を記号で区別する。これらは、推敲の段階的なプロセスと関わる可能性があるからだ。

こうしてできあがった本文は必ずしも「読みやすい」ものではないかも知れない。が、それこそが「草稿」の姿なのだとご理解いただき、原稿用紙を使う際の、梶井独特の「癖」を捉えるための基礎データとして、今後の分析の一助になれば幸いである。何といっても本草稿は、ノート以外では梶井の肉筆資料として最大規模のものであり、「書き癖」の豊富な事例を提供してくれる。

翻刻本文は「一次稿」「二次稿」の順にならべた。また二つの草稿の性格を考える上で手がかりとなる重複部分については、別建てで対校テクストを作成し、改変の状況を一目で把握できるように図った。

なお、原作中には今日の観点から不適切な用語も使用されている。しかし、作者が故人であることと、資料の歴史的価値に鑑みて、原文のまま翻刻したことをお許しいただきたい。

次頁より「記号凡例」を示す。

記号凡例

一　字体・書体

この翻刻では、原文の字形に最も近い活字を使用する。活字で表現できない梶井の書き癖は、各字の標準字形の右脇に次の記号を付して識別した。

△＝略字　▲＝草書体　〇＝異体字・特殊字形

二　削除・挿入指定

推敲の際の削除・挿入指定には数通りのものがある。これを次の記号で識別した。

A　削除の部

〈 〉＝一本線　《 》＝二本線　《《 》》＝三本線　《《《 》》》＝四本線

〘 〙＝多数線　【 】＝塗りつぶし　⌒⌒＝水またはインク消し使用

〔 〕＝文字の重ね・消し忘れ（表現に複数の候補が並立して残る箇所）

□＝判読不能・書きかけの文字（予想できる場合は、文字を□で囲った）

B　挿入の部

四角囲い＝挿入先の指示ある欄外メモ。

斜体囲い＝挿入先の指示なき欄外メモ。（「瀬山の話」を参考に本文に組み込んだが、検討の余地がある。）

傍線部＝挿入記号のない行間挿入。

波線部＝挿入記号のある行間挿入。
〔　〕傍線＝削除文字の上に重ね書きされた場合。

三　中止訂正

本草稿の推敲のプロセスは単純ではないが、落筆時の訂正箇所と、後からの手入れで直した箇所とが判別できる場合がある。このうち前者は、梶井が途中まで書いた文章をやめ、別の表現や話題を探った場所である。書きさしの行を放棄して改行を行う場合も多い。これを「中止訂正」と呼び、梶井の「迷い」の重要な痕跡として本文中にマークした。

㊥＝中止訂正（改行を伴う例は、翻刻でも改行する）

四　句読点

梶井が使用する句読点には「。」「、」「˙」と見える三種のものがある。しかし「、」「˙」の見分けがつかないものも多い。ここでは句点を形態で区別して「。」「˙」で表現し、読点は「、」に統一した。

「。」＝丁寧で明確な句点。
「˙」＝走り書きの句点。
「、」＝読点（「˙」に見えるものも含む）

五　誤字・脱字

誤字・脱字・仮名遣いの誤りは可能な限り原文のままとした。ただし、活字で再現できない誤字に関しては、本文を正しい文字で置き換え、その旨を注記した。誤字のままで読解しにくい場合、正しい文字に括弧を付して、適宜ルビとして添えた箇所もある。

六　編集・印刷指定

本草稿には全体にわたって、淀野による編集・印刷の指定がじかに書き込まれている。それはほとんどが鉛筆書きだが、中にはペン・赤ペンを使用した箇所もある。

鉛筆書きにも、現存のものと、消しゴムで消されたものとがある。おそらく消された指定は『文芸』入稿時のもの、現存する書き込みは筑摩版全集入稿時のものにもとづいて、特に編集上重要な箇所に限って書き直したものであろう。現存分は梶井の筆跡と自分（淀野）の筆跡とを明確に区別しており、資料保存にむけての淀野の高い意識を窺わせる。

この翻刻では、残された指定書きはもちろん、消された分についても読みとれる限りは脚注で触れることにした。また、網掛けで表示した箇所は、一次稿のうち淀野が編集指定によって切り捨てた部分、つまり、「瀬山の話」に活かされなかった部分である。新発見の箇所として分かりやすく示した。これついては一次稿と二次稿の対校を作成してあるので参照されたい。

「淀野註」＝本文欄外に現存する淀野の編集・印刷指定。特に断りがない場合は、鉛筆書き。ペンや赤ペンなどの例外は、その旨を注記する。

「鉛筆痕」＝淀野が入稿用に鉛筆で書き込んだ指定で、後に消したもの。

「「檸檬」を含む草稿群」（「瀬山の話」未編集形）翻刻

一次稿[1]（[ ]がついた数字は、各丁に付されたノンブルを示す）

[1][2]

〖銀の鈴。〗

私はその男のことを思ふといつも何▲ともいひ様のない気持になってしまふ。強ひて云って見れば何▲となくあの気持に似てる様でもあるのだが——それは睡眠が襲って来る前の朧朦〔朦朧〕とした意識の中の出来事▲で物事のなだらかな進行がふと意地の悪《の小悪魔にいたづらされて》い邪マに会ふ（一▲体あの歯か〔が〕ゆい小悪魔奴はどんな奴なんだらう。！）。【例へば】こんなことがある。——着物の端に汚ないものがついてゐ【て】る、〈それを

1　一次稿・二次稿を合わせて、「習作16／瀬山の話　オ一稿／大正十三年（一九二四）／神田宮田製20×20／オ一枚目と十四枚とのみ出品」と書かれた茶封筒の一部、および「瀬山の話　七九枚（内半ピラ1、白紙（番号ノミ）5、初稿7枚）」と書かれた「集英社〝S．S全集〟原稿用紙」の刻印がある四百字詰原稿用紙一枚（文字は裏に記載）とともに保存されていた。草稿はすべて「10、20神田宮田製」の刻印がある茶罫四百字詰原稿用紙を使用。柱で二つ折りにされ、綴穴は基本的に各頁（半丁）二穴（一丁の左右に四穴）。

2　[1]はこれだけが、別の原稿用紙（「河出書房原稿用紙」の刻印）で裏打ち補強され、綴穴が塞がれている。冒頭一行アキ。タイトルはなく、二行目に「銀の鈴。」と小題らしき語句があるのを、ペンで消している。

とらうとしてやって見る〉．みんなとった筈だのにまだ破片がついてゐる．怪しみながら《《と》》また何の気なしにとるとやはりついてゐる――〈三三度やってゐるうちに少しあせって来る．私はその朦朧とした意識の中でそれを洗濯する．それでも駄目だ．私は幻の中で鋏をとり出してそこを切取る　しかし汚物の破片は私の逆上をせゝら嗤ひながら依然としてとれずにゐる。私はこの辺でもう小悪魔の意地悪い悪戯を感じる様に此頃はなってゐるのだ。――あゝこの悪戯に業を煮したが最後、どんなに歯がみをしてもその小悪魔のせゝら笑ひ【を】が叩き潰せるものか。要するに絶対不可能なのだ。たゞ『その』ほんの汚物〔を〕の破片をとり去るだけのことが〔。〕！然しそれが汚物ならまだいゝ。相手が人間だ

［2］

った時には、然もそれが《《然も》》現実の人間を相手である時にはどんなにその幻は〈どんなにその幻は〉みぢ〔じ〕めだらう。こちらが二と出れば向ふ〔う〕は三と出る．十と出れば平気で二十と出る．私は《幾度》よくその呪はれ

た幻の格闘で《いまいましい》いまわしい夜を送〈った。〉るのだが。〈まるで地に投げつけられると【段】起き上る度に力が強くなってゐるといふ傳説の〉㊥

まあこの様なことは余計なことなのだ【が】、今も云ふとほり私はその男のことを思ってゆくうちにはきっと、この様な、もう一息が歯がゆい様な、あきらめねば仕方がないと思っては見るもの丶あきらめるにはあまり口惜い様な――苦しい気持を經験するのだ。

そう云って見れば私はこうも云へる様な気がする。一方はその男の〖清純な意欲〗㊥澄み度い気持で《《ある。》》そしてもう一方は濁り度い気持である. と。そして小悪魔〈はこちらについてゐる。〉㊥が味方してゐるのはこちらの方だ。私はこれまで、〔□〕前者の方に《人間の》あらゆる祈願をこめて味方し〔た〕て来た. そしてまたこれからも恐らくはそうであらう〔。〕と思ふ。然し私は

［3］

もう単純には前者に味方する様にはなれなくなった様に思ふ。

仮に名をAとしておかう。[3]

彼の顔付きを記すかはりに、〔端倪〕[4]すべからざる彼の顔面の変り方を述べん。

[5]少し交際った人は誰でもAの顔貌が時によって様々に変るのに驚いてゐる。私の叔父に一人の酒精中毒者がゐたが、私〔は〕が思ひ出す叔父の顔【を思ひ出す度に】には略【顔が】三通りの型があ【った】る様に思ふ。Aの顔貌はあらましにしても三通ではきかない。然し叔父の顔の三つの型。――一つは厳粛な顔であって、酒の酔が醒めてゐる時の顔である。叔父はそんな時には彼の〔叔母〕【女】妻に[6]あなたと云ったのを覚えてゐる。私など冗談一つ云へなかった。然し一つはその顔【は】が直ぐいらいらした刺々しい顔に変化し易かったからである。も一つは弱々しい笑顔だ。どこか〔尻〕尼尾を肢にはさんだ犬の様な。も一つは酒を飲んでゐるときの顔だ。【私は】『あの顔！まあいやらしい。』よく叔母は〔叔父〕父[7]がロレツがまわら〔は〕なく

3　［3］で三ヶ所に登場する主人公の名「A」はどれも「瀬山」に訂正（鉛筆痕）。

4　誤字。

5　行頭に「(1)」（鉛筆痕）

6　淀野註「十一行十六字以下消す（淀野）」。該当部（網掛け）には大きく斜線の鉛筆痕。

7　誤字を訂正。（ロに濁点）

なった舌で、とりとめもないことを。（それは全然虚構な話が多かった。）口走ってゐるのを《見て私に》㊥指して云ひ云ひした言葉だ。

[4]8
顔の相【構】恰は丸で変ってしまって【だらし】しまりがなくなり、眼に光が消えて、鼻や口のあたりのだらしがまるでなく《。》――白痴の方が数等上の顔をしてゐる、私はいつもそう思った。

――その叔父の顔の三つの型を私はやはりAの顔貌の中に数へることが出来る《のである。》―Aもやはり酒飲みなのである。

唯物的な謂ひ方で全く酒が彼に災映した。

Aとても此の世の中に處してゆくといふことが丸で出来ない男ではないのであるが、もともと彼の目安とする處がそこにあるのではないので、と云ってしまひにはその試験で云へはぎりぎりの六十兵の生活をあの様にまで渇望したのだが。全くAは夢想家と云はう【は】か何と云はうか、彼の

8　[4]は右上に「(不採)」の鉛筆痕。また上部左右に小さな穴がある。この穴は[4][7][8][9][10][11][12]にあり、不採用の草稿を一まとめに仮綴じした痕と思われる。筑摩版全集に言う「下書き七枚」か。

自分を▲責めるとき程ひねくれて酷なことはなく、それもある時期にならなければそうではないのだがその時期が来るまでの彼のだらしなさ程底抜けのものはまたないのである．

彼は▲顔を洗ふことをしなくなる。たゞその時

[5][9]

のもの臭な気持で徴兵検査をすっぽかしたときいてもそれが彼なら通常のこと、しか思へない。私は彼の下宿で酒壜に黄色い液体が詰められて押入の中へ入れてあるのを見た。それは小便だったのだ。私はそれが何▲故臭くなるまで捨てられずにおいてあるのだらうと思った。彼はそうする気にならないのである．気が向かないのだ。《臭くて耐へ》㊥

▲然し一▲度嫌気がさしたとなれば彼はそれを捨て去るだけでは承知しないだらう。彼は眞面面になって臭気に充ちた押入を焼き〔放〕拂はうと思ふ【のだ。】にちがひない。彼は片方の▲極端にゐて、その片方の▲極端でなければそれに代へるのを肯じない．背後にあるのはいつも一▲見出来ない相談の厳

9　[5]はノンブルに淀野が鉛筆で「の二」と追加。また淀野註「四行と四字消すべし」。該当部に大きく斜線の鉛筆痕。

挌〔格〕さなのだ。――――いやひよっと、その極▲端に侈〔移〕る気持があればこそあんな生活も送れの[10]ではなからうか。それともそれは最も深く企まれた〈云ひ訳ではな【か】い|〔ら〕|のだらうか。〉㊥

立退きを催促に来る彼の心の中の家主に対する　遁辞ではないのだらうか。

もう〔し〕そ〔さ〕[11]うにし

[6][12]

てもそれは人間△が出来る最高度▲の企みだ．何▲故ならば人間△ならば誰一人それが企みであるとは見破ることは出来そう〔さ〕もない．唯、若しそんなことを云ふのが許されるならば神といふもののみがそれを【照覧】審判するだらう。

彼は後悔する．全くなんでもないことに。[13]

彼は一▲度私にかう云ったことがある。――親といふものは手拭を絞る様なもので、力を入れて絞れば水の滴って来ないことはない。彼は金をとることを意味してゐたのだ。〈彼には父[14]がなかった。父は去〔さ〕る官吏で、派手な

10　「る」の脱字。

11　右行間に淀野「し」（鉛筆）。左行間にも「し」（鉛筆痕）。

12　[6]は後半部（網掛け部）に、大きく斜線の鉛筆痕。

13　次の[7]にあった「後悔」の実例が、「二次稿」の上書きで消されたため、「瀬山の話」ではこの一文が浮いているように見える。

14　淀野註「以下三行は梶井の消し」。

生活を送ったま〻、彼の十七才程のときに亡くなった。彼には兄弟が多かった。それが〉㊥

彼に父はなかった。父は去(さ)る官吏だったのが、派手な生活を送ってかなりの借財と彼を頭に数人の▲弟、――それも一人は妾の子だったり一人は下女の子だったりみな『乳』産褥から▲直ぐ彼の家にひきとられたその数人の兄弟をのこして死んだのだった。

[15]それも彼の話によれば子供〈―殊【の】に彼の〔世〕出世〉㊥の成長――殊に彼の出世ばかりを▲楽しみにしてぼろをさげて、身を機械にして働いてゐる彼の母から強請するのだ。

私は彼が母から煙草店をして見(よ)やうと思ふがどうだといふ相談をうけたり、母よりとかい【た】てそれを消し×××子と書き直してある

[7][16]

縁切れの手▲紙を見たことがある。その様な時だった。彼がその手拭云々の言▲葉を思ひ出して泣き出したのは。〈そんなことを云った〉あ〔とき〕の

15　淀野註「以下七行及び欄外の三行消すべし」。

16　[7]は右上に「(不採)」(鉛筆痕)。左右上部に綴じ穴あり。

ときの自分の顔貌を思って見るのが堪らないと云って。私は幾度もAがその母と一しよに一軒一軒借金なしをして歩いた話を知ってゐる。（私は一度もその姿を見たことはなかった。）．Aの母はそれだけの金を信用してAに渡したりすることは勿論、店へ直接送ることすら危んだのだ。往々其處にさへ詭計が張ってあったりしたのだから。その様にして幾度も幾度も彼は陣を立て直した。本は質屋から帰って来る。新らしい窓かけ【を】は買って貰った。洋服も帰って来た。私は彼の深い皺が伸びて話声【さへ】が麗らかになったのを見てとる。けたたましいアラームが登校一時時前〔間〕に鳴り、彼は佛蘭西製の桃色の練歯磨と狸の毛の歯刷〔刷〕[17]毛とニツケル鍍金の石鹸入を、彼の言葉を借りて云へば（棚の上の音楽的効果）である意装〔匠〕を凝した道具類の配置の（ハーモニー）【を】から取出し

[8][18]

四つに畳ん〔で手拭籠の中に入れてあるタヱルの上に載せて〕だタオルを手拭籠の中から《取出し、》摑んで洗面場へ〔出〕進出するのだ。彼は

17 誤字。

18 [8]は右上に「（不採）」（鉛筆痕）。上部左右に綴じ穴あり。

その尋常茶飯事を宗教的儀式的な昂奮を覚えながら――然もそれらの感情がたゞ一方《その》恬然たる態度となってあらはれるだけを許すのみで――執行するのだ。

私はAについてこうも云へる様に思ふ。彼は常に何か昂奮することを愛したのだと。

彼にとっては生活が何時も魅力を《持っ》持ってゐなければ《いけない》、また陶酔を意味してゐなければいけないのだ。

思へば彼は不思議な男である。㊥[19]

[9][20]

私は彼がこんなことを云ったのを覚えてゐる。――一体俺は此頃何が《俺の》自分の所有してゐる品々だらうと思ふのだ。此の金は俺のものだ。と云った所でそれは無論法律とか何とかの極めてゐるだけのことで、俺とは何の交渉もないものだ。それぢや此の身体はと云へばなる程これこそ俺の所有物だ。一応はその様にも思へるがさて考へて見るとどうも怪しい。

19　この後、八行アキ。

20　[9]は右上に「(不採)」、「草コウへ」、判読不能の消し(すべて鉛筆痕)。左上に丸囲いで「草稿へ」(鉛筆痕)。上部左右に綴じ穴。この冒頭は[8]と繋がりが悪く、筆跡も乱れている。もとは別稿か。

アルコホリスム。

私は彼が何故その時々そんなに無茶な酒をのまなければならなかったかと考へて見る。〈——私の考へは間違ってゐるかも知れない、が然し〉或は〔か〕こうでもなかったらうか。

彼の生活はもう力に欠けた彼自身にとっては彌縫することも出来ない程[21]あまりに四〔支〕[22]離滅裂だったのだ．〈《然し彼は醒めてゐるときには》〉㊥醒めてゐるときにはその生活の創口が口を眞紅に開けて彼を責めたてる．彼はその威赫〔嚇〕に

[10][23]

手も足も出なくなってどうかしてそこを逃げ出したいと思ってしまふ。私は彼が常に友達の傍に『〈ゐたがったり、動物園へ出かけて行ったりしたのを知ってゐる。そして彼はその最後の方法として酒を選んだのだ。〉』『〈彼の心を閉してゐた結氷が温んで割れはじめる．〉』㊥

21　記号により後段から挿入。

22　上部欄外に淀野「支」（鉛筆痕）。

23　[10]は右上に淀野「習作へ」「9…」（判読不能）、左上に「習作へ」（すべて鉛筆痕）。上部左右に綴じ穴。

それもなるべく彼の〈生活の状態〉生活がどうなってゐるの《やら》か知らない様な友達と一緒になり度がったのを知ってゐる。彼はそれらの群の内では、【彼の】生活に何の苦しみもない様な平然とした態度を装ひ、また恐らはぐ（ママ）はそれが彼の（かうでもあったなら！）と思ってゐるコニンクティフであったのだらう――その様なことを喋っては信用して貰ひ度く思ったりしてゐた。私はなる程不幸と云ふものはあの様な男にあってはあの様な段階を經て本当の不幸になって来るのだなと思った。彼は他人の心の中に才二の自己を築きあげて――その現実の自分よりはまだしも不幸でない自分を眺め《る》たり、〈その自分〉㊥

[11][24]

また才二の自分相等な振舞を演じたりして　せめてもの心やりにしてゐたのだ。

〈彼はまた私に対してはこんなことを云ったこともあった。〉㊥

彼はまた失恋した男になり了せたり、厭世家になり了せたりした。《これ

24　[11]は右上に淀野「（不採）」「習作」、左上に「草」（○囲い）（すべて鉛筆痕）。上部左右に綴じ穴。

には私もついうっ》〈かりのせられた。〉㊥彼に或る種の失恋があったことはどうしても事実なのであるが兎も角それはもう黴の生えたものにはちがひなかった。然も彼はその記憶を再び眼の前に呼び戻し新しい生命を吹き込んでそれに酔っ拂はうとしたのだ。彼は過古〔去〕や現【世】在を通じて凡そ今の彼の自暴自棄を人目に美しい様に正当化出来るあらゆる材料を引ずり出して〈《それ》〉〈を燃〔さ〕そうと思ったのだ。〉㊥彼の火の中に投ずる薪としたのだ。とう〔た〕とうおしまひに彼の少年時代の失恋が――然も二つも引出されて来た而[25]も彼はその『枯れ』引千切って捨てられた花《を》〈また寄せ集めて〉㊥弁で昨日の花を作る奇蹟をどうやらやって見せたのだ。

[12][26]

彼の失恋がどんなものだったか私は委しくは知らないのだが――彼はとう〔た〕とうその中の一〔つ〕人の失恋の対象に手紙を出そう〔さ〕と《思》眞面目に思ひ込む様になった〔。〕のだ！

25　「。」脱落。

26　［12］は右上に淀野「（トラズ）」「草稿へ」（鉛筆痕）。上部左右に綴じ穴。この丁にはほとんど直しがない。

私は知ってゐるその[27]頃彼は昨日の恋人に似てゐると云ふある藝者に出会った。私は彼にそのことをきいたのだ．本気であったのかどうなのか――私は一体何時彼が正眞正銘の本気であるのか全く茫然としてしまふのだ。恐らく彼自身にもわからないだらう。然し一体どんな人間がその正眞正銘の本気を持ってゐるだらうか。――いや私はこんなことを云ひ度いのではなかったのだ。然し私は恐らくはどんな人間も混り気なしの本気を持てゐないといふことを　Aをつくづく眺めてゐるうちに　知る様〔な〕になって来たのだ。

彼は彼の本気でその藝者に通ひ始めた。

私は覚えてゐる．彼はその金をけん微鏡[28]を買ふとか、外国の本を註文するとか云って、彼の卆業を泳ぎつく様に待ち焦れてゐる気の毒

[13][29]

な母親から引出してゐたのだ。また彼が尊敬してゐたある先輩から借りたりしてゐた。

27　「。」脱落。

28　誤字を訂正。

29　[13]は右上に淀野「（トラズ）」「草」（○囲い）（鉛筆痕）。淀野註「十九行五字目まで消すべし」。該当部に大きく斜線の鉛筆痕。

私は彼がその藝妓を偶像化して三味線も弾かせなければ冗談も云はず（それでゐて彼は悲しい歌を！　悲しい唄を！と云って時々歌はせたといふ。）唯彼が思ってゐた女が結婚してゆく、その女はお前に生き写しだ！といふことを粉飾して云ひ云ひしてゐたらしいのである。

――その女子はんがあてに似といやすのやそう〔さ〕どすえ。――とその藝妓はある男に云った。

[30]――わてほんまにあの人の御坐敷かなわ〔は〕んわ――とまた云ってゐた。

――と云ふことを私はその男からきかされたのだ。何故か私はその男に生理的な憎悪をその瞬間[31]經験した。

その頃彼は益々私の視野から離れてしまったのであるがその後の話しで私はその時の挿話といふもの[32]をきかされたのを記憶してゐる．やはりその挿話もその時には彼の語るが為[33]のものになっ

[14][34]

てゐたことは間違はないのだ。

30　上部欄外に「中…」（判読不能の鉛筆痕）。

31　誤字を訂正。

32　「の」（鉛筆痕）。

33　「ため」（鉛筆痕）。

34　[14]は右上に「習作」（○囲い）（鉛筆痕）。

私は今その挿話を試みに一人称のナレイションにして見て彼の語り振りの幾分かを彷彿させせ〔よ〕やうと思ふ。

××××× 35

檬〔檸檬〕檬36。

恐ろしいことには私の心の中の得体の知れない嫌厭といはうか、焦燥といはうか、不吉な塊が——重くるしく私を壓してゐて、私にはもうどんな美しい音楽も　美しい詩の一節も辛抱出来ないのが其頃の有様だった。全く辛抱出来なかったのだ．——蓄音器をきかせて貰ひにわざく出かけても——最初の二三小節で不意に立ち上ってしまひ度くなる【のだ。】。〈それでゐて新聞の三面など読んでゐても下らない記事に直ぐ感動したりして鼻を膨ますことが実に屢々あった．〉37 それで四常〔始終〕38私は街【を】から街へ彷徨を続けてゐたのだ。何故だか其頃39私は見すぼらしくて美しいもの《を》に強くひきつけられたのを覚えてゐる。

35　上部欄外に「二行」、上三つの「×」を右行間に「*」と訂正、下二つの「×」に削除指示（鉛筆痕）。

36　「檬」の前に「檸」（鉛筆痕）。

37　淀野註「梶井の消し」

38　「始」（鉛筆痕）。

39　「その」（鉛筆痕）。

［15］[40]

風景△にしても壊れかゝ[41]った街だとか、その街にしても表通りを歩くより裏通りをあるくのが好[42]だったのだ。裏通りの空樽が轉▲ってゐたり、しだらない部屋が汚い洗濯物の間から見え△てゐたり——田圃のある様△な場末だったら田甫（ママ）の畔を傳▲ってゐるとその【裏】空地裏の美が轉▲ってゐるものだ。田圃の作物の中でも黒い土の中からいぢこけて生えてゐる大根葉▲が好きだった。

私[43]はまたあの花火といふ奴が好きになった。花火ものもの〔そ〕[44]は才二段として、あの安っぽい絵具が紙▲の一端に塗ってあって、それが花火にすると螺蜁〔旋〕[45]状にぐるぐる巻になってゐるのだ。▲[46]本当に安っぽい絵具で、赤や紫や青や、鼡花火と云ふ火をつけるとシュシュ[47]と云ひながら地面を這ひまわる〔は〕[48]奴などが一ぱい箱に入ってゐるところなど変に私の心を唆ったのだ。私はまたあのびいどろと云ふ色硝子で作ったおはじきが好きになったし、南京玉がすきになった。それをまた私は嘗めて見るのが何▲と

40　［15］は右上に淀野「習作」（○囲い）、冒頭に「別行ニ非ズ（前ニスグ續ク）」とある（すべて鉛筆痕）。
41　「か」（鉛筆痕）。
42　右行間の「き」は淀野。
43　「一字サゲ」（鉛筆痕）。
44　「そ」（鉛筆痕）。
45　誤字。「線」（鉛筆痕）。
46　「ほんたう」（鉛筆痕）。
47　「ュ」二つに○印（鉛筆痕）。
48　「は」（鉛筆痕）。

[16][49]

も云へない享楽だったのだ。あのびいどろの味程幽かな涼しい味があるものか。私は小さい時よくそれを嘗めて父や母に叱られたものだが——その幼時の記憶が蘓〔蘇〕[50]て来るのか知ら、それを嘗めてゐると幽かな爽かな詩美といった様[51]な味覚が漂って来るのだ。

察[52]しはつくだらうが金といふものが丸[53]でなかったのだし。——私の財布から出来る贅澤には丁度持って来いのものなのだ。そうだ外でもない、〔さ〕[54]それの廉價といふことが、それにそんなにまでもの愛著を感じる要素だったのだ．——考へて見てもそれが一円にも價するものだったら、恐らくその様[55]な美的価値は生じて来なかったゞらう。恐らく私はそれを金のかゝる道具同様《軽蔑したのに》[56]何等楽味を感じなかったに[57]相違ない。

私[58]はこうきいてゐる．〔か〕[59]金持の婦人はある衣裳が何円だときいて買はなかった。然しそれがそれの二倍も三倍もの價に正札がつけかへられて慌てゝ買った。また骨董品などゝ云ふものも値段の上下がその品質の高下を左

49　[16]は右上に「習作」（○囲い）（鉛筆痕）。

50　「蘓」に削除指定（鉛筆痕）。右行間にペンで「蘇」。欄外淀野註「蘇（淀野）」。

51　「やう」（鉛筆痕）。

52　「一字サゲ別行」（鉛筆痕）。

53　「まる」（鉛筆痕）。

54　「さ」（鉛筆痕）。

55　「やう」（鉛筆痕）。

56　後段に「馬鹿にするのでは決してない」とあるための訂正だろう。

57　挿入記号は淀野（鉛筆痕）。

58　「一字サゲ別行」（鉛筆痕）。

59　「か」（鉛筆痕）。

右する

[17][60] 傾▲きがありはしまいか。私はそれを馬鹿○にするのでは決してない．唯それが私の場合と同様△なしかも〈反対の方向を持った〉対蹠的な場合として面白く思ふのだ。

私[61]はまた安線香がすきだった．

それも◯◯香とかいてあるあの上包みの色が私【が】を|誘惑【を】し|たのだ．[62]それに才一、線香の匂ひがどんなにいゝものだかは君も知ってゐるだらう。

[63]――それで[64]檬楹〔檸檬〕の話なのだが、私はその日も例の通り友人の學○校へ行っ〖た〗て|しまって私一人ぽつねんと取残された友人の下宿からさまよひ出したのだ。街から街へ――さっきも云った様[65]な裏街を歩いたり駄菓子屋の前で、極▲りわるいのを辛抱して悪いことでもする様[66]に廉▲價な美を捜したり。

――然▲し何▲時も何▲時も同△じ物にも倦きが来る．ある時には乾物屋の乾蝦や

60　[17]は右上に「習作」（○囲い）（鉛筆痕）。

61　「別行一字サゲ」（鉛筆痕）。

62　鉛筆の「。」は淀野。

63　「別行一字サゲ」（鉛筆痕）。

64　「檬」の前に「檸」（鉛筆痕）。

65　「やう」（鉛筆痕）。

66　「やう」（鉛筆痕）。

棒鱈を眺めた〔し〕り|して歩いてゐたのだ。

私[67]【は】が|果物店を美しく思ったのは何▲もその頃▲に始まったこと|[68]ではなかったのだが私はその日も

［18］[69]

果物店の前で足▲を留めたのだ。私は果物屋にしても並べ方の上手な所と下手な所をよく知ってゐた。どうせ京都だしロクな果物屋などはないのだが――それでもい丶店と悪い店の違[70]はある。然▲しそれが並べ方の上手下手、[71]▲正確に云へばある美しさが感ぜられる所と〔さ〕[72]そうでない所と――それの区別には決してならないのだ。私は寺町二条の角にある果物店が一等好き○だった。あすこの果物の積み方▲はかなり急な〔匂〕[73]勾配の台の上に――それも古びた[74]黒い漆塗りの板だったと思ふ――こんな形容をしてもい丶か知ら[75]．[76]▲何か美しい華○やかな音楽▲のアレグレット[77]の流れが――若しそんな想像が許されるなら、人間△を石に化するゴルゴンの鬼面――的なものを差しつけられて、あんな色彩やあんなヴォリウムに【なっ】凝り固ま〔た〕っ|たといふ風△に

67　「別行一字サゲ」（鉛筆痕）。
68　右行間の「こ」はペン書き。梶井か淀野か不詳。
69　［18］は右上に「習作」（○囲い）（鉛筆痕）。
70　「ひ」の挿入（鉛筆痕）。
71　「、」を強調、空欄削除（繋ぎ）の指定（鉛筆痕）。
72　「さ」（鉛筆痕）。
73　「匂」（鉛筆痕）。
74　「、」（鉛筆痕）。
75　「い」（鉛筆痕）。
76　「。」の強調（鉛筆痕）。
77　「ッ」に○（鉛筆痕）。

堰きと〔□〕められてゐるのだ。も一つはあすこでは例の一山何戔の札がたて、ないのだ。私はあれは邪魔になるばかりだと思ふ。青物【は】がやはり匂配の上におかれて

［19］

あったがどうかは疑はしいが、然し奥へゆけばゆく程高く堆くなってゐて、――実際あ〔る〕の人参葉の美しさなどは素ばらしかった。それから水につけてある豆だとかくわゐだとか.

〈それにその家の果物の〉【美】㊥

それにそこの家では――もう果物店としてはありふれた反射鏡が果物の山の背に傾き加減にたて、あるのだ。――その鏡がまた粗悪極まるもので果物の形がおびた〻しく歪んでうつる【のだ。】――それが正確な鏡面で不確な影像を映すよりどれだけ効果があるかわ首肯出来るだらう.

そこの店の美しさは夜が一番だった。寺町通は一体に賑かな通りで《《みな》》飾窓の光がおびた〻しく流れ出してゐる〔:〕がどういふ訳かその店

78 「め」（鉛筆痕）。
79 「て」（鉛筆痕）。
80 「勾」（鉛筆痕）。
81 「ほど」（鉛筆痕）。
82 「。」（鉛筆痕）。
83 行削除（繋ぎ）の記号（鉛筆痕）。
84 「別行一字サゲ」（鉛筆痕）。
85 誤字を訂正。「鏡」（鉛筆痕）。
86 「て」（鉛筆痕）。
87 誤字を訂正。「鏡」（鉛筆痕）。
88 「。」とダッシュを省く繋ぎの記号（鉛筆痕）。
89 誤字を訂正。
90 「か」挿入（鉛筆痕）。
91 「は」（鉛筆痕）。
92 「。」（鉛筆痕）。
93 「一字サゲ別行」（鉛筆痕）。

頭▲のぐるりだけが暗いのだ．――一体角の家のことでもあ《《るし》》って94
その一方は二条の淋しい路だから素95より暗いのだが、《《もう》》寺町通り
にある方の〔方〕片|96端はどうして暗かったのかわからない。然▲しそれが暗
くなかったらあんなにも

［20］

私を誘惑するには至らなかっただらう。も一つはそこの家の庇なのだが、
――その庇が眼深にかぶった鳥打帽の庇の様97にかなり垂れ下ってゐる．
――そしてその庇の上側、――その家の二階に当る所【は】からは燈が射
して来ないのだ。その為にその店の果物の色彩は店頭に▲二つ程98裸のまゝで99
点けられてゐる五十燭光程100の光線を▲101浴びる様102にうけて――暗い《《額縁の
中で》》やみの中に烆〔絢〕103▲爛と光ってゐるのだ。丁▲度精巧な照明技師が△こゝぞ104
とばかりに照明光線▲をなげつけたかの様に。＊105細長い硝子の螺〔旋〕106蜁棒をきり
きり【射】さしこむ様に電燈が暗い大道▲に射出してゐるのだ．107
108これもつけたりだがその果物店の景色はあの鎰屋茶舗の二階から見るとそ

94　「〵」挿入（鉛筆痕）。
95　「元」（鉛筆痕）。
96　消して「片」に書き直し（鉛筆痕）。
97　「やう」（鉛筆痕）。
98　「ほど」（鉛筆痕）。
99　「ま」（鉛筆痕）。
100　「ほど」（鉛筆痕）。
101　糸偏に鉛筆で淀野の直しあり。
102　「やう」（鉛筆痕）。
103　誤字。「絢」（鉛筆痕）。
104　「こ」（鉛筆痕）。
105　行間の「＊」に赤丸のマーク。淀野による欄外メモ挿入の指示と思われ、欄外につなげる矢印の鉛筆痕あり。
106　誤字。
107　欄外メモには（　）と一本線で削除された鉛筆痕あり。『文芸』初出本文はこのメモを採用しておらず、この時の校訂と考えられる。
108　「別行一字サゲ」（鉛筆痕）。

れもまたい丶・[109]私は〖よく〗鎰屋の二階の硝子戸越しにあの暗い深く下された果物店の廂は忘れることが出来ない。〈とこ〉㊥

[110]ところで私はまた序説が過ぎた様だ。

実[111]はその日何▲時ものことではあるし〔□〕す|るので別に美しくも思はなかったのだが私はなにげなく店▲頭を物色したのだ。そして私は其處○に

[21][112]

其處○の家にはあまり見かけない檬榲〔檸檬〕[113]がおいてあるのを見つけた。――檬榲〔檸檬〕

など[114]は極▲ありふれてゐるがその果物屋といふのも実は見▲すぼ〔ぼ〕[115]らしくはないまでも極▲[116]あたり前の八百屋だったのだから、そんなものを見付けることは稀だったのだ。

大[117]▲体私はあの檬榲〔檸檬〕[118]が好きだ。レモンヱローの絵具をチューブから絞り出して固めた様な、[119]あの單純な色が好きだ. それからあの紡綞〔錘〕[120]形の恰構〔好〕[121]も。それで結▲局私は其家[122]で例の廉価な贅▲沢を試みたのだ。

私[123]の其頃▲が例の通りの有様だったことをそこで思ひ出して欲しい。[124]《その

109 「◦」（鉛筆痕）。

110 「別行一字サゲ」（鉛筆痕）。

111 「別行一字サゲ」（鉛筆痕）。

112 [21]は右上に「作」（○囲い）（鉛筆痕）。

113 「檬」の前に「檸」（鉛筆痕）。二字目に鉛筆で淀野の消し。

114 「檬」の前に「檸」、二字目に削除指定（鉛筆痕）。

115 鉛筆の濁点は淀野。

116 「く」挿入（鉛筆痕）。

117 「一字サゲ別行」（鉛筆痕）。

118 「檬」の前に「檸」、二字目に削除指定（鉛筆痕）。

119 「やう」（鉛筆痕）。

120 「錘」（鉛筆痕）。

121 「好」（鉛筆痕）。

122 「の」挿入（鉛筆痕）。

123 「別行」（鉛筆痕）。

124 「そして」に繋ぐ記号（鉛筆痕）。

最も優れた藝術なるものさへ辛抱出来なる様な》そして私の気持がその檬檬〔檸檬〕の一〔箇〕顆で《ふと》思ひがけなく救はれた、兎に角数時間のうちは《救はれた》まぎらされてゐた。――といふ事実〔に〕が、『一見』逆説的な本当で《《情なくも、》》あったことを首肯して欲しいのだ。それにしても心といふ奴は不可思議な奴だ！㊥

［22］

《私はその時分》㊥
オ一そのレモンの冷たさが気に入ってしまったのだ。その頃私は例の肺尖カタルのためにいつも身体に熱があった。〔そ〕――事実友達の誰彼に私の熱を見せびらかす為に手の握り合などをしたのだが私の手が誰のよりも熱かった。その熱い故だったのだらう、〈私はいつまで【も】握ってゐても〉握ってゐる掌から身内に染み透ってゆく様なその冷たさは快いものだった。㊥
私は何度も何度もその果実を鼻に持ってゐ〔い〕った。――それの産地の加リ

125　「檬」の前に「檸」、二字目に削除指定（鉛筆痕）。
126　「が」（鉛筆痕）。
127　「ほんたう」（鉛筆痕）。
128　「、」に鉛筆で淀野の削除指定。
129　この後、一行アキ。アキ行の削除記号と「ツメル」の指定（鉛筆痕）。
130　「別行」（鉛筆痕）。
131　「檸檬」（鉛筆痕）。
132　特殊字形を訂正。
133　「(二字分)」（鉛筆痕）。
134　「熱」はこれのみ標準字形。［22］の他の三例及び［34］の一例はすべて特殊字形。
135　「ため」（鉛筆痕）。
136　「ひ」挿入（鉛筆痕）。
137　特殊字体を訂正。
138　特殊字形を訂正。
139　「①△」（鉛筆痕）。
140　「②△へ」（鉛筆痕）。
141　「やう」（鉛筆痕）。
142　次行から挿入。
143　「別行」（鉛筆痕）。
144　「い」（鉛筆痕）。
145　「カ」（鉛筆痕）。

ホルニヤなどを思ひ浮べたり、中学校の漢文教科書[146]〔の〕で習った賣▲柑者之言．の中に書いてあった、「鼻を撲つ」といふ様[147]な言葉▲を思ひ出したりしながら．ふかぶかと胸一張に〔杯〕[148]匂やかな空気を吸込んだりした。――[149]その故か身体【が】や顔▲〔が〕に[150]【快い】温い血のほとぼりが早〔昇〕[151]ったりした。そして元気が何だ▲か身内に湧いて来た様な気がした。

[152]――実際あんな單純な冷覚や触覚▲や嗅覚▲や視覚が――ずっと昔からこればかり探してゐた

[23]

のだと云ひ度▲[153]くなる位、私にしっくりしたなんて――それがあの頃▲のことなんだから。

私[154]は往来を軽▲やかな昂奮に弾（ハズ）[155]んで、【ほ】誇りかな気持さえ〔へ〕[156]感じながら。

――《《昔の》》大輪の向日葵を胸にさ〔□〕して《《歩いた》》▲街を濶△歩した昔の詩人などのことを思《《ひながら》》ひ出したりして歩▲いてゐた。汚れた手拭の上へのせて見たり、将〔校〕[157]行マントの上へ載せて見たりして色の反

146　「漢文」に挿入記号（鉛筆痕）。
147　「やう」（鉛筆痕）。
148　「杯」（鉛筆痕）。
149　「二字分」（鉛筆痕）。
150　「に」（鉛筆痕）。
151　「昇」（鉛筆痕）。
152　「別行」（鉛筆痕）。
153　「た」（鉛筆痕）。
154　「別行」（鉛筆痕）。
155　ルビに削除指定（鉛筆痕）。
156　「へ」（鉛筆痕）。
157　「校」（鉛筆痕）。

映を量って見たり、こんなことをつぶやいたり。[158]——[159]〈すべて〉つまりは此[160]の重さなんだな。——その[161]重さこそ私〈は〉が常々尋ねあぐ[162]【んだり】[163]でゐたものだとか、[164]疑ひもなくこの重みはすべての善いもの美しいもの[165]となずけ[166]〔づ〕られたものを——重量に換算して来た重さであるとか、——思ひ上った諧詼[167]〔諧謔〕心からそんな馬鹿気た様[168]なことを思って見たり、何▲がさて上機嫌だったのだ。

舞[169]台は換[170]って丸善になる。

其[171][172]▲頃私は以前あんなにも繁く足▲踏した丸善から丸切り遠ざかってゐた。本▲を▲買ってよむ気もしないし、本▲を買▲ふ金がなかったのは[173]勿論、

［24］

何▲だか本▲の背皮や金文字や、その前に立ってゐる落[174]ついた学《者》生の顔▲が何▲だか私を脅かす様な気がしてゐたのだ。

以[175]前は金のない時でも本▲を見▲に来たし、それに私は丸善に特殊な享楽▲をさへ持ってゐたものなのだ。それは赤いオードキニンやオードコロンの壜や、

158　別行指定（記号のみ）（鉛筆痕）。
159　「二字分のオモテゲ」（鉛筆痕）。
160　「こ」（鉛筆痕）。
161　「別行」（鉛筆痕）。
162　「ん」挿入（鉛筆痕）。
163　右行間に「ん」と書いて消し。淀野か。
164　「とか」に挿入記号（鉛筆痕）。
165　「、」（鉛筆痕）。
166　「づ」（鉛筆痕）。
167　「諧謔」（鉛筆痕）。
168　「やう」（鉛筆痕）。
169　「別行」（鉛筆痕）。
170　「変」（鉛筆痕）。
171　「別行」（鉛筆痕）。
172　「その」（鉛筆痕）。
173　「は」に挿入記号（鉛筆痕）。
174　「ち」挿入（鉛筆痕）。
175　「別行」（鉛筆痕）。

《水晶まがひの硝子[176]〘を〙で持〔以〕って種》〈々美しい形〘に〙を造ってある香水の壜を見ることだったのだ。〉

洒落たカットグラスの壜や、ロコ、[177]趣味の浮し[178]模様のある典雅【が】な壜の中に入ってゐる、琥珀色や薄い翡翠〔翡翠〕[179]色の香水を見に来ることだったのだ。

そんなものを硝子戸越に眺めながら、私は時とすると小一時間も時を費した事[180]さへある。[181]

私[182]は家から金がついた時など買《《ひは》》ったことはほんの稀だったが、高價な石鹸や、マドロス煙管や小刀などを一気呵成に【買】眼をつぶって買はうと身構へる時の、【何】壮烈な様な悲壮な様なあの気持を味ふ遊戯を試るのも其所[183]だった。〈そして物足らない様な安慰を抱いて此次を期する. 私は二三度も私にとっては小〔少し〕き広すぎ〉

[25]

〈る溝渠を跳越すために遮二無二突進して、急に気が折れて危く止まる〉

㊥

176 「洒落た」まで繋ぎ記号（鉛筆痕）。

177 「ココ」（鉛筆痕）。

178 「か」挿入（鉛筆痕）。

179 左行間の「翡翠（ママ）」は淀野か。

180 「こと」（鉛筆痕）。

181 この欄外書入の挿入箇所指定は淀野か。「翡翠（ママ）」と同筆と考えられる。

182 「別行」（鉛筆痕）。

183 「処」（鉛筆痕）。

それに私には畫の本を見る娯しみがあったのだ。《然▲し私》　然▲し私はその日頃▲もう畫の本[184]▲に眼をさらし終っ[185]て後、[186]さてあまりに尋常な周囲をみま〔は〕[187]わす時の変にそぐはない心持を《忘け〔れ〕かけて》[188]もう永い間経▲験せずにゐたのだった。

然▲[189]し変にその日は丸善に足▲が向いた〔。〕のだ。[190]

然▲[191]しそれまでだった。丸善の中へ入るや否や私は変な憂【愁】欝[192]が段々【襲】たてこめて来るのを感じ出した。香〔の〕水の瓶にも、[193]▲管にも昔の様[194]な執着は感ぜられなかった。私は畫帳の重たいのを取り出すのさへ常に増して力が要るな、と思ったりした。それに新▲しいものと云っては何▲もなかった。たゞ少[195]なくなってゐるだけだった。然▲し私は一冊づ、[196]抜き出しては見る.――そしてそれを開△けては見▲るのだ――然▲し克[197]明にはぐってゆく気持は更に湧かない。《《のだ.》》

然▲[198]も呪はれたことには私は次の本▲をまた一冊抜かずにはゐられないのだ。

また《それも》呪は

184　「の」（鉛筆痕）。
185　「終っ」に挿入記号（鉛筆痕）。
186　「、」に挿入記号（鉛筆痕）。
187　「は」（鉛筆痕）。
188　「もう」に挿入記号（鉛筆痕）。
189　「別行」（鉛筆痕）。
190　「のだ。」が先か「。」が先か。
191　「別行」（鉛筆痕）。
192　誤字を訂正。
193　「煙」挿入（鉛筆痕）。
194　「やう」（鉛筆痕）。
195　「だ」（鉛筆痕）。
196　「づ、」に挿入記号（鉛筆痕）。
197　「し」（鉛筆痕）。
198　「別行」（鉛筆痕）。

［26］

れたことには一度▲バラバラとやって見なくて▲は気がすまないのだ。それで
堪▲らなくなってそこへ置く▲[199]《後へ戻》以前の位置▲へ戻△すことさへ出来ない
のだ。――そう〔さ〕[200]して私は日頃▲大好きだったアングルの橙色の背皮の重い本▲
まで、尚一層の堪▲〔へ〕[201]え難さのために置▲いてしまった。手【に】の筋肉に疲労
が残▲ってゐる。――私は不愉快気に《《自分の前に△》》たゞ積▲[202]み上げる為に、[203]
【積み▲】[204]引き抜いた本▲の群を眺めた。
その[205]時私は袂の中の檸檬〔檸檬〕[206]を思ひ出した。
本▲[207]〔を〕の|[208]色彩をゴチヤゴチヤと積▲み上げ一度▲この|[209]檸檬〔檸檬〕[210]で試して見たら
と自然▲に私は考へついた。
私[211]にまた先程の『昂奮に』軽▲やかな昂奮が帰って来た。私は手当り次才に
積▲みあげまた慌しく潰▲し、また築きあげた。新▲らしく引き抜いてつけ加へ
たり　削りとったりした. 奇▲怪な幻想的な城廓が《出来上った。》
その[212]度▲に赤くなったり青くなったりした。

199　「、」挿入（鉛筆痕）。

200　「さ」（鉛筆痕）。

201　「へ」（鉛筆痕）。

202　「ただ」（鉛筆痕）。

203　「ため」（鉛筆痕）。

204　「、」に削除指定（鉛筆痕）。

205　「別行」（鉛筆痕）。

206　「檬」の前に「**檸**」、二字目に**消し**（淀野赤ペン）。淀野註「訂正（淀の）」。以下、赤字によるものをゴチック体で示す。

207　「**別行**」（淀野赤ペン）。淀野註「指定（淀野）」。

208　「**の**」（淀野赤ペン）。

209　「この」に**挿入記号**（淀野赤ペン）。

210　「檬」の前に「**檸**」、二字目に**消し**（淀野赤ペン）。

211　「**別行**」（淀野赤ペン）。

212　**繋ぎの指定**（淀野赤ペン）。

私[213]はやっ〔て〕と、[214]もうい、、これで上出来だと思った。そして軽▲く跳り上る心を制しながら

[27][215]

その城壁の頂▲きに恐る恐るすえ〔ゑ〕[216]つけた.

それ[217]も上出来だった。

見[218]わたすと、その檬椹〔檸檬〕[219]の單色はガチヤガチヤシタ〔した〕[220]色の階調を、ひっそりと紡綞〔錘〕[221]形の身体の中へ吸收してしまって、輝▲き渡り、冴えかへってゐた。私には、埃っぽい丸善の内の空気がその檬椹〔檸檬〕[222]の周囲だけ変に緊張してゐる様[223]な気がした。私が事畢れり〔ママ〕[224]と云ふ様[225]な気がした。

《私は》[226]【その途端私は】自分に起った奇▲▲妙なアイデアに思はず微笑まされた。然▲し私は[227]次に起った尚一層[228]奇▲妙なアイデヤ[229]には思はず[230]〈微笑まずにはゐられなかった.〉㊥ぎょっとした。私はそのアイデイアに惚れ込んでしまったのだ。

〔そして〕[231]私は丸善の書棚の前に黄金色に輝く爆彈を仕掛に来た〔。〕[232]——

213　「別行」（淀野赤ペン）。
214　「と」（淀野赤ペン）。
215　右上に淀野註「校訂（淀野）」。
216　「ゑ」（淀野赤ペン）。
217　「別行」（淀野赤ペン）。
218　「別行」（淀野赤ペン）。
219　「檬」の前に「檸」、二字目に消し（淀野赤ペン）。
220　「した」（淀野赤ペン）。
221　「錘」（淀野赤ペン）。
222　「檬」の前に「檸」、二字目に消し（淀野赤ペン）。
223　「やう」（鉛筆痕）。
224　「に」（淀野赤ペン）。
225　「やう」（鉛筆痕）。
226　「別行」一字上げ指定（淀野赤ペン）。
＊の赤ペン○囲いは、淀野による欄外メモの挿入指定か。
227　以上欄外メモは一本線で削除指定（淀野赤ペン）。淀野註「消し（淀野）」。
228　「尚一層」に挿入記号（淀野赤ペン）。
229　「ヤ」を「イア」に訂正（淀野赤ペン）。
230　「ぎょっとした」まで繋ぎの記号（淀野赤ペン）。
231　「別行」（淀野赤ペン）。
232　「。」を削除し、「、——」を挿入（鉛筆痕）。

奇▲怪な悪漢が目的を達して逃走する《《様な》》そんな役割を勝手に自分自身に振りあて、、[233]——[234]自分とその想像に酔ひながら、後をも見ずに丸善を飛出した。あの奇▲怪な〔嵌〕篏込台（セッテング）[235]にあの黄金色の巨大な宝石を象眼したのは正に俺だぞ！　私は心の裡に〔さ〕[236]そう云って見て有頂▲天になっ〔て〕た。|道を歩く人に。[237]

[28][238]

その奇▲怪な見世物を早く行って見ていらっしゃい。と云ひ度▲くな〔る〕|った。[239]今に見ろ大爆発をするから。——————[240]

……[241]ね、兎に角こんな次才で私は思ひがけなく愉快な時間▲【を】潰しが出来たのだ。

[242]▲何に？　君は面白くもないと云ふのか。は丶丶、〔さ〕[243]そうだよ、あんまり面白いことでもなかったのだ〔し〕よ|。[244]然▲しあの時〔□〕丶|秘密な歓[?]に充されて街を彷徨いてゐた〔□〕私に、

[245]——君、面白くもないぢゃないか——————

233　「て」（鉛筆痕）。
234　「二字」（鉛筆痕）。
235　「嵌」（淀野赤ペン）。
236　「さ」（淀野赤ペン）。
237　「、」（淀野赤ペン）。
238　右上に淀野註「校訂（ヨドノ）」。
239　「た」（淀野赤ペン）。
240　「オモテ五字分」（淀野赤ペン）。「三字分」（鉛筆痕）。
241　「別行」（淀野赤ペン）。
242　「別行」（淀野赤ペン）。
243　「さ」（淀野赤ペン）。
244　「。」を〇囲い（淀野赤ペン）。
245　「別行」（淀野赤ペン）。

と[246]不意に云った人があったとし〔□〕玉[247]へ。私は慌て丶抗[248]弁したに違ひない。

——[249]君、馬鹿を云って呉[250]れては困る．——[251]俺が書いた狂人芝居を俺が演じてゐるのだ．然し正直なところあれ程馬鹿気た気持に全然なるには俺はまだ正気過ぎるのだ。㊥[252]

[29][253]

そ[254]して私は思ふのである。

彼[255]は何と現世的な生活の為に恵まれてゐない男だらう。彼は彼の母がゐなければとうに饑死してゐるか、何か情けない罪のために牢屋へ入れられてゐる人間なのだ。どんなに永く生きのびても必意〔畢竟〕[256]彼の生活は、放縦の次が焼糞[257]放縦、[258]—[259]破綻〔後〕—後悔、——の循還〔環〕小数に過ぎないのではないか。

彼[260]には外の人に比べて何かが足りないのだ．いや与へられてゐる種々のもの丶うちの《何が常人》何かゞ比例を破ってゐるのだ。[261]

その為にあの男は《此の世の中》《《世渡りの》》[262]此の世の[263]掟が守れないのだ。

246　「別行」（淀野赤ペン）。
247　「【玉】給」（淀野赤ペン）。
248　「て」（鉛筆痕）。
249　「別行」（淀野赤ペン）。
250　「く」（鉛筆痕）。
251　「二字分」および次行への**繋ぎ記号**（淀野赤ペン）。
252　この後、四行アキ。次行三字サゲで「＊＊」（鉛筆痕）。上部欄外に「三行」とアキの指定（鉛筆痕）。
253　淀野註「校訂（淀野）」。
254　「別行」（淀野赤ペン）。
255　「別行」（淀野赤ペン）。
256　「畢竟」に訂正（淀野赤ペン）。
257　「、」挿入（淀野赤ペン）。
258　「、」**削除**（淀野赤ペン）。
259　「一字分」（鉛筆痕）。
260　「別行」（淀野赤ペン）。
261　**繋ぎの指示**（淀野赤ペン）。
262　淀野註「梶井四字消す」
263　**挿入記号**（淀野赤ペン）。

私[264]は彼が確かにこれこれのことはしてはならないのだと知つてゐることを——踏みしだいてやつてしまふその【道】気持を考へて見るのだ。一体私たちが〔物〕[265]行為をする時に、それが反射的な行為ではない限り——〔私〕自分の心の中の許しを經[266]なければ絶対にやれないものではないだらうか。[267]

[30]

私はまた彼にこんな話《《もきいた。》》㊥[268]をした。

××× [269]

[270]〔友人の家へあまり毎日泊りあるいてゐたので、私は段々友達に気兼ねをしなければならなくなつた。[271]〕〔友人等の下宿を轉々〈としてしてゐた日が続い〉【と】して食ひ荒してゐる日が積(重)なると[272]〕友人等の下宿を轉々して、《あ》布團の一枚を借(貸)して貰つたり、飯を半分食べさせて貰つたり、——そんな日が積(重)《《なつて》》ると私は段々彼等に気兼をしなければならなくなつた。[273]《《丁度》》[274]それでゐて独りでゐるのが堪らない。《《気》》〈持を起

264 「別行」(淀野赤ペン)。

265 削除記号(淀野赤ペン)。

266 「径」(淀野赤ペン)。誤った訂正。

267 欄外メモは[30]に利用。

268 「もきいた」(鉛筆痕)。淀野註「終りの五字生かし、二行目の四字消す(淀)」。

269 「＊＊＊」(鉛筆痕)。

270 淀野註「以下の35字を消し、二九枚目の欄外の文字を入れる(淀)」。

271 梶井の初案。淀野はこの節全体を括弧で括り、削除指示(鉛筆)。

272 淀野はこの書き入れも全体を括弧で括り、一本線で削除指示(鉛筆痕)。

273 [29]欄外メモ(校注267)より挿入。

274 淀野註「以下梶井推敲せり。」

させる頂上▲だったので〉、〈私は〉**結局は**▲気兼をしながらも夜晩く友達の《家》《下宿》**下宿**の戸を叩いたり、275 この男は此夜276どうも私と一緒▲にゐるのが苦になるらしいな！とは思ひながらも、 また一方どうも俺は此頃僻み癖▲が昂じてゐる様だぞ！277 と思って見たり、 様々に相手の気持を商量▲して、今夜の宿が頼めるかどうかを探って見る.278

279 ──私は益く気兼ねが《長》**昂**じ《《る》》**て来る**と、《段々》**益々**私の卑屈なことが堪▲らなくなり、一そさっぱり自分の下宿へ皈って見やう〔よ〕──

──とその晩（といふのは或晩の事）280▲、はとうとう〔た〕281自分の下宿へ向けて歩▲いて行った【のだ。】。282〔とは云ふもの丶私は《《自分の》》《《下宿》》 ふとすると私は足▲が渋って、あの眞白い白川路の眞中で立留ったりした。283〕284**とは云ふもの丶**285**私の足は▲ひどく渋りがちでふとするとあの眞白い白川路の眞中で立留ったりした。**

[31]286

○【それもそう〔さ〕だったのだ。】㊥

275　鉛筆の「──」は淀野の追加。「二字分」（鉛筆痕）。
276　「今」（鉛筆痕）。
277　「やう」（鉛筆痕）。
278　「。」（鉛筆痕）。
279　一字サゲ記号（鉛筆痕）。
280　「こと」（鉛筆痕）。
281　「た」（鉛筆痕）。
282　「①」（鉛筆痕）。
283　一本線で削除指定（鉛筆痕）。
284　梶井による赤ペンのメモ。冒頭に「②」（鉛筆痕）。本文中の①と繋ぎの指定（鉛筆痕）。
285　「の」（鉛筆痕）。
286　[31]は、四百字原稿用紙後半の半丁分のみ。両側に綴じ穴がある。淀野註「(31) 半枚也　丁数（淀の）」。裏面の丁付「31」（ペン）と本文の赤ペンは、梶井の筆跡と考えられる（赤ペンの色が淀野と異なる）。ところが、一行目の梶井の削除を『文芸』初出では無視して採用。筑摩版全集でこの一行を削った。

あの頃の私といふのは〔□〕此頃考へて見ると神經衰弱だったらしい。身体も随分弱ってゐた。それで夜が寐つけないのだ——一つは朝、あまりおそくまで眠ってゐる故もあった【ら】。然し寐つく前になると『神經』**極****って**感覚器の惑乱がやって来るのだ。それはかなり健康になった此頃でもあるの《である》だが、然しその時のは時間にして見ても長時間だったし、程度にしても随分深かった。

[32]

〈電燈の消してある部屋が何と変なことには日がかんかん当ってゐる〉㊥**それに**[287]思ひ出【く】**し度く**[288]ないと思ってゐる家のこと〈やら〉[289]學校のこと〈やら〉[290]質屋のこと〔が〕——別に思ひ出すまでもなくそれらの心労は生理的なものになって日がな一日憂欝[291]を逞しうしてゐたのだが、それが夜になってさて独りになってしまふと虫歯の様[292]にズキンズキン痛み出すのだ。[293]

私は然しその頃私を責め立てる《《義務》》養務〔義〕[294]とか責任などが、その厳

287　「それに」冒頭に梶井が黒ペンで「「」。
288　「た」（鉛筆痕）。
289　「こ」（鉛筆痕）。
290　「こ」（鉛筆痕）。
291　誤字を訂正。
292　「やう」（鉛筆痕）。
293　行末改行（改行不要？）
294　「義」（鉛筆痕）。

めしい顔を間近に寄せて来るのを追ひ散らすある術を知る様になった。何でもない。頭を振ったり、聲を立てるかすれば事は済むのだ。——然し眼近にはやって来ないまでも私はそれら債鬼が十重二十重に私を取り巻いてゐる気配を感じる．それだけは必意〔畢竟〕[296]逃れることは出来なかった。それが結局は私を生理的に蝕んで来た奴等なのだ。

それが夜になって独りになる．つくづく自分自身を客観しなければならなくなる。私は横になれば直ぐ寐付いてしまふ《〻》快い肉体的な[297]疲労をどんなに欲したか。〈つくづくあたりのひっそりした〉㊥五官に訴へて来る刺戟がみな寐静まってしまふ夜といふ大きな魔物がつくづく呪はれて来る．——《然[298]も私の五官だけは起きてゐるのだ》《五官が任務を》感覚器が刺戟から解放されると、いやでも応でも私の精神は自由に奔〔□〕放[299]になって来るのだ。**その精神をほかへやらずに、**私は何か素張〔晴〕らしい想像【が】**を**《発展して行って呉れたらと思って見たり》**ささうと努めたり**

295　「別行」（鉛筆痕）。

296　「畢竟」（鉛筆痕）。

297　赤ペンは梶井。淀野註「梶井推敲す。」

298　「——」から「感覚器が」へ繋ぎの記号（鉛筆痕）。

299　「放」（鉛筆痕）。

難しい形而上學の組織の中〔に〕へ[300]潜り込〈もうと〉(ま)まそうと[301]《思ったり》努めたり〔、〕する。[302]【そして】〔そして〕然し[303]「[304]あ、気持よく流れ出したな」と思ふ隙もなく私の心は直ぐ気味のわるい債鬼にとつ捕まってゐるのである。私は素早く其奴を振りもぎってまた「幸福とは何ぞや！」と自分自身の心に乳房を啣ませる.[305]

然し結局は何もかも駄目なのだ.——[306]その様な[307]循還(環)小数を、[308]永い夜【の】【を】の限りも[309]《知らない》なく[310]私は喘ぎ喘ぎ〔□〕読みあげてゆくに過ぎない《のだ。》。

(さ)[311]そうしてゐる中には私の心も朧ろ気にぼやけて来る——然し《自分に〔は〕》それが明瞭に自認出来る訳ではない。がその証據には[312]《心持は先程とは少しも変ってはゐない.》《然し》〔刺戟が来なくなって隙になった〕仕事が【□】閑になった感覚器共の悪戯と云はうか。[313]変な妖怪が此[314]のあたりから跳梁しは

[34]

300 「へ」に挿入記号（鉛筆痕）。
301 「さ」（鉛筆痕）。
302 「する。」に挿入記号（鉛筆痕）。
303 淀野は「そして」を採るが、梶井の消し忘れと判断し、ここでは赤字訂正後の「然し」を採用した。
304 「□」（鉛筆痕）。
305 「。」に訂正し、改行削除の繋ぎ記号（鉛筆痕）。
306 この後、梶井の赤字記号による語順の入れ替えあり。それを淀野の指定が番号でなぞる。「—」の後に「①」、次行行間の「その様な」冒頭に「②」と番号を打ち、繋ぎの記号（鉛筆痕）。
307 「やう」（鉛筆痕）。
308 「小数を、」の後に「③」、前行の「永い夜」冒頭に「④」の番号（鉛筆痕）。
309 「⑤」（鉛筆痕）。
310 「⑥」（鉛筆痕）。
311 「さ」（鉛筆痕）。
312 「が」の上に挿入記号（鉛筆痕）。
313 [34]欄外にかけて、ペンの繋ぎ記号（挿入指定）がある。梶井の記入と思われる。この欄外メモの作成時には、原稿はすでに二つ折にされ、しかしいまだ綴じられていなかったことを窺わせる。
314 「こ」（鉛筆痕）。

じめる。ポオの耳へ十三時を打ってきかせた《【のも】といふ》奴もこの様な奴等なのではないか。》のも恐らくはこの《《手合》》輩の悪戯ではなかったらうか。[315]《《私は》》不思議にも私には毎晩極った様に母の聲《をきくの》〖だ。〗がきこえた。何を云ってゐるのかは明瞭しないが、何か弟に小言を云ってゐるらしい。〈母はよくがみがみ物を云〉母はよくこせこせ云ふ性なのだが、何故また極った様に毎晩そんな声がきこえて来たのだらう。初め私にはそれが堪らなかった。怪[316]くも慕しくもあった。然し【ど ちらか云へば私は】段々私はそれを㐂【んだのだ】ぶ様になった。何故といへば、それは睡りのやって来る【前の】確実な前触を意味してゐたからなのだ．時とすると私は呑気にもその声が何を一体言ってゐるのだらうと好奇心を起して追求して見るのだが、さてそれは大きな予盾〔ﾏﾏ〕ではないか。《元来私の心の内から吹いて来る風に乗って》㊥私の耳の神經が錯乱をおこしてゐるのに、私の耳がそれをきかうとあせるのだ。自分の歯で〈私〉自分の歯に噛みつかうとしてゐる様な予盾〔ﾏﾏ〕【を】。

315　この欄外メモは、原稿ノンブルの34の上から書かれている。ノンブルが梶井自筆で、メモより先に打たれていた証拠となる。

316　「し」（鉛筆痕）。

私はそれでも熱△心[317]になって聽耳を蹄〔欹〕[318]てる。私は〈私〉その声が半分は私の推測に従て《ゐ》来|るらしい。――といってそれもはっきりしないが、つまりはいつまで經▲ってもはっきりしないまゝでそれ〔て〕は|[35][319]止んでしまふのだ。私は何と▲云っていゝかわからない様な感情と共に取残されてしまふ。

〈私はまた〉㊥

そんなことから私は一つの遊戯を発見した。これもその頃▲の花火やびいどろの悲しい玩具乃至は様々の悲しい遊戯と同△様に私の悲しい遊戯として

【□】一括されるものなのだが、これは此▲頃に於ても私の眠むれない夜の

【睡】催眠遊戯であるのだ。

〔[320]それは一まとめして夜の響きと云はうか、はっきりわかるものでは近くの木の葉の葉触れやら、汽車の響や、時計の秒の音《や》〈あ〉な|どがあるが――無▲数のそれらの音が『夜』ぼやけて一色になって―その様△な色々

317　特殊字形を訂正。[22]を参照。

318　誤字。

319　[35]から[52]までは、淀野の鉛筆による訂正痕がない。欄外メモや行間挿入が多いこの部分は、印刷所の混乱を避けるために、淀野が別の原稿用紙に書き写して入稿した可能性が高い。

320　淀野註「ここに欄外の書入れ来り、十行より十五行六字目まで消すべし（淀の）」。

の音をその中に宿してゐるのだ。〕げきとして声がないと云っても夜には夜の響きがある。《さゝやかな》とほい響き【が】は集ってぼやけて、《時々は》一種の響を作ってゐる。【時々は】葉触れの音【が】や、時計の秒を刻む音、そしてその間に汽東（車）[321]の遠い響や汽笛も聞える。[322]〔私はそれらから〕私の遊戯といふのはそれらから一つの大聖歌【合唱】隊を作ったり、大管弦團を作【った。】ることだった。〈印象が強かった故か一高三高野球戦の巻は素ぱ（ば）らしい出来栄を示した。〉〔それに比して聖歌隊や交響は蓄音器の貧弱な經験以外にはあまり經験がなかったのでどうもうまくはゆかなかった。

[36]

ヴァイオリンやピアノは最後のものとして残されてゐた。〕[323]
それは丁度ポンプの迎[324]へ水といふ様な工合に夜の響のかすかな節奏（リズム）に、私の方の旋律（メロディー）を差し向けるのだ。そう（さ）してゐる中に彼方の節奏（リズム）は段々私の方の節奏（リズム）と同じに結晶化（クリスタライズ）されて来て、旋律が徐々に乗りかゝってゆく。

321　梶井は以下、「汽車」「電車」の「車」を、「東」の草書体に誤っている。

322　この欄外メモは、淀野版初出では採用されず、筑摩版全集で組み込まれた。

323　「それに比して…」以下、ここまでの二文に付された（　）は、後段との重複を避けるための梶井による削除指定と思われる。

324　誤字を訂正。

その頃合を見はからってはっと【身】肩をぬくと同時にそれは洋々と流れ《《る》》出すのだ．それから自分もその一員となり揮指者（指揮）となり段々勢力[325]を集め　この地上には存存（在）しない様な大合唱隊を作るのだ。

この様な譯で私が出来るのは私がその旋律を諳んじてゐるものでなければ駄目なので、その点で印象の强かった故か一高三高大野球戦の巻は怒號、叫喚、大太鼓まで入る程の完成だった。それに比べて合唱【曲】【も又、】や【交響楽は】【聖歌隊】管げん楽は、大部分蓄音器の貧弱な經験〈以外には〉しか持たないのでどうもうまくはゆかなかつた。然し私は[326]ベートオーフエンの「神の栄光（エーレゴッテス）……」《の方がテンポの緩かな》〈点で「ボリスゴドノフ」の合唱より出来がよかったし、〉や【の方が】【ワグ】タンノイザーの【ピル】巡禮の合唱を【□】不完全ながらきくことが出来たし、《私はまた》【□】ベートオーフェンの才五交響楽は終曲（フィナーレ）が《《最も》》一番手が、り【が】のい、【様に思へた。】ことを知る様になった。然しヴァイオリンやピアノは最後のものとして残されてゐた。

325　特殊字形を訂正。

326　末尾の「私は」の書き方から、原稿を二つ折にした後でこの欄外メモが書かれたことが分かる。第一挿話（檸檬）の添削が、原稿の中央線（柱）を跨いで書かれるのとは明らかにスタイルが異なる。

[37]

時によっては、独唱曲を低音の合唱に【直し、】繽繹〔演〕し、次にそれの倍音を捜りあて、たゞそれにのみ注意を集めることに依て私はネリイ・メルバ【の】が胸【が】を膨ら〈むのやら〉まし、テトラッチニが激しく息を吸込むのが彷彿とする程の効果を収めた．おまけに私は拍手や喝采の【を】【鳴り】どよも【し】『の□』《印象【さへ】【を】再現することが出来たが》しを作って㐂んでゐた。――然し【それが】全く出鱈目な中途でこれが出て〈来るのには閉口した．〉来たりした。出鰭〔鱈〕目はそれどころではなかった。寮歌の合唱を遠くの方に聞いてゐる心持の時、自分の家の間近の二階の窓《から》に少女が《《椅って》》現はれて、それに和してゐる．――そんな出鱈目があった。あまり突飛なので――私はこの出鱈目だけを明瞭り覚えてゐる。〈出鱈目はまるで混乱に陥ることが〉㊥

〈私は今これには閉口したと云ったが、それは寧ろ嬉しい閉口だったのだ。〉

然し【その】出鱈目は却て面白い。丸で思ひがけない出鱈目が不意に四辻から現れ私の行進曲に参加する．又天から降った様にきまぐれがやって来る．――それらのやって来方が実に狂想的で自在無碍なので私は眩惑されてしまふ．行進曲は叩き潰されてしまひ、絢練〔爛〕とした騒擾がそれに代るのだ。――私はその眩惑をよろこんだ。一つは眩惑そのものを．一つは眞近な睡眠の豫告[327]として。

［38］

〈私[328]はもう一つ幻視のことを云はう．〉

〈幻視にも随分惱まされたが、私はその稀な断片を覚えてゐるだけだ。〉

〈これも何故だかわからないのだが、私は或晩弟の顔を〉㊥[329]

［39］

感覚器の惑乱は視覚にもあった。

〈ある晝間〔だ〕――私は昨夜の〉㊥その頃私は昼間にさへそれを經験した。

ある昼間、私はその前晩の泥酔とそれから――いやな話だが泥酔の挙句宮川町へ行ったのだ――私はすっか〔ら〕り身体の調子を狂はせて白日娼

327　誤字を訂正。

328　淀野註「梶井の消し（淀の）」。幻視の話題の書き出しに悩んでいる。

329　この後、十二行アキ。

家の戸から出て来た〈《のだ。》〉。
あの泥酔の翌日程頭の変な時はない〔、〕。七彩に変はる石鹸玉の色の様に、
悠忽に気持が変って《しまふのだ》来る。
胃腑の調子もその通りだ――なにか食べないではゐられない様ないらいら
した食欲【も、】が起る。〈その〉『むづかりやの』私はその駄々っ子の様な
食欲に《《私は問》》色々な御馳走を心《《の中》》で擬して見る。〈然し何
一つとして肯はれないのだ。〉一つ一つ、どれにも首りをふらないのだ。
それでゐて今にも堪らない様に『食欲は』喚く。
〈私には〈此處で一寸断はっておかねばならないが、〉こんな癖がある。私
【は】が酒に『乱』よ《った時に、》ふと、よく、酒をのむ私【と、】に対
して酒に虐げられる私【と】を想像する。そして私はこ《の二番目の私の
身体といふ奴に》の犠牲者にぺこぺこ〈を〉お辞儀をしたり、悪いのはわ
かってゐるがまあ堪忍して呉れと云って《《見たり、》》心の中で詫びたり
そんなことをするのだ。〉《處で》そう思って見ると私がこの括弧

［40］

のあちら側で私の胃腑を〈私以外のものに見立て、話をしてゐる気持もそれは私の気持そのまゝの記述でもあるのだ。〉【に】を擬人的に呼んでゐるのも万ざら便宜のためばかりでもないのだ。――そこで虐げられた胃腑はもう酔の醒めた私にやけになって無理を云ひはじめる。

――若葉の匂ひや花の匂ひに充ちてゐる風のゼリーを持って来いとか、何か知らすかすかと歯切れのする、と云ってもそれだけではわかないが、何しろそんなものが欲しいのだとか。また急に、濁ったスープを！　濁ったスープを！　といひ出す．然し私がその求めに応ずべく行動を開始し出すと、あそこのは厭だなあ！　とかもう嫌になった、反吐が出そうだ。とか

――私は前夜の悪業をつくづく後悔しながら白日の街の中程に立って全く困却してしまふのだ。

今注文したばかしの料理が不用になったり、食ひはじめても一箸でうんざりしたり、無茶酒の翌日と云へば私は結局何も食はずに夕方迠過すか、さ

もなければ〈その不愉快な液や塊を些少胃腑へ送り込むのだ。〉無理やりに食ってお茶を濁すのが関の山なのだ。

[41]

情緒が空の雲の様に、カメレオンの顔の様に姿をかへ色を変へるのもその時だ。

英雄的な気持に一時なったかと思ふと私はふと鼻緒に力が入り過ぎてゐるの〈を感じて〉に気がつく――と思ってゐる間にも私の心は忽ち泣【き】け〔さ〕そうになって、眼頭に涙をこらへる．　お祭の行列が近所を通る気配の様なものを感じるかと思へば――《四條河原の》鴨川の川淀の匂ひにさへ郷愁《に似た気持が》と云った様な気持にひきこまれる。それでゐては、何か大きな失策をしてゐるのに【自分には】それが思ひ当らない【と云った】【と】様な気持【。】になる。（それは〔□〕すえた身体から発酵するにはあまりに美し【い】く澄ん【だ、】でゐて、い、音楽に誘はれでもしなくてはとても感ぜられない様な【】気持が湧きあがって来る。】泪ぐましい気持である。

ともすればそのまゝ街上で横になり度い様な堪らない疲労と　腋の下を気味悪く流れ傳って来る冷汗【と、】。酒臭い体臭やべとべと《、感ぜられる衣服や》まつはりつく着物《――何といふ》それは何といふ呪はれた白晝だ。

丁度その日も私はその様な状態で花見小路の方から四條大橋の方へ、丁度二ひきの看板の下あ〔り〕たりまでやって来たのだ。

その時私はふと、天啓とでも云ひ度い様な工［42］合に、ありあり弟の顔を眼の前に浮べたのだ。然しそれが不思議なことには丁度五六年前の弟の顔だ．白い《エプロンをかけて》首からの前だれ【をして】かけて飯を食てゐる．〔それがどうした訳か顔を歪ませて〕どんな訳があるのか弟はしかめっ面をして泪をポロッポロッ滾し《《ながら》》てゐる――その涙が頬から茶碗の中へ落ち込むのだ．《《然も》》然も一体どうしたと云ふの〔だ〕か弟は強ひられたもの、様にまた口惜しまぎれの様にガツガツ飯を食ってゐるのだ――《私》今こそ私はその事実だけを覚えて【□】【□】ゐるだけで弟の五年前の顔など思ひ出せはしないのだが《どうだ》、その時は《《其の□》》その五年前の顔ばかりが浮んで来るのだ．いくら今の顔を思ひ出〔さ〕そうと力めてもその顔、然もその歪んだ顔が出て来るばかりなのだ。

一体何の因果だ！　私はその日一日それが何を意味するのか、ひよっとして何【□】かの前兆なのぢゃないのかな[330]《のかと》などと思って悩まされ通したのだ。

（私はその顔をもう一度その夜だったか、その翌晩だったか――例の精神の大禍時（オホマガトキ）の幻視にそれを見た。）[331]

[43] 何しろその頃は変な《時代だったのだ．》ことがちよいちよいあった。ある時は京阪電

330　「何かの前兆なのぢやないのか」まで囲みあり。

331　この箇所の括弧は三行にわたる原文の欄外を一括したもの。

東〔車〕にのってゐて、【私の坐】〔って〕私の坐ってゐる向側の、しめ切っ《てある》た鎧戸を通して、外の景色が見えて来た。【〇】一体私はその辺の風景をよく覚えてゐたのだが【〇】、それがまるで硝子戸越し【に】に見てゐる様に、《《その窓外の》》窓の外の風景が後へ後へと[332]電東〔車〕の曳るのにつれてすさってゆくの【を見】《たりしたのだ。》だ。〔其時は気が付いて驚いたが、〕[333]大方私はクッションの上で寐ぼけてゐたのかも知れない。然し気がついて見ておどろいた。とは云ふもの、私一流にそれがまた享楽でもあ【り】ったのだ。——《と云ふのは》《何故と云って》〈私は嘘をつくことなしにその様な変な經験を友人達に吹聴出来たから〉《なのだ。》であった。《それに又》丁度その頃は《私が一度》百万遍の《風呂屋》〔で、〕銭湯で演じた失策談[334]【貫々に】〈のって自分の目方をはかって見たときの大失策がその〉《時丁度》友人の間で古臭くなって来た時分だった。
〈それと云ふ〉〈貫々の一件といふのは〉《また実に》㊥
《それも》私は直ぐそれを友人達に吹聴してまわ〔は〕った。銭湯での失策とい

332　記号により次行から挿入（梶井）。
333　後段との重複箇所。前後に赤鉛筆で薄く（　）の記号がある。淀野註「（　）は淀野」。
334　「が」の脱字。

ふのも確か泥酔の翌朝だった《らう．》。私は湯から上って何の気なしにそこに備へてあった貫々にのって目方をはかって見たのだ．私は十【三】三貫の分銅《《を》》〈で以て、〉をかけておいて、〈あのスケールの上〉〈《【を】に補助分銅を》》目盛りの上の補助分銅を動かしてゐた．その頃の私は【日に日に】量る度に身体の目方が減って来てゐたのだが、不思議にもその補助分銅【が】は前の日の【の所】目盛を【過ぎて、】通り過ぎて百目二百目と減じてゆく【にも】のに――それをまた私は蟻の

[44]

歩みの様にほんの少しづゝ、少しづゝ、難しい顔をして動かしてゐたのだ．――三百匁四百匁と《前の目の所から》へらしてゐるのに片方の分銅の方では一向あがって来ない。私のその時の悲しさと怪〈《しみを》〉訝の念を察して見るがいゝ．私は、もうこれは変だと、〔た〕とうとう思ひ出したのだ。もう君にも【お】わか【り】つてゐるだらう。私は貫々の上へ乗らずに板《の》【の間の上にゐて】敷の上にゐたまゝそれをやってゐたのだ．

――〈若しそれを見てる人があったら私はどんなに滑稽に見えたらう。〉
気がついてしまったと思ふと同時に私は《《はっと》》顔があかくなった。
然し人がそれを見てゐなかったと気が付いた後も、私は一《《片》》切れの
笑ひさへ笑へなかったのだ. ――私は前と同じ〔、〕これは変だぞといふ
疑をみぢ〔じ〕めにも私自身に向けなければならなくなったのだ[335]私の顔の表情が
固くこびりついてしまった。私はその自分自身に向けられた疑ひが一落付
きするまで――それには一日二日かゝったのだが、友達一人にさへそのこ
とは話せなかった【のだ】。――私はやっと一落付になってから、俺は変
だと皆に触れて歩いたのだが。

［45］

何しろこんな時代だ。逢魔が時の薄明りに出て来る妖怪が《《実に》》《《百
鬼夜》》栄えたのに無理もないことは君【に】もわかって呉れるだらう。
〈そこでその幻〈聴〉《《視》》といふ奴なのだが、〉夜の幻視にもいろいろあ
った〈――それは眼をつぶって枕の上に頭を横たへてゐる時に出て来る種

335　句点の脱落。

类ので、〉然し幻視と云っても眼をあけてゐる時に見〈たのではないから、
それははっきり云っておく。〉える様なものでは決してなかった。
〈覚えてゐるのは面白いと思ったのばかりだ。〉【突】突飛なのだけは忘れ
ない。〈その中でも面白いのは〉こんなのがあった。[336] セザンヌの畫集の中
で見〔た〕る、絵画商人かなにかのタンギイ〈爺さんが出て来たこ〉《とだ。》
氏の肖像がある時は出て来た。〈畫で見るとムッシュータンギイ〉《は》そ
の畫では日本の浮世絵《などを》を張りつけた壁の様なもの【を】が背《に
し、》景になってゐて、人物は、此頃文學青年がやってゐる様に丸く〈帽
子の上〉中折の上を凹ませ【て】〔、〕たのを冠り、ひげの生えた顔を眞正
面にしてゐる。【が】、私はその《タンギイ》人物が畫の中から立ち上って
笑ひ出すのを見たのだ。どうしてタンギイ氏の肖像などが出て来たのだら
うか．何かの柏〔拍〕子で私がそれを思出すと同時に、眼前に仿佛〔彷彿〕として来て、
[46] 動き出した

336　幻視を「面白い」とする享楽的な余裕ある態度を慎重に消している。

のぢや〔ママ〕ないか．――どうもそう〔さ〕思ふのが正当らしい。――〈幻視と云っても、他人の幻視を私がするのを私が見る訳でもなし、つまり幻視といふのも私一人の幻視なのだが、その特長〔徴〕はそれが思ひがけないものが突然的に出て来たり、また今のタンギイの様に思ひがけないことをやり出すのだ．その他では、今目を閉って誰々の顔を思ひ出す、その《思ひ》その佛佛〔彷彿〕させよりももっと明瞭であるに止まるのだが。〉幻視も不意に出鱈目をやり出すのだ。

こんなこともあった。〈それも天啓的だったが〉例のもやもやとした、気持の混【雑】乱を意識し出した眞最中に、「今だ!!枕をつかんでうつつぶせになり深い谿〔谿〕[337]谷を覗く様な姿勢[338]をして見ろ！」と不意に自分自身に命じたのだ。私は【そ】次の瞬[339]間そう〔さ〕してゐた。すると丁度私はヨセミテの大峡谷の切尖に身を伏せて下を眼下〔見〕《してゐる時》【の□】すときはさもあらうかと思はれた程、唯ならない胸の動悸と、私を下に引摺る様にも思へる〈空気の流れと〉高層気流と、高い所〈にゐると〉から見下すときの眩

337 誤字。
338 特殊字形を訂正。
339 誤字を訂正。

暈を感じた。私は手品師《かなにかゞ》が

［47］

ハッ！〔□〕ハッ！　と《號号を〔令〕》気合をかけて様々の不思議を現出せしめる様に、やはりそのハッハッ〔が〕といふ気合がどっかから聞えて来る様な気持で寐床の上【で】を海考〔老〕の様に跳ねて――奈落に陥ちる気持〈やら〉やら何やら《《を》》様々の気持を身内に感《じやう〔よ〕と〈し〉》じた〔。〕のも其頃の夜中の《《出来》》事だった。

〈私は子供の時風邪熱〔熱〕340など〔で〕臥ってゐる時変な夢を見たものだ。〉君には多分こんな經驗があるだらう、――私の力ではそれがどうしても〘口〙口では傳へること〔の〕が出来ないのだが――若し君がそれを經驗してゐるのだったら、或はこの様な甚だ歯がゆい言ひ方だがそれで、あゝそれそれ！と相槌を打って呉れるだらうと思ふ。341

342經驗しながら探ってゐると一度何かで【一度】經驗したことのある気持である【ことが】にちがひないといふ気がする、触感からであったか、視覚

340　特殊字形を訂正。

341　淀野註「①（よどの）」。

342　淀野註「②」。

からであったか．――【で】でそれが《わかれば》思ひ当ればそれらを[343]通してその気持を説明▲〈しやう[よ]といふ野心が起る．〉〈然▲しわからない。〉出来るのだが然▲し見▲す見▲すそれが思ひ浮ばないのだ。[344]子供の時ではそれが風△邪などで臥[で]せつてゐる時の夢の中へ出て来た。[345]

[346]私が覚▲えてゐるのは〈(子供の時の經▲驗だ。)〉涯しもない廣々とした海面だ．――海面だと云ふのは寧ろ要ではない．何▲しろ涯しもない涯しもない、涯しもなく続▲いてゐる広い広いそれこそ広い――「ずーっと」《その》といふ気持【□】、感じか[が]それなのだ．――それが刻々動いてゐる様でもあり、私が進んでる様でもあり――遂にはそのあまりの広茅[表]が私の心を圧迫し、恐怖さ

[48]

せる様にまでなる。

〈私はその間々△病気の時に現▲れたそれと大同△小異の經▲驗を〉病気の時の夢に見た經▲驗▲を私は醒めてゐて、もう毎晩繰かへす様になった【のだ。】。〈何▲

343 「わかれば」を訂正し「思ひ当れば」。

344 淀野註「○③（48枚の外へ）」。

345 [48]欄外のメモ。淀野註「○④」「＊（47枚の13行へ）（淀野）」。

346 淀野註「＊⑤」。

もそれが毎晩になったのはその頃からではない.〉〈そんなこと〉同じやうなことは以前にもあった。――然しその頃はそれが単なる気持の認識（?.）では留まらない程の性悪なものになってしまってゐた.

【私は】劫初から末世まで吹き荒ぶと云はうか、量りしられない宇宙《《の中に》》の《《間》》空間に捲き起る、想像も出来ない様な巨大な颶〔颶〕風[347]が私を取巻いて来たのを感じはじめる。それがある流れを《なして》形作ってゐて、急に狭い狭い――それまた想像も出来ない様な狭さに收歛〔斂〕[348]するかと思ふと〈また限りもなく――魂切る程の（【あ】その気持は魂切るといふ字の語源の様に思へる程文字通りに）〉再び先程の限りもない――広さに擴がるのだ。〈その流れ〘が〙自身が様々にかわり〔は〕收歛〔斂〕[349]、開散の度合のも〔ママ〕っと酷くする。〉その変化の頻繁さは時と共に段々烈しくな〈く〉り、《それと共に》收歛〔斂〕[350]、開散に併〔伴〕ふ【気】変な気持〈が〉も刻一刻強くなっ【の□】てくる。〈――尤も〉《さて》若しその時に【私が】《《例へば》》自〔身〕分自身の寐てゐる姿《《〔を〕でも》》が憶ひ浮〈べて見るのだ.〉んで来ると――

347　誤字。

348　誤字。

349　誤字。

350　誤字。

《それは》その姿はその流れの中に陥ち【て】、その流の通り〔に〕の収歛〔斂〕351【するか】、開散をする

[49]

〈と思へば開散する。——実に気味か〔が〕わるい。〉〔そ〕㊥その大きさを思ふと気味がわるい。〈その気持の最も小規模なものを【□】求めるならば、あのゴヤの画に巨大なゴリラの様な人間が、一人の女を《口に□》手〈を〉で持て【食】口の中へ入れ様としてゐる画を見た時の気持だ。〉ゴヤの画に出て来る、巨男が女を食てゐる図や大きな鶏が人間を追ひ散らしてゐる図規模は小さいがちよっと《あの》あれを見た時の気持に似てゐる様にも思はれ【。】る。

〈また自分自身の眼から自分の足さきまでの距離を浮べて見るそれがまたその流れに随て伸縮すること前通りだ。〉

〈——然し私の寐てゐる姿勢といひ、足先までの距離といひそれは丁度輪轉機に紙を入れた時の様なものだ．紙を入れなくとも輪轉機は空廻りして

351　誤字。

ゐる.〉然し何も憶ひ浮べないでもその気持は、機械の空廻り〈の様【に】な工《合に》〈空廻りをしてゐる〉と同じで——《何しろ》形〈のな〉見えない、形の感じ《その様な》《風のものが》といふ様なもの、大きな空廻りをやってゐる《のだ.》。

私はそれが増大してゆくにつれて恐ろしくなって来る. 気が狂ひそうに、余程しっかりしてないとさらってゆかれるぞと思ふ。——そしていよいよ堪え切れなくなると私は意識【的に】してあゝ、ゝ、と声を立てゝそこから逃れるのが習

[50]

慣になってしまった。私は寐るまでには必ずそのアゝ、、をやる様になったのだ。

随分話が横にそれてしまったが、——これが【幻】〔視の、〕《その例の》今も云ふ精神の大禍時の話なのだ.

さて云った様に、この様な妖怪共は却て消極的な享楽にさへ〈な〉その頃

は変へられてゐたのだ．――云った様に《も□》その間だけでも私は自分の苦しい思ひ出から逃れられた訳だし、またそれが睡眠の約束であったからだ。

然しこれが仲々やって来ない．眞夜中過ぎて三時四時頃までも私は寐床の中で例の債鬼共の責苦にあはなければならないのだ。

そんな夜を、どうして私は自分の下宿の自分の部屋で唯一人過す様なことが出来〔る〕や〔よ〕う。

――こゝで私か〔が〕私の下宿へ皈る所だったことを思ひ出して貰ひ度い．話はそこへ續いてゆく．㊥352

[51]

その当時私の下宿は白川にあった。私は殆ど〈一學期に一度か〉、下宿の拂ひをしなかった。それが一學期に一度になったり、正確に云へば〈母に尻紙〔拭〕ひを頼まなければならなくなる迫滞らせておいたのだ。〉㊥

改悛期が来る迫滞らせておいた。〈私の流儀は〉㊥初め私の借金はその改

352　この後、三行アキ。

悛期の法定期間といふ様なものを勤めあげるかあげない裡にそろそろ始り出す。それが苦になる頃にはまず大きなかさになってゐる。〈私は一日一日、飛躍を飛躍を念じながら〉㊥ 學校の欠席もその通りで、新學期のはじめ一月間は平気で欠席する。そしてまだ平気だまだ平気だと〘思〙云ってゐるうちにその声にどうやら《《ノートの》》堆高いブランクの圧迫を扳じ伏せ様とする様な調子〘を〙〘が〙を帯びて来る。私は一日一日、自分の試み様と思ふ飛躍の脛がへなへなとなってゆくのを――いまいましく思ふ。昨日が十の努力を必要とした様な状態だとすると今日はまた一日遅れたゞけの十一の努力を必要とする．然し私はまだ自

[52]353

信を持ってゐる．然し一日勉強にとりかゝって見ると勉強といふものが実に辛い面倒なこと《だっ》だと思ふ．そして私の自信が少し崩されて私は不愉快な気持でそれをやめて、次のベターコンディションの日を待つのだ。そうして私は藻掻きながら這ひ出られない深みへ陥ちてゆく。そして段々

353

[52]からノンブルの書体が変わる。

やけの色彩を帯びて来る。

当時『も』、私はもうその程度を超えてゐた。借金と試験の切迫――私はそれが私の田復力に余てゐることを認めてはゐながら然もそれに望みをかけずにはゐられなかった。何故と云ってそれまでに私は幾度もその様な破産で母を煩はせてゐ《たし》て、此度と云ふ此度はいくら私が厚顔しくてもそれが打ちあけられる義理ではなくなってゐたし、若しその試験がうけられなければその學年は落才しなければならない然も前年に一度落才したの〔か〕だからそれを繰帰〔返〕へす様なことがあっては私は學籍から除かれなければならないのだった。

[53][354]然しその重大な理由も私の様な人間にとっては飛躍の源〔原〕動力とはならなかった。それが重大であればあるだけ私の陥ち込み方は〔□〕ひどくなり、私の苦しみは益く烈しくなって行った。

[355]丁度木に實った林檎の一つで私はあった。虫が私を蝕〔ん〕むでゆくので他の林

354　[53]はノンブルを52に訂正した鉛筆痕がある。これ以降[65]（末尾）まで、ノンブルを一つずつ繰り下げている（鉛筆痕）。淀野が書写入稿したと思しき[35]から[52]はもと十七枚の所、字数の関係で十六枚に収まったため、調整が必要になったものだろう。

355　「別行」（鉛筆痕）。

檎の様に眞紅▲な実りを待つ望みはなくなってしまった。早晩私は腐っておちなければならない。然しおちるにはまだ腐りがまわ〔は〕ってゐない．それまで私は段々苦しみを酷くうけながら待たなければならない。然し私は正▲気でそれを被け[356]るには余りに弱い．〔た〕[357]とうとうお終ひに私は腐らす力の方に加〔盟〕名する．それと同時に自分自身を痲[358]酔〔痺〕[359]さゝなければならない。借金がかさんで直接に債〔権〕[360]務者が母を仰天[361]さすまで．また試験が済んで確実に試験がうけられなくなったことを得心するまで——私は自分の感情に放火（つけび）をして、自分の乗ってゐる自暴自棄の馬|[362]車の先曳きを勤め、一直線に破滅の中へ突進してそして椎〔摧〕[363]けて見〔よ〕やう。始まれるものならそこから始め〔よ〕[364]やう。——其▲頃私はそう〔さ〕[365]い△ふ風な狂暴時代に

[54]

ゐたのだ。

[366]下宿はすでに私の為の炊事は断った。ひと先づ怫〔拂〕[367]ひをして呉れ。そして私の前△へ三ヶ月程の間△の借金の書きものが突き出された。

356　「受」（鉛筆痕）。鉛筆の「う」は淀野。
357　「た」（鉛筆痕）。
358　「麻」（鉛筆痕）。
359　誤字。
360　「権」（鉛筆痕）。
361　誤字を訂正。
362　「馬」に挿入記号（鉛筆痕）。
363　「摧」（鉛筆痕）。
364　「よ」（鉛筆痕）。
365　「さ」（鉛筆痕）。
366　「別行」（鉛筆痕）。
367　誤字。

そして下宿は私の部屋の掃除さへしなくなったのだ。[368]
私が最後に下宿を見棄てた時、私の部屋には古雑誌が散乱し、ざらざらする砂埃りがたまり寐床は敷っ放し、煙草の吸殻と、虫の死骸が枕元に散らかされてゐる様な状態だった。そして私は二週間も友人の間を流轉してゐたのだ。[369][370]
そんな部屋へ其夜どうして帰る気など起るものか。そんな夜更けに夜盗の様に錠前をこぢあけ、帰って見た処で義務を思ひ出させるものに充満し、汚れ切ってゐる寐床の中で直ぐ寐つける訳でもない。それにいつかの様に布團の間で蝨が仔を産んでゐたりしたら。《《また》》《《それ》》《《に》》私はあれやこれやと思ひながら白川道をとぼとぼ下宿の方へ歩いてゐた。[371]
[55][372]
私は病み且つ疲れてゐた。汚れと悔いに充されたこの私は地の上に、あらゆる荘嚴と、豪華は天上に、――私はそんなことを思ふともなく思ひながら、眞暗な路の上から、天上の載〔戴〕冠式とも見える星の大群飛を眺めた。[373][374]

368　「別行」（鉛筆痕）。

369　「別行」（鉛筆痕）。

370　旁は草体だが、扁（車）は楷書。

371　「別行」（鉛筆痕）。

372　[55]のノンブルの位置は、欄外メモを避けている。[52]以降のノンブルがかなり遅い段階で書かれたことを示唆する。

373　「別行」（鉛筆痕）。

374　「大」と「飛」に挿入記号（鉛筆痕）。

『私のお母様。』[375]　この続▲あひわるし[376]
〈私は段々自分がいかにとるに足りない存在▲であるかといふ考へに導かれ〉[377]
私はその時程はっきり自分が独りだといふ感じに捕へられたことはない。
決算の算盤から弾き出された自分[378]——それは友達に愛想尽[379]しをされてゐる為の淋しさでもなかったし、深夜私一人が道を辿ってゐるといふその一人の感じでもな《い.》かった。情ないとか、淋しいとかその様な人情的なものではなく、[380]『状〔条〕件』《的》——[381]▲何と云ったらいゝか、つまり状〔条〕件的（コンデイショナル）[382]ではない絶対的（アブソリュート）な寂寥、孤独感——まあその様なものだった.
私はいつになったらもう一度▲あの様な気持になるのかと思って見る。
その[383]次に私は《不《意》圖》浮圖（ふと）母のことを思ひ出したのだ. 私は正▲気で母を憶ひ出すのは苦しい堪▲らないことだったのだ。然[384]も私はどういふ訳かその晩は、若し母が今、此の姿の、此の

［56］

私を見つけたならば、《《私の母に対して》》《息子が》《なした》息子の種々

375　赤丸あり。淀野註「(赤丸よどの)」。
376　梶井の書き込み。
377　「別行」(鉛筆痕)。
378　欄外のこのメモは[57]に活かされたか。仮にここにも挿入しておく。
379　誤字を訂正。
380　「——」まで繋ぎ記号(鉛筆痕)。
381　「二字分」(鉛筆痕)。
382　「状」を「條」に訂正(鉛筆痕)。
383　「別行」(鉛筆痕)。
384　「而」(鉛筆痕)。

な悪業『を』など『は』忘れて《《しまって》》、直ぐ『私が』孩児だった時の様に私を抱きとって呉れるとはっきり感じた。――そしてそんなことをして呉れる人は母が一人あるだけだ〔○〕と思った。

――私はその光景を【□】心の中で浮べ、浮べてゐる《《と》》うちに胸が迫て来て、涙がどっとあふれて来た。

――私は生ける屍のフェージャが、自分は妻に対して済まないことをする度毎に妻に対する愛情が薄らいだと云ふ様な意味のことを云ってゐるのを知ってゐる．私も友人や兄弟などにはその気持を經験した。丁度舟に乗った人が櫂で陸を突いた様に、おされた陸は少しも動かず、自分の舟が動いて陸と距たるといふ風に――自分の悪業は『距り』超えられない距りとなってしまふ。然し母との間は丁度つないだ舟の様なもので、押せば押す程、その綱の強いことがわかるばかりなのだ。

[385]

然[386]しそんな談理では勿論ない．――あとから

[57]

385 「別行」（鉛筆痕）。

386 「別行」（鉛筆痕）。

あとから、悲しいのやら有難い△のやらなんともつかない涙が眼から流れ出て来たのだ。
[387]しかしその頂点を▲過ぎる▲と涙も収り気持は浪の様に退いて行った。
私は自分が歩む▲ともなく歩ん▲でゐたのを知った。心の中は『音楽』▲見物が帰って行った跡の劇場の様に空虚で、白々してゐた。身体は全く疲れ切って、胸はやくざなふいごの様に、《器》《《械が痛(傷)んでゐるぞ》》〔、〕壊れてゐることが恐れではなく眞実であ〔り、〕|[388]ることを教へる様にぜいぜい喘いでゐるのだ。

あと[389]壱|丁程が、早く終ってほしい様な、それでゐてまたそれと反対の心が私の中に再び烈しく交替した。――然▲[390]も私の足▲は元の通りぎくしゃくと迭に踏み出されてゐる。
[391]何▲とまあ情ないことだ．此の俺が、あのじたばた毎日やけに藻掻いてゐた苦しみの、何▲もかもの総決算の算盤玉から弾き出されて来た俺▲なのか．
〈そんなことを思って私は我身が△いとほしくて〉㊥

387　一字下げ記号（鉛筆痕）。
388　「る」（鉛筆痕）。
389　「別行」（鉛筆痕）。
390　「而」（鉛筆痕）。
391　「別行」（鉛筆痕）。

[58]

私は何▲だか母が可哀▲〔さ〕[392]そうに思ってくれるよりもこの私自身がもう《《私》》
自分といふ者が可哀▲〔さ〕[393]そうで堪▲らなくなって来た。
私[394]はもう【□】何▲にも憤▲りを感じなかった〔、〕[395]し悔〔い〕[396]ひも感じなかったし
嫌悪も感じなかった。
そ[397]して深い夜の中で私は二人になった。
「お前は可哀▲〔さ〕そうな奴だな。」と一人の私が云ふのだ。も一人の私は黙って
頭▲をうなだれてゐる。
「一体お前のやったことがどれだけ悪いのだ」

――――――[398]

- - - - - -

「あゝ。可哀▲〔さ〕[399]そうな奴。」

- - - - - -

そ[400]して一人の私が大きいためいきをつくともう一人の私も微かにためいき
をつく。

392 「さ」（鉛筆痕）。
393 「さ」（鉛筆痕）。
394 「別行」（鉛筆痕）。
395 「、」（鉛筆痕）。
396 「い」（鉛筆痕）。
397 「別行」（鉛筆痕）。
398 原稿用紙の柱にかかる。二つ折にする前の追加と分かる。
399 「さ」（淀野鉛筆）。
400 「別行」（鉛筆痕）。

そして私は星と水車と地藏堂と水の音の中を歩み秘めてゐたのだ。[401]
〈下宿は近くに【な】あって學生あて込みのやくざ普しんの【□】バラックの様な平屋建が路から小高い畑の中に横はってゐるのが見えた。〉
私は眼をあげた．ずっと先程から視野の中に

［59］

あった筈の私の下宿を私ははじめて見た。
學生あて込み【に】のやくざ普しんのバラックの様に細長くそして平屋の[402]
私の下宿を。
私には〔微か〕【に】心が二人に〔な〕分れてゐたことの微かな後味が残ってゐた．〈を思っ〉〔た。〕——ふとその時また私に悲しき遊戯の衝動が起った。[403][404][405]
此の【世】夜更け《《に此の》》〘の中で〙に、此の路の上で此の星の下で、此の迷ひ犬の様な私の声が一体どんなに響くものなんだらうか。皺枯れてゐるだらうか．かさかさしてるのか知ら．㊥[406]

401 「別行」（鉛筆痕）。

402 「別行」（鉛筆痕）。

403 「別行」（鉛筆痕）。

404 「に」に挿入記号（鉛筆痕）。「心」まで矢印（鉛筆痕）。

405 元の「微か」を活かして囲い、語順を入れ替え。「の」の挿入指定と矢印は淀野（鉛筆）。

406 「別行」（鉛筆痕）。

【□】【□】[407]冥府から呼ぶといふ様な声なのか知ら。――そう〔さ〕思ってゐるうちにも私は自分自身が変な怪物の様な気がして来た。私がこゝで物を言っても、たとへそれが言ってゐる積りでも、その実は何か獣が悲しんで唸ってゐる声なのぢやないか――一体何是〔故〕[408]アと云へばあの片仮名のアに響くのだらう。私は【発】《《口から出る声》》口が發音する響きと文字との関係が――今までつい〔ひ〕ぞ疑ったことのない関係が変挺〔梃〕で堪らなくなった。

[409]一体何是〔故〕[410]（イ）と云ったら片仮名のイなんだらう。

［60］

私は疑ってゐるうちに私がどういふ風に〔疑って正当なのか〕変に思ってゐるのかわからなくさへなって来た。

「（ア）．変だな．（ア）．」．

〈然も疑ふべき廉が〉㊥

[411]それは[412]理解すべからざる〔様なものが【そ】ある様に〕[413]もので充たされてゐる様に思った。〈それ〉そして私自身の帯声〔声帯〕や唇や舌に自信がもてなく

407 「冥府」への繋ぎ記号（鉛筆痕）。柱をまたいでおり、淀野の校訂・入稿時は開かれた状態であったことが分かる。

408 「故」（鉛筆痕）。

409 「別行」（鉛筆痕）。

410 「故」（鉛筆痕）。

411 「別行」（鉛筆痕）。

412 「それは」と「理解」の間に繋ぎ記号（鉛筆痕）。

413 以上の一節に一本線の削除記号（鉛筆痕）。

なった.
それ[414]にしても私が何▲とか云っても畜生の言葉▲の様に響くのぢやないかしら.
つんぼが[415]狂った楽器を叩いてゐる様に外の人に通じないのぢやないか知ら。
《《私は呪を》》《《かつ》》㊥身[416]のまわ(は)りに立罩めて来る、魔法の呪ひを拂ひ退ける様にして[417]
〈段々私の身体をしめつけて来る魔法のいましめ《《から》》を〉㊥
私の発し得た言葉▲は、
「悪魔よ退け！」ではなかった。
外[418]でもない私の名前だったのだ。
「瀬▲山！」[419]
私[420]は私の声に変なものを味[421]《ふ様に、》〈丁度▲鏡[422]で自分の顔▲を眺めるときの後味〉㊥った。丁度眞▲夜中自分の
[61]
顔▲を鏡[423]の中で見る〈様に、私自身が耳にした私〉㊥ときの鬼気が、『丁度▲』

414　「別行」（鉛筆痕）。
415　挿入記号は淀野（鉛筆）。
416　「別行」（鉛筆痕）。
417　一行またいで「私の発し得た」まで繋ぎ記号（鉛筆痕）。
418　「別行」（鉛筆痕）。
419　「瀬山」登場。これに合わせて一次稿が書き直された。
420　「別行」（鉛筆痕）。
421　文末の「った」まで繋ぎの記号（淀野鉛筆）。
422　誤字を訂正。
423　誤字を訂正。

声自身よりも、声をきくといふことに感ぜられた。私はそれにおっ被せる様に再び

「瀬▲山！」と云って見た。その声はや、高▲【かった。】くフーガの様△に才一の声を追って行った。その声は行燈▲の火の様に三尺もゆかないうちにぼやけてしまった。私は声を出すといふ【もの】ことにはこんな味があったのかとその後味をしみじみ味はった。

「[424]瀬▲山！」

〈「瀬▲山！」〉　「[425]瀬▲山．」

「[426]瀬▲山」

「[427]瀬▲山」

私は[428]〈[429]ヴアリアシヨンをつけて〉㊥

種々様々に呼んで見た▲。

[430]然▲し何▲といふ変挺〔梃〕な変曲なんだらう。

[431]一つは恨む様に、一つは叱る様に、一つは嘲る様に、一つ一つ過▲古〔去〕を持っ

424　「別行」（鉛筆痕）。

425　矢印記号と「別行ニテ五字サゲ」（鉛筆痕）。

426　矢印記号と「別行ニテ三字サゲ」（鉛筆痕）。

427　矢印記号と「別行ニテ十一字サゲ」（鉛筆痕）。

428　「別行」（鉛筆痕）。

429　次行「種々」まで繋ぎ記号（鉛筆痕）。

430　「別行」（鉛筆痕）。

431　「別行」（鉛筆痕）。

ており〔を〕、一つ一つ【に】記憶の中のシーンを蘇らしてゆく様だ。何▲といふ
奇▲妙な変曲だ！
[62]
「[432]瀬▲山」
「[433]瀬▲山」
「[434]瀬▲山」

私[435]

「瀬▲山！」此度▲は憐む様に。
先程の〈才一の私〉[436]と才二の私はまた[437]《立ち上》㊥
私の中で分裂した。才一の私〔の〕が呼びかける【声】[438]その憐む【様】【気
持】声[439]【に無▲限の親▲愛を込めて才一私は何▲度▲も】㊥に、才二の私はひたと
首をたれて泪ぐんでゐた。
「[440]瀬▲山！」才一の私の声もうるんで来た。

432　「別行」（鉛筆痕）。
433　「五字サゲテ」（鉛筆痕）。
434　矢印記号と「九字サゲテ」（鉛筆痕）。
435　「二行」アキ指定（鉛筆痕）。
436　梶井による誤った削除記号。
437　次行冒頭への繋ぎ記号（淀野鉛筆）。
438　挿入記号（鉛筆痕）。
439　次行の「に」まで繋ぎ記号（鉛筆痕）。
440　「別行」（鉛筆痕）。

▲[441]「瀬山」………

[442]そして才一の私は才二の私〔に〕と固く固く抱擁しあった。

　[443]私はもう下宿の間△近まで来てゐた。

　[444]私はそこに突立った。つきものがおちた様△　[445]に。「[446]帰らうか、帰るまいか。」

私はまた迷った。[447]〈▲然しどうしても私は夜盗の様△に錠前をこぢ〔じ〕あけてこ〉

㊥

▲然は〔し〕[448]私は▲直ぐ決心した。帰るまいと決心した。そのかわり〔は〕私は不意に喚き

出した。

［63］

[449]▲「瀬山」

[450]友達の誰彼からも省〔顧〕[451]みられなくなった〔。〕、[452]▲瀬山極▲[453]のために、私は深夜の

訪客だ。「俺はお前が心配でやって来たのだ。」

▲「瀬山君！」…

[454]私は耳を▲澄して見▲たが、その声が消▲えて行った後▲には▲何の物音もしなかっ

441　「別行」（鉛筆痕）。
442　「別行」（鉛筆痕）。
443　「別行」（鉛筆痕）。
444　「別行」（鉛筆痕）。
445　行頭一字アキ。アキ削除（詰め）の指定（鉛筆痕）。
446　「」」（鉛筆痕）。本文の括弧も○印で強調（鉛筆痕）。
447　次行「然」まで繋ぎ記号（鉛筆痕）。
448　「し」（鉛筆痕）。
449　矢印記号（鉛筆痕）。
450　「別行」（鉛筆痕）。
451　「み」に削除指定（鉛筆痕）。
452　「。」に「トル」とツメ記号（鉛筆痕）。
453　淀野註「極（よどの）」。ペン書き。
454　「別行」（鉛筆痕）。

た。
《[455]私は自》㊥
「瀬▲山【君】！」
　蓄〔畜〕生、糞いまいましい、今度▲は郵便屋だ、電報だ、書留だ、電報為替だ、
家から百円送って呉れたのだ。
〈「瀬▲山【君】さんといふ方ゐませんか！」〉
「沢田さん〔。〕！　電報〔・〕！
　瀬▲山さんといふ方《ゐません》に電報・」
私[456]はヒステ|[457]リックになり声は上釣って来た。そして下駄で玄関△の戸を蹴り
飛した。
「へ[458]い！。」マキャベリズムの狸親▲爺▲奴、おきて来やがったな。
私[459]は逃足▲になって来た〔。〕[460]のを踏みこらへて、
［64］
「三[461]五郎の大馬鹿○野郎」

455　行ツメ記号（鉛筆痕）。
456　「別行」（鉛筆痕）。
457　ペンの書き込み。
458　「別行」（鉛筆痕）。
459　「別行」（鉛筆痕）。
460　「トル」（鉛筆痕）。
461　「別行」（鉛筆痕）。

〈と云って〉[462]と喚いたま、、一生懸命に白川道をかけ下りた〔。〕のだ。[463]

[464]

――――――――――

[465]瀬山極の話は其所で終たのではなかったが、然し私はその末尾を割愛しや〔よ〕う。[466]

〖然し私は〗㊥

[467]然し私は彼が当然の結果として今年も又落オしたことをつけ加へておかねばならない。私は學校の規則として彼が除籍される為に、彼が職業を捜す相談にも与った。〈然し彼の〉

[468]私はその中に東京へ来てしまった。

彼の最近の下宿[469]へ問合せを出したり、京都の[470]友人に訪れて[471]見たりしたが、彼の行衛はわからなかった。ある者は復校したと云ひある者は不可能だと[472]云った。[473]

私は彼の夢を二度まで見た。[474]

462 「別行」（鉛筆痕）。

463 行頭に向けて矢印記号（鉛筆痕）。

464 「二行アキ」（鉛筆痕）。

465 前に「一行」アキ指定（鉛筆痕）。「別行」（鉛筆痕）。

466 「然し」に挿入記号（鉛筆痕）。

467 「別行」（鉛筆痕）。

468 「別行」（鉛筆痕）。

469 「宿」（鉛筆痕）。

470 挿入記号（鉛筆痕）。

471 「尋ね」（鉛筆痕）。

472 次行になった「だと云った」と繋ぎ記号（鉛筆痕）。

473 次行冒頭まで繋ぎ記号（鉛筆痕）。

474 次行冒頭まで繋ぎ記号（鉛筆痕）。

それで心がゝりになってまた問合せを出した上、私の友達が徴兵で京都へ帰るのに呉々も言傳た。

［65］

そして[475]最近彼の手紙がやっと私の許に届いた。私が〈この〉彼についてのことを書きかけたの【も】はその手紙を受取ってからのやゝ軽い安緒〔堵〕[476]の下にである。私は彼の手紙を読んでゐるうちに彼の思出が絵巻物の様に繰拡げられて行った。私はそれを順序もなくかき出した。然しいつまでかいても切りがない。私は彼の手紙の抄録をすることによって此の稿を留め様と思ふ。㊥[477]

475　「別行」（鉛筆痕）。

476　「堵」（鉛筆痕）。

477　末尾に「＊」（○囲い）の記号あり（鉛筆痕）。この後、十二行アキ。［66］〜［70］は、ノンブルのみ打った未使用の原稿用紙。瀬山の手紙について書くために用意していたものだろう。

二次稿[478]（ノンブルは編集時に淀野が付したものに従う）

【断片A】

④[479]

して「あなた」とか「下さい」とか切口上で物を言った。皆も叔父を尊敬した．私なども冗談一つ云へなかった。といふのは一つにはその顔が直ぐいらいらした刺々しい顔に変り易かったからでもあるのだが。それが酒を飲みはじめると掌をかへした様になる。「あの顔！まあいやらしい。」よく叔母は彼がロレツがまわ〔は〕らなくなった舌でとりとめもないことを（それは全然虚構な話が多かった。）口走ってゐるのを見るといひいひした。顔の相恰〔好〕はまるで変ってしまってしまりがなくなり、眼に光が消えて鼻から口へかけてのだらしがまるでなく――白痴の方が数等上の顔をしてゐる、私はいつもそう〔さ〕[480]思った。それにつれて皆の態度も掌をかへした様にかわる〔は〕[481]のだ。叔父の顔があんなにも変ったのも不思議であるが皆の態度がまたあん

478　一次稿の推敲を活かした清書稿であるが、現存するのは九枚のみ。続き具合から【断片A】【断片B】として掲げる。本来前後があったはずだが、遺稿としての発見時には失われていたと考えられる。淀野編集の「瀬山の話」は、この九枚の二次稿で、一次稿を上書きしたものである。

479　ノンブルは鉛筆で「④ヨドノ」。「(3)ニツヅク」、「(3)の(1)」の消し痕もある（鉛筆痕）。淀野註「第一行冒頭の二字を消し、三枚目十一行の十五字につづける（淀野）。」。

480　「さ」（鉛筆痕）。

481　「は」（鉛筆痕）。

なにも変ったのはなほさらの不思議である。
も一つは弱々しい笑顔▲――私はこの三つの型を瀬▲山の顔▲貌の中に数へることが出来る

⑤の一[482]

。[483]彼もやはり酒飲みなのである。然▲し瀬▲山の顔▲貌はあらましにしても三つではきかない。全く彼の顔▲には彼の心と同じ大きな不思議がひそんでゐる。瀬山とても此の世の中に處してゆくことが丸で出来ない男ではないのであるが、もともと彼の目安とする所がそこにあるのではないので、と云っておしまひにはその、試験で云へばぎりぎりの六十点の生活をあの様にまで渇望するのだが。全く瀬▲山は夢想家と云はうか何▲と云はうか、彼の自分を責▲める時程ひねくれて酷なことはなく――それもある時期が来なければそ〔さ〕うではないので、またその時期が来るまでの彼のだらしなさ程底抜けのものはまたないのである。

彼は〔□〕毎朝顔▲を洗ふことをすらしなくなる。例へば徴[484]兵検査[485]を怠けた

482　ノンブルは鉛筆で「⑤の一」。「3」に重ねて「4」、「④につづく」「（初稿の④…（以下判読不能））―〔別ニアリ〕」の消し痕もある（鉛筆痕）。

483　「。」を冒頭のマスで一字分に数えるのは、梶井の清書稿での特徴。

484　誤字を訂正。

485　『文芸』初出で「徴兵検査」は伏字処理されている。

ときいても彼にはありそう〔さ〕なこと、思へる。私は一度▲彼の下宿で酒壜に黄色い液体が詰められて、それが押入の中に何本▲▲もおいてあるのを見た。それは小便[486]

´⑥[487]

【断片B】

彼に父はなかった。父は去る〔さ〕官吏だったの〔だ〕が泒〔派〕[488]手な生活を送ってかなりの借財と彼を頭に▲数人の弟妹――それも一人は妾の子だったり一人は小間▲[489]使の子だったり、みな産褥から直▲ぐ彼の家にひきとられたその数人の子供をのこして死んだのだった。その後は彼の母の痩腕一本▲が瀬山の家を支へてゐた。彼の話によれば彼の母程よく働く人はない、それも精力的なと云ふよりも気の張りで働くので、それもみな一重〔偏〕に子供の成長を楽し▲みにして、物見遊山をするではなし、身にぼろを下げて機械の様になって働くといふのである。

486　淀野註「5の二の五行目初めにつづく（淀）」。

487　ノンブルは鉛筆で「´⑥　6の10行につづく」。冒頭に「銀の鈴」の消し痕（鉛筆痕）。

488　誤字。

489　「間」の崩し方に特徴あり。

【彼】私は彼が母から煙草店をして見やう〔よ〕と思ふがどうだといふ相談をうけたり、[490]〔旅〕宿館の老舗が賣物に出たから買はうと思ふのだがとかいふ様な手紙が来てゐたのを知つてゐる。またある手紙は母よりと書いてあるのが消してあつて改めて瀬山〇子と書き直してあつたりした。[491]それは彼をもう子とは思はないといふ彼の親不孝をたしなめた感情的な手紙だつた。

´(7)[492]

私は幾度も彼がその母と一緒に一軒一軒借金なしをして歩いたといふ話を知つてゐる。然しそれは話だけで一度もその姿を見る機会はなかつたのだ。瀬山の母はそれだけの金を信用して瀬山に渡したりすることは勿論、店へ直接に送ることすら危んでゐたらしい。往々其處にさへ詭計が張つ〔□〕てあつたりしたのだから。然しその頃はまだよかつたと云へる。七轉び八起き、性もこりもなく母は瀬山の生活の破産を繕つてやつてゐた。

本は質屋から帰つて来る．新らしい窓掛は買て貰つた。洋服も帰つて来た。

私は冬枯れから一足飛びに春になつた彼の部屋の中で、彼の深い皺が伸び

490　「旅？」（鉛筆痕）。

491　行頭の「。」。

492　ノンブルは鉛筆で「´(7)」。その右脇に「(採る)」の消し痕（鉛筆痕）。

て話声さへ麗らかになったのを見てとる。――けたたましい時計のアラームが登校前一時間に鳴り、彼は佛蘭西製の桃色の練歯磨と狸の毛の歯刷〔刷〕[493]毛とニッケル鍍金の石鹸入を、彼の言葉を借りて云へば、棚の上の音楽的効果である、意装〔匠〕[494]を凝した道具類の配置のハーモニーから取出し【て】、四つに畳ん

(8)[495]

だタオルを手拭籠の中から摑んで洗面場へ進出するのだ。彼はその様な[496]尋常茶飯事を宗教的な儀式的な昂奮を覚えながら――然もそれらの感情が唯一方恬然[497]たる態度となって現れるのを許すのみで――執行するのだ。

私は瀬山に就てこうも〔か〕[498]云へる様[499]に思ふ。彼は常に何か昂奮することを愛したのだと。彼にとっては生活が何時も魅力を持ってゐなければ、陶酔を意味してゐなければな［な］らなかったのだ。

[500]然しその朝起きも登校もやがては魅力を失ってゆく。そして彼はまたいつもの陥穽へおち込むのだ。

493 誤字。

494 「匠」（鉛筆痕）。

495 ノンブルは鉛筆で「(8)」。

496 「やう」（鉛筆痕）。

497 「悠」（鉛筆痕）。欄外にペンで「? 恬―悠」。筑摩版全集の淀野注に、「この恬然をこれまで悠然と讀みちがへてゐた」と見える。

498 「か」（鉛筆痕）。

499 「やう」（鉛筆痕）。

500 「別行」（鉛筆痕）。

それにしても彼が最近に陥った状態は最もひどいものだった。彼にとっても私にとってもその京都の高等学校へ入って三年目、私は、三年生にゐたし、彼は二度目の二年生を繰返してゐた。――その時のことである。

私は彼が何故その時々あんなにも無茶な酒をのまなければならなかったかと考へて見る。

(9)[503]

或[504]はこう[505]でもなかったらうか。

彼[506]の生活はもう実行的な力に欠けた彼にとっては彌縫することも出来ない程あまりに四離[507]滅裂だったのだ。醒めてゐる時にはその生活の創口が口を眞紅にあけて彼を責めたてる。彼はその威赫に手も足も出なくなって、どうかして其処を逃げ出したいと思ってしまふ。私は彼が常に友達――それも彼の生活が現在どうなってゐるか知らない様[508]な友達と一緒になりたがってゐたのを知ってゐる。彼はそれらの群の中では、彼等同様生活に何の苦しみもない様な平然とした態度を装って見たり、(こう[509]でもあったなら!)

501　改行指定（鉛筆痕）。
502　「どき」（鉛筆痕）。
503　ノンブルは鉛筆で「(9)」。冒頭に四角囲いで「習作」（鉛筆痕）。
504　改行指定（鉛筆痕）。
505　「か」（鉛筆痕）。
506　改行指定（鉛筆痕）。
507　「支」（鉛筆痕）。
508　「やう」（鉛筆痕）。
509　「か」（鉛筆痕）。

と思ってゐる状件〔条〕[510]をそのまゝ着用したり、そしてそれが信用され通用することにある気休めを感じてゐるらしかった。他人の心の中に才二の自己を築きあげる――そのことは彼の性格でもあった。現実の自分よりはまだしも不幸でないその才二の自己を眺めたり、また才二の自己〔の〕に相等な振舞を演じたりしてせめてもの心やりにし

⑽[511]

てゐた。――その頃▲は殆ど病的だったと云へる。彼はまたその意味で失恋した男になり了せたり、厭世家になり了せたりした。

彼にある失恋があったことはそれより以前△に私もきかされてゐた。然▲し兎も角それはもう黴[512]の生えたものだったのである。▲然も彼はその記憶に今日の生命を吹き込んでそれに酔拂はうとした。彼は過古〔去〕や現在を通じて、彼の自暴自棄を人目に美しい様に正当化出来るあらゆる材料を引き出して、それを鴉片としそれをハッシッシュ[513]としや〔よ〕[514]うとしたのだ。〔た〕とうとうお終ひに彼の少年時代の失恋が、▲然も二つも引き出されて来た。

510 「條」（鉛筆痕）。

511 ノンブルは鉛筆で「⑽」。右脇に「（トル）」（採るの意）、冒頭に○囲いで「習作」（鉛筆痕）。

512 誤字を訂正。「黴」（鉛筆痕）。

513 「ッ」「ッ」「シ」に○印（鉛筆痕）。挿入の「シッ」はペン書き。

514 「よ」（鉛筆痕）。

そして彼はその引きちぎって捨てられた昨日の花の花弁で新▲らしい花を作る奇▲蹟をどうやらやって見せたのだ。そればかりか、そんなことには臆病な彼がその中の一人に、恐らくは最初の手紙を書かうと眞面目に思ひ込む様[515]にさへなったのだ。

その[516]頃▲彼はその恋人に似てゐると云ふある藝△

(11)[517]

者に出会った。私は彼にそのことをきいたのだ。そして本気になってその方へ打込んでいった。――――私は一体何▲時彼が正▲眞▲正銘の本気であるのか全く茫然としてしまふ。[518]恐らく彼自身にもわからないだらうと思ふ。然▲し一体どんな人間△がその正▲眞▲正銘の本気を持ってゐるだらうか――――いや私はこんなことを云ひ度▲いのではなかった。然▲し私は、恐らくはどんな人間△もそれを持てゐないといふことを彼をつくづく眺めてゐるうちに知る様になったのだ.

彼[519]はそ丶の丶本気でその藝△者に通ひ始めた。私は覚えてゐる。彼はその金を誰々

515　「やう」（鉛筆痕）。

516　改行記号（鉛筆痕）。

517　ノンブルは鉛筆で「(11)」。冒頭に○囲いで「習作へ」（鉛筆痕）。

518　「」」（鉛筆痕）。

519　改行記号（鉛筆痕）。

の全集を買ふとか、外国へ▲本を註文するとか云って、彼の卆業を泳ぎつく様に待ち焦れてゐる気の毒な母親から引き出してゐた。或る時はまた彼の尊敬してゐた先輩から借りてそれに充て、ゐた。[520]

彼[521]がその藝△者を偶像化してゐたのは勿論、三味線も弾かせなければ冗談も云はず――それ

⑿[522]

でゐて彼は悲しい歌▲を！悲しい歌▲を！と云って時々[523]歌▲はせてゐたといふのだが、とにかく話としては唯[524]彼の思ってゐた女が結▲婚しや〔よ〕うとする．そしてその女はお前によく似てゐる．[525]といふ様なことを粉飾して云ひ云ひしてゐたらしいのである．

私は二三の人を通してそのことをきいてゐた。[526]その中にはその藝△者を買▲ひ名〔馴〕[527]染んでゐた一人もゐた。その男から私はある日こんなことをきいた。

[528]――[529]その女子はん〔は〕があてに似といやすのやそう〔さ〕どすえ。――――

――[530]

520 「て」（鉛筆痕）。

521 改行記号（鉛筆痕）。

522 ノンブルは鉛筆で「⑿」。右脇に「（トル）」、冒頭に○囲いで「習作」（鉛筆痕）。

523 「どき」（鉛筆痕）。

524 「ただ」（鉛筆痕）。

525 行頭の「。」。

526 行頭の「。」。

527 「馴」（鉛筆痕）。

528 改行記号（鉛筆痕）。

529 「二字分」（鉛筆痕）。

530 「二字分」（鉛筆痕）。

531――わてほんまにあの人のお坐敷かなわんわ〔は〕――532その藝△者がその男に瀬▲山の話をしたのだそう〔さ〕なのだ.
その瞬間、△私は何故▲か肉体的な憎悪がその男に対して焔えあがるのを感じた。何▲故か、何▲故か、譯のわからない昂奮が私を捕へた。
その頃▲から彼は益く私の視野から遠ざかって行った。其533の後私は彼からその後の種々な話534

531　改行記号（鉛筆痕）。
532　「二字分」（鉛筆痕）。
533　「そ」（鉛筆痕）。
534　上部欄外に淀野註「13の十九行目六字へつづく」。下部欄外に「（13のL9行へ）」（鉛筆痕）。

【参考】一次稿・二次稿　重複部の比較

一次稿・二次稿の重複部について対校を作成した。〔　〕は一次稿のうち不採用となった部分、――は二次稿で新たに加えられた部分である。内容の比較を容易にするために、ここでは一次稿の書き悩みの痕を一々復刻せず、できるだけ記号を簡素化した。これまでの凡例に拠らない点に注意されたい。

［3］

〔あなたと云ったのを覚えてゐる。〕して「あなた」とか「下さい」とか切口上で物を言った。皆も叔父を尊敬した。私なども冗談一つ云へなかった。〔然し〕といふのは一つにはその顔が直ぐいらいらした刺々しい顔に〔変化し〕変り易かったからでもあるのだが。〔も一つは弱々しい笑顔だ。どこか尻尾を肢にはさんだ犬の様な。も一つは酒を飲んでゐるときの顔だ。〕それが酒を飲みはじめると掌をかへした様になる。〔『〕「あの顔！まあいやらしい。〔』〕」よく叔母は〔父〕彼がロレツがまわらなくなった舌で〔、〕

とりとめもないことを〔。〕（それは全然虚構な話が多かった。）口走って
ゐるのを〔指して云ひ云ひした言葉だ。〕見るといひいひした。

[4]

顔の相恰は〔丸〕まるで変ってしまってしまりがなくなり眼に光が消えて〔、鼻
や口のあたりの〕鼻から口へかけてのだらしがまるでなく——白痴の方が
数等上の顔をしてゐる、私はいつもそう思った。それにつれて皆の態度も
掌をかへした様にかわるのだ。叔父の顔があんなにも変ったのも不思議で
あるが皆の態度がまたあんなにも変ったのはなほさらの不思議である。
も一つは弱々しい笑顔〔／〕——〔その叔父の顔の〕私はこの三つの型
を〔私はやはりAの〕瀬山の顔貌の中に数へることが出来る〔。〕。〔A〕
彼もやはり酒飲みなのである。〔／唯物的な謂ひ方で全く酒が彼に災映し
た。〕然し瀬山の顔貌はあらましにしても三つではきかない。全く彼の顔
には彼の心と同じ大きな不思議がひそんでゐる。
〔A〕瀬山とても此の世の中に處してゆく〔といふ〕ことが丸で出来ない

男ではないのであるが、もともと彼の目安とする〔處〕所がそこにあるのではないので、と云っておしまひにはその、試験で云へはぎりぎりの六十〔奌〕点の生活をあの様にまで〔渇〕渇望〔した〕するのだが。全く〔A〕瀬山は夢想家と云はうか何と云はうか、彼の自分を責める〔とき〕時程ひねくれて酷なことはなく〔、〕――それもある時期〔にならなければ〕が来なければそうではないの〔だが〕で、またその時期が来るまでの彼のだらしなさ程底抜けのものはまたないのである。

彼は毎朝顔を洗ふことをすらしなくなる。〔たゞその時

[5]

のもの臭な気持で〕例へば徴兵検査を〔すっぽかした〕怠けたときいても〔それが彼なら通常のこと、しか思へない。〕彼にはありそうなこと、思へる。私は一度彼の下宿で酒壜に黄色い液体が詰められて、それが押入の中〔へ入れて〕に何本もおいてあるのを見た。それは小便

［6］

彼に父はなかった。父は去る官吏だったのが〔、派〕派手な生活を送ってかなりの借財と彼を頭に数人の弟〔、〕妹――それも一人は妾の子だったり一人は〔下女〕小間使の子だったり、みな産褥から直ぐ彼の家にひきとられたその数人の〔兄弟〕子供をのこして死んだのだった。その後は彼の母の痩腕一本が瀬山の家を支へてゐた。〔／それも〕彼の話によれば彼の母程よく働く人はない、それも精力的なと云ふよりも気の張りで働くので、それもみな一重に子供の成長〔――殊に彼の出世ばかり〕を楽しみにして、物見遊山をするではなし、身にぼろを〔さ〕下げて〔、身を機械にして働いてゐる彼の母から強請するのだ。〕機械の様になって働くといふのである。私は彼が母から煙草店をして見やうと思ふがどうだといふ相談をうけたり、〔母よりとかいてそれを消し×××子と書き直してある

○

［7］

縁切れの手紙を見たことがある。その様な時だった。彼がその手拭云々の言葉を思ひ出して泣き出したのは。あのときの自分の顔貌を思って見るのが堪らないと云って。〕宿館の老舗が賣物に出たから買はうと思ふのだがとかいふ様な手紙が来てゐたのを知ってゐる。またある手紙は母よりと書いてあるのが消してあって改めて瀬山〇子と書き直してあったりした。それは彼をもう子とは思はないといふ彼の親不孝をたしなめた感情的な手紙だった。

私は幾度も〔A〕彼がその母と一〔しよ〕緒に一軒一軒借金なしをして歩いたといふ話を知ってゐる。〔(私は一度もその姿を見たことはなかった。)〕然しそれは話だけで一度もその姿を見る機会はなかったのだ。〔A〕瀬山の母はそれだけの金を信用して〔A〕瀬山に渡したりすることは勿論、店へ直接に送ることすら危ん〔だのだ〕でゐたらしい。往々其處にさへ詭計が張ってあったりしたのだから。〔その様にして幾度も幾度も彼は陣を立て直した。〕然しその頃はまだよかったと云へる。七転び八起き、性もこりもなく母は瀬山の生活の破産を繕ってやってゐた。／本は質屋から帰って来る〔。〕新らしい窓〔かけ〕掛は買〔っ〕て貰った。洋服も帰って来た。私は冬枯れから一足飛びに春になった彼の部屋の中で、彼の深い皺が伸びて話声〔が〕さへ麗らかになったのを見てとる。――けたたましい時計のアラームが登校前一時〔時前〕間に鳴り、彼は佛蘭西製の桃色の練歯磨と狸の毛の歯刷毛とニッケル鍍金の石〔鹸〕鹸入を、彼の言葉を借りて云へば、〔〔〕棚の上の音楽的効果〔〕である、意装を凝した道具類の配の〔〕ハーモニー〔〕から取出し、

[8]

四つに畳んだタオルを手拭籠の中から摑んで洗面場へ進出するのだ。彼はその様な尋常茶飯事を宗教的な儀式的な昂奮を覚えながら――然もそれらの感情が〔たゞ〕唯一方恬然たる態度となって〔あらは〕現れる〔だけ〕のを許すのみで――執行するのだ。

私は〔A〕瀬山に〔つい〕就てこうも云へる様に思ふ。彼は常に何か昂奮することを愛したのだと。〔／〕彼にとっては生活が何時も魅力を持ってゐなければ、〔また〕陶酔を意味してゐなければ〔いけないのだ。〕ならなかったのだ。

〔思へば彼は不思議な男である。〕

［9］

〔私は彼がこんなことを云ったのを覚えてゐる。——一体俺は此頃何が自分の所有してゐる品々だらうと思ふのだ。此の金は俺のものだ。と云った所でそれは無論法律とか何とかの極めてゐるだけのことで、俺とは何の交渉もないものだ。それぢや此の身体はと云へばなる程これこそ俺の所有物だ。一応はその様にも思へるがさて考へて見るとどうも怪しい。〕

然しその朝起きも登校もやがては魅力を失ってゆく。そして彼はまたいつもの陥穽へおち込むのだ。

それにしても彼が最近に陥った状態は最もひどいものだった。彼にとって

も私にとってもその京都の高等学校へ入って三年目、私は、三年生にゐた
し、彼は二度目の二年生を繰返してゐた。――その時のことである。
〔アルコホリスム。〕
〔　〕私は彼が何故その時々〔そんなに〕あんなにも無茶な酒をのまなければな
らなかったかと考へて見る。
／或はこうでもなかったらうか。
彼の生活はもう実行的な力に欠けた彼〔自身〕にとっては彌縫することも
出来ない程〔、〕あまりに四離滅裂だったのだ〔．〕。醒めてゐる〔とき〕
時にはその生活の創口が口を眞紅に〔開〕あけて彼を責めたてる〔．〕。彼
はその威赫に

[10]

手も足も出なくなって、どうかして〔そこ〕其処を逃げ出したいと思って
しまふ。私は彼が常に友〔達〕達〔の傍に／〕――それも〔なるべく〕彼の生活
が現在どうなってゐる〔の〕か知らない様な友達と一緒になり〔度がったのを〕

たがってゐたのを知ってゐる。彼はそれらの群の〔内〕中では、彼等同様生活に何の苦しみもない様な平然とした態度を装〔ひ〕って見たり、〔また恐らはくはそれが彼の〕（〔か〕こうでもあったなら！）と思ってゐる〔コニンクティフであったのだらう——その様なことを喋っては信用して貰ひ度く思ったりしてゐた。〕状件をそのまゝ着用したり、そしてそれが信用され通用することにある気休めを感じてゐるらしかった。他人の心の中に才二の自己を築きあげる——そのことは彼の性格でもあった。〔私はなる程不幸と云ふものはあの様な男にあってはあの様な段階を經て本当の不幸になって来るのだなと思った。彼は他人の心の中に才二の自己を築きあげて——その〕現実の自分よりはまだしも不幸でない〔自分〕その才二の自己を眺めたり、

[11]

また才二の〔自分〕自己に相等な振舞を演じたりして〔　〕せめてもの心やりにしてゐた〔のだ。／〕。——その頃は殆ど病的だったと云へる。

彼はまたその意味で失恋した男になり了せたり、厭世家になり了せたりした。

彼に〔或る種の〕ある失恋があったことは〔どうしても事実なのであるが〕それより以前に私もきかされてゐた。然し兎も角それはもう黴の生えたもの〔にはちがひなかった。〕だったのである。然も彼はその記憶〔を再び眼の前に呼び戻し新しい〕に今日の生命を吹き込んでそれに酔〔っ〕拂はうとした〔のだ〕。彼は過古や現在を通じて、〔凡そ今の〕彼の自暴自棄を人目に美しい様に正当化出来るあらゆる材料を引〔ずり〕き出して、〔彼の火の中に投ずる薪としたのだ。〕それを鴉片としそれをハッシッシュとしやうとしたのだ。

╱とうとうお〔しま〕終ひに彼の少年時代の失恋が、〔――〕然も二つも引き出されて来た。そして〔而も〕彼はその〔引千切って〕引きちぎって捨てられた昨日の花の花弁で〔昨日の〕新らしい花を作る奇蹟をどうやらやって見せたのだ。〔╱

［12］

彼の失恋がどんなものだったか私は委しくは知らないのだが——彼はとう
とう〕それはかりか、そんなことには臆病な彼がその中の一人〔の失恋の
対象〕に、恐らくは最初の手紙を〔出そう〕書かうと眞面目に思ひ込む様
にさへなったのだ〔！〕。
〔私は知ってゐる〕その頃彼は〔昨日の〕その恋人に似てゐると云ふある
藝者に出会った。私は彼にそのことをきいたのだ〔、本気であったのかど
うなのか〕。そして本気になってその方へ打込んでいった。——
私は一体何時彼が正眞正銘の本気であるのか全く茫然としてしまふ〔の
だ〕。恐らく彼自身にもわからないだらうと思ふ。然し一体どんな人間が
その正眞正銘の本気を持ってゐるだらうか〔。〕——いや私はこんなこ
とを云ひ度いのではなかった〔のだ〕。然し私は、恐らくはどんな人間も〔混
り気なしの本気を〕それを持てゐないといふことを〔　A〕彼をつくづく
眺めてゐるうちに〔　〕知る様になっ〔て来〕たのだ〔。〕。

彼は〔彼の〕その本気でその藝者に通ひ始めた。〔／〕私は覚えてゐる〔.〕。
彼はその金を〔けん微鏡を買ふとか〕誰々の全集を買ふとか、外国〔の〕
へ本を註文するとか云って、彼の卆業を泳ぎつく様に待ち焦れてゐる気の
毒

[13]

な母親から引き出してゐた〔のだ〕。或る時はまた彼〔が〕の尊敬してゐ
た〔ある〕先輩から〔借りたりしてゐた。〕借りてそれに充て、ゐた。
〔私は〕彼がその藝〔妓〕者を偶像化してゐたのは勿論、三味線も弾かせ
なければ冗談も云はず――〔〕それでゐて彼は悲しい歌を！〔　〕悲し
い〔唄〕歌を！と云って時々歌はせてゐたといふ〔。〕のだが、とにかく
話としては唯彼〔が〕の思ってゐた女が結婚〔してゆく、〕しやうとする.
そしてその女はお前に〔生き寫しだ！〕よく似てゐる.といふ様なことを
粉飾して云ひ云ひしてゐたらしいのである〔。〕.
私は二三の人を通してそのことをきいてゐた。その中にはその藝者を買ひ

名染んでゐた一人もゐた。その男から私はある日こんなことをきいた。
――その女子はんがあてに似といやすのやそうどすえ。――
〔とその藝妓はある男に云った。〕
――わてほんまにあの人の〔御〕お坐敷かなわんわ〔――とまた云って
ゐた。――――と云ふことを私はその男からきかされたのだ。〕――――そ
の藝者がその男に瀨山の話をしたのだそうなのだ.
／その瞬間、私は何故か〔私はその男に生理的な憎悪をその瞬間經驗した。〕
肉体的な憎悪がその男に対して焔えあがるのを感じた。何故か、何故か、
譯のわからない昂奮が私を捕へた。
その頃から彼は益〔々〕く私の視野から〔離れてしまったのであるが〕遠
ざかって行った。〔その後の話しで私はその時の挿話といふもの〕其の後
私は彼からその後の種々な話

（翻刻　河野龍也）

「檸檬」を含む草稿群について

棚田輝嘉

はじめに

本草稿は、これまで「瀬山の話」と題され発表されてきた、梶井基次郎の草稿である。ただ、草稿にタイトルはなく（「銀の鈴」と冒頭にあり、消されている）、淀野隆三が仮に名付けたものだが、梶井の全集に収められる際にも同じタイトルのまま掲載されたため「瀬山の話」として、一般に定着しているものである。

この原稿用紙に記された草稿には、それ以前の様々な試みが存在する。その過程について記す前に、梶井の創作作法一般について、簡単に述べておく。

梶井は、構想を得るとまず手帖に書き留める。現在確認されている手帖が十六冊あるが、各時期に一冊、あるいは数冊並行して、様々な作品の構想がメモされている。「檸檬」創作の出発点も手帖に記された「秘やかな楽しみ」という詩である。ただ、この詩は現存する十六冊の一部ではなく、他の手帖から切り取られたものであり、折り目や汚れ等を勘案すると、おそらく梶井が折りたたんで持ち歩いていたものと思われる（現在、大妻女子大学所蔵）。同時に、手帖に記された草稿群には、共通の特徴が見られる。タイトルがある場合、句点が付けられること。句読点の書き分けが基本的にはなされず「.」で記されていること。タイトルの句点については理由は不明だが、友人の淀野隆三の草稿でも同様のことが言え、時代的な、あるいは地方的な理由があるのかもしれない。一方、句読点の書き分けをしないのは、構想が浮かんだ時にそれを出来るだけ早く書き記したいという気持ちの反映であるように見なせる。それに呼応するように、文字遣いも乱雑であり、誤脱字も多い。

この手帖に記された草稿が、さらに手帖の上で構想を加えられたり、他の草稿と結びつけられたりしながら、次第に形を成していく。

その先で、ようやく原稿用紙に書き記されることになる。従って、原稿用紙に記された草稿は、ある種の「清書稿」とも言えるのである。そのため、句読点の書き分けもなされ、作品が完成に向けて、一定の方向性を持って来ているということができる。しかし、こうした流れの中に「瀬山の話」を位置付けて眺めて見ると、「未完成」の度合いが大きいことが見て取れる。最初こそ丁寧に書かれてはいるが、次第に、挿入、削除、書き直しが増え、手帖の場合と同様の新たな構想に引きずられるような早書きが増えてくる。所々で句読点の書き分けも失われ「.」も見られる。後述するように、本草稿は一次稿と二次稿の二種類があると見なせる。『青空』創刊号に向けて、手帖の上で試みていた自信作を原稿用紙に「清書」しているつもりであったのであろう。しかし、残念ながら作品は十分な完成形に到達せず、やむなくその一部を「檸檬」という短編として切り取らざるを得なかったのである。本草稿における文字遣い、様々な推敲過程などを一人の人間の身体の記録として眺めてみると、こうした梶井の創作上の苦闘の過程が見えてくるように思われる。

作品の中身は、京都の第三高等学校時代の経験を元にして書かれたものである。というより、東京大学に入り、友人たちと同人誌『青空』を創刊することになり、そのために京都での生活を総括しようとした作品だと言った方がいいかもしれない。後に「瀬山の話」から切り取られて「檸檬」と題されて『青空』創刊号に掲載される物語は、梶井の実体験をもとにしていることが分かっている。ただ、中谷孝雄の回想によれば、丸善に置かれたはずだった檸檬は、中谷に預けられたようであり、創作の部分ももちろんある。しかし、檸檬創作の出発点となった草稿と見なされる手帖の一葉に書かれた「秘やかな楽しみ」に、すでに丸善に檸檬を置くことが記されている。

本草稿に関するこれまでの「解説」について

本草稿は、淀野隆三編集による昭和三十四年版の『梶井基次郎全集』（筑摩書房）（旧版全集と呼ぶ。なお、本稿では昭和四十一年の新装版による）の編集時点までは存在し、平成十一年版の『梶井基次郎全集』（筑摩書房）（新版全集と呼ぶ）の時点では、所在不明となっていたものである。

この草稿のあり様を概説する前に、これまでの全集で記されてきた解説を示しておく。

①　六蜂書房『梶井基次郎全集　上巻』昭和九年

「瀬山の話」（仮題）には各挿話に小題を付す意図があつたらしく、原稿の最初に「銀の鈴」とあつて抹消されてゐる。この原稿には全体に亘つて推敲の朱が入れてあり、また最初の十枚許りは別に浄書されてゐた。

②　旧版全集

＊原稿は東京神田宮田製の四百字詰原稿用紙で六十五枚（番号を打つて七十枚綴ぢたうちの）。　＊ほかに下書き七枚が残つてゐる。　＊一枚目に「銀の鈴」と書いて消してある。

同じ草稿を指していながら①②の説明には齟齬がみられる。また、実際に写真版を見ていただけば分かるように、両者ともに正しくない部分もある。これについて解説をしておくと、

（1）「最初の十枚許りは別に浄書されてゐた」（①）のか、「ほかに下書き七枚が残つてゐる」（②）のか。→九枚の二次稿　とするのが正しい。

（2）「全体に亘つて推敲の朱が入れてあり」（①）→朱が入っているのは二十六枚目〜三十三枚目までの八枚のみ。このうち梶井自身によると推定されるのは三十枚目〜三十三枚目の四枚のみ。

（3）「『瀬山の話』（仮題）には各挿話に小題を付す意図があったらしく、原稿の最初に「銀の鈴」とあつて抹消されてゐる。」（①）→原稿最初のタイトルはその通りだが、各挿話に小題を付す意図、というのは、疑問が残る。「檸檬」挿話には確かに小題と呼ぶことが可能なタイトルが付されてはいるが、冒頭の「銀の鈴」を「小題」と呼んだ場合の「挿話」の範囲が明確ではない。

以上を踏まえて、草稿の全体像を正しく解説すれば、

＊東京神田宮田製の四百字詰原稿用紙で六十五枚の草稿、さらに66〜70までノンブルのみが付された同じ原稿用紙五枚、及び、冒頭部分から書き直しが試みられた第二次稿の一部と思われる草稿が九枚

ということになる。

「（番号を打つて七十枚綴ぢたうちの）」（②）とあるが、①の時点で綴じられていたのかどうか不明である。どちらの全集も淀野が中心となって編集をすすめたことを考えると、両者の内容が異なっていること自体理解に苦しむのだが、「最初の十枚許りは別に浄書されてゐた」（①）という解説を、〈最初の約十枚相当部分については、別に浄書されていた可能性が考えられる〉という意味に解すれば矛盾はなくなる。また、「別に浄書」という物言いから判断すれば

①の時点では、別に存在していた、つまり一緒には綴じられていなかった、と推定するのがよさそうである。

草稿の全体像

本草稿は大きく三つのグループに分けることができる。

一つ目は【1】（以下、草稿番号は、原稿用紙上部に梶井または淀野によってふられたノンブルを【　】を付して、そのまま使用する）～【51】までのグループ（GⅠとする）。

二つ目は【52】～【65】の本文＋白紙の【66】～【70】まで（GⅡとする）。

三つ目は【④ヨドノ】と書かれたものから順に【⑤の二】【⑥′】【⑦′】【⑧】【⑨′】【⑩′】【⑪】【⑫′】と記されている九枚であり、GⅠの【3】～【13】に相当する部分の手直し稿と推定される。（ただし、後述するが、二つに区分できる内容になっている）（GⅢとする）。

本書では、以上の区分に従ってGⅠ～GⅢの順で配列してある。

GⅠとGⅡを分ける根拠は二つである。一つは、原稿用紙に打たれたノンブル数字の違い。大きさ、字の感じ、位置などが明らかに異なっている。ただ同時に、いずれも梶井のものだという程度には似ている。従ってGⅠとGⅡの、少なくともノンブルは書かれた時期が異なるものと推定される。二つ目は、主人公の名前である。本草稿は基本的に「私」が「その男」あるいは「A」あるいは「瀬山」の話を語り、その中に、「その男／A／瀬山」の一人称の語りによる挿話を二つ挿入するという構造を持っているが、「瀬山」という名が登場するのはGⅡとGⅢである。従ってGⅠを「瀬山の話」と呼ぶことはできない。本草稿の存在が確認されるまでは、淀野隆三編集による本文によってしか作品を読むことができなかった。そうして淀野はこの草稿を編集するにあたり、「その男」あるいは「A」の物語であったＧⅠの一部をＧⅢの「瀬山」の物語の原稿に置き換えるという作業をしている。これはおそらく、梶井の企図した完成形により近いものを本文にしたいという編集者としての判断によるものだと思うが、その結果、草稿が初めから「瀬山の話」であったかのような印象を生み出してしまっている。しかも、筑摩の旧版全集は、はじめから「Ａ」と「瀬山」という二つの人名を持った混乱した本文になっている。

しかし、草稿を見る限り、実際はかなり単純な構造をしていることが分かる。

つまり

ＧⅠ↓「その男」＝「Ａ」を主人公とする物語

ＧⅡ↓「瀬山」の物語

ＧⅢ↓「Ａ」を「瀬山」に変えた物語

なお、ＧⅢは、【④ヨドノ】【⑤の一】と【′⑥】～【′⑫】の二組に分かれており、それぞれ、ＧⅠの【3】～【5の二】、と、【6】～【13】に対応している。また、【④ヨドノ】の1行目を見る限り、それに先行する原稿があったことは確実であり、しかも、本草稿中に該当する原稿がないことを勘案すれば、梶井はＧⅠの草稿を、おそらく冒頭から書き直しており（①の解説では「浄書」としているが、正確にはＧⅠを一次稿、ＧⅢを二次稿と呼ぶべきである）、それらが十数枚あり、そのうちの九枚が残されていると考えるべきであろう。

そして、判断に迷うところではあるが、原稿に付されたノンブルのうち【5の二】の「の二」およびＧⅢのノンブルすべては、淀野によるものと推測される。

また、ＧⅠ～ＧⅢの三区分以外に、原稿用紙の最後が文末であったり、余白があったりすることで、次の原稿と連続すると単純に判断することに躊躇を覚えるものがあるが（【21】と【22】、【27】と【28】、【28】と【29】、【29】と【30】、

【30】と【31】、【38】と【39】、【54】と【55】、【57】と【58】）、ストーリーの続き具合などを考慮すれば、連続する原稿と見なしてよいと思われる。

草稿の成立過程に関する考察

以上を踏まえて、本草稿の成立過程について、私見を述べておきたい。

草稿とは、完成作の下書き原稿を指す場合と、ついに完成されなかった作品の原稿を指す場合があるが、本草稿は、その両方を兼ね備えていると言える。ただ一般には、梶井の代表作である「檸檬」に相当する部分がほぼすべて本草稿に含まれているため、「檸檬」にいたる下書きの一つとして論じられる場合が多い。しかし、後述するように、本草稿はいくつかの成立の段階を持ち、それぞれで想定されていた作品の最終形が異なっているように見なされるので、単純に「檸檬」草稿とも言い得ない。一方で、これまで淀野隆三によって〈仮題〉としてつけられた「瀬山の話」というタイトルも、本草稿全体を呼ぶにはふさわしくはない。本来この作品はA（梶井の試作の一つである「裸像を盗む男」に「足越」という主人公名があるという指摘が、古閑章にある。『梶井基次郎研究』〈平成6・11、おうふう〉参照）の物語であった。それが後に「瀬山」という固有名詞を持つ人物の物語に改変されようとして、ついに改変され得なかった物語なのである。本書はこうした成立過程を正しく辿れるように、GⅠ、GⅡ、GⅢの区分に従って、配列したものである。

これについて、以下に、草稿をもう一度整理してみる。

GⅠの【1】～【14】の4行目まで：冒頭

【14】の5行目～【28】まで：檸檬挿話

【29】～【30】の2行目まで：繋ぎ部分
【30】の3行目～GⅡの【64】4行目まで：第二挿話（仮に「下宿」と呼んでおく）
【64】5行目～【65】：まとめ部分
【66】～【70】：白紙（瀬山の手紙に相当）

さらにGⅢが九枚あるが、先に述べたようにこれはGⅠの【3】～【13】の書き直し（二次稿）と見なされる。また、梶井自身による推敲の朱は【30】～【33】である。

これらを勘案した上で、詳しく整理し直せば、

（あ）冒頭部分：GⅠの【1】～【13】
（い）檸檬挿話：GⅠの【14】～【28】
（う）（繋ぎ部分）：GⅠの【29】～【30】
（え）「下宿」冒頭：【30】～【33】（朱入れ以前）
（お）「下宿」GⅠ残り部分：【34】～【51】
（か）「下宿」GⅡ部分：【52】～【65】
（き）白紙　GⅡ：【66】～【70】
（く）冒頭部分：二次稿　GⅢ（GⅠの【3】～【13】の手直し）
（け）（え）の朱入れ

となる。

ここで問題になるのは、（か）（き）（く）がいつ書かれたかということである。これについては今後のさらなる検討

たいと思う。

が必要であろうし、また、本書の写真版を参考にして、ぜひ検討をしていただきたいと思うが、私見を提示しておきたいと思う。

〈1〉：(あ)～(お)が書かれた。

〈2〉：別作品として構想されていた(か)(き)を、〈1〉と合体させた。(ノンブルはこのとき通し番号として付した。)

〈3〉：〈1〉〈2〉を一つの作品として完成しようとして、新たな原稿用紙に冒頭から書き直し始めた(く)。

〈4〉『青空』の締め切りに間に合わず、檸檬挿話のみを独立させた。

〈5〉檸檬挿話抜きで作品を作り上げようとして、(け)の作業を行うが、【33】までで中止。

以上の手順が、一番蓋然性が高いように思われる。

〈1〉〈2〉については、以前「〈檸檬〉の生成――手帖を視座として――」(『實踐國文學』平成11・3)(なおこの時点で草稿は所在不明だったので、全集の翻刻本文のみを根拠とした論となっている。そのため、今回の草稿の出現によって、事実認定において修正すべき点があるが、作品分析においては特に見直すべき点はないので、これに基づいて述べる)において詳しく検討したが、その内容をごく大雑把に繰り返せば、この時期梶井は、「対母系」と「彷徨系」(いずれも棚田による命名)という二系列の作品を構想し、書いていたと思われる。そうして、これら二つの系統を一つに纏めるという意図のもとに、本草稿が作成された、というものである。〈1〉〈2〉はこれら二つの系統に対応する内容になっているのである。おそらく梶井は「対母系」として〈1〉を書き継いで行った。一方で「彷徨系」として〈2〉も書いていた。そうして、京都時代の生活を総括する物語として〈1〉と〈2〉とを結びつけたのではなかろうか。〈1〉の終わり部分【50】までは下宿に帰る主人公の姿を描きつつ、様々な幻視にとらわれる物語が書き綴られている。一方【51】冒頭は、「その当時私の下宿は白川にあつた。」と、下宿の場所から物語が始まる。これはこのまま小説の冒頭としてもさほど違和感はなく、また〈1〉の続きとしてやや唐突ではあるが、おかしくはない程度につながっている。

しかし、先述したように、ノンブルは【52】から字体が異なっている。つまり、内容においては【51】から、ノンブルにおいては【52】から、様態が違っている。これは以下のように考えられるのではなかろうか。つまり、〈2〉の物語が別にあった。具体的には「汽車　その他 ——瀬山の話——」と題された断片が残っているが、この作品はもともと手帖において構想が練られ書き継がれていたものなので、〈2〉はこの手帖の下書きを原稿用紙に書いていったものではなかろうか。いわば手帖の清書稿のような段階にあたり、だからこそ、写真版を見ていただければお分かりのように、手直しが少ないのである。つまり、執筆時期においてGⅠ・GⅡはそれほど隔たってはいない。しかしGⅡそのものを執筆するのに相当の期間を要したために、ノンブルをあとから一括して記したときに、字体が変わったのだと推定できる。【55】のノンブルと書き込みを見ていただければお分かりのように、ノンブルは、書き込みを避けるように書かれており、本文より後に書かれたことが分かる。また、【50】の15行目から次のような文章が書かれている。

——こゝで私が私の下宿へ皈る所だつたことを思ひ出して貰ひ度い。話はそこへ続いてゆく。

とあり、その後3行分が空白である。右のダッシュ以下の文章は【51】冒頭と繋ぐために後から書き加えられたものではないだろうか。そう考えれば、これまで述べてきた唐突感の説明がつくように思うのである。

次いで〈3〉だが、これは檸檬独立後でもおかしくはない。ただ、GⅠとGⅢの字体、さらに内容の近さ（例えばGⅠ【6】の左欄外の書入れとGⅢ【⑥】の冒頭の文章など）を考慮すれば、両者の執筆期間はそれほど離れてはいないように思われる。『青空』創刊号のために梶井は意気込んでいたはずである。できれば長いものを、しかも傑作をと考えていたであろう。そのため、それまで手帖で構想し、下書きを繰り返してきた「対母系」の物語を完成しようと考えながらＧⅠを書き進んでいるうちに、「彷徨系」のＧⅡとも重なることに気づき、これとも合体させ、ある程度目鼻がついた時点で最初から手直し稿のＧⅢを書いていく。この手直し稿は、ＧⅡに登場する名で全体の統合を図ったものだから、初めから「瀬山」という固有名詞をもった人物の物語となる。しかし締め切りに間に合わず、比較的完成度の高い檸檬挿話を独立させて『青空』に掲載した〈4〉。

しかし、草稿自体は「下宿」という挿話、つまり「彷徨系」の物語をまだ残しており、檸檬挿話を独立させたように「下宿」挿話を独立させようとしてＧⅠ【30】から朱を入れ始めるが、途中で断念、ということだったのではなかろうか。

〈5〉の時期については、確たる根拠があるわけではない。ただ、朱による手入れという異質な修正の仕方は、それまでこの草稿を支配していた論理（つまり同筆による書入れや修正）とは異なるように思われるので、時期的・心理的な距離が感じられるのである。

おわりに

先に棚田の論文「〈檸檬〉の生成――手帖を視座として――」に言及した。この論文を書いている時点で、まさか現物にお目にかかれるとは思っていなかった。おそらくは散逸してしまったであろうと、ほとんどあきらめていたのである。しかしひょんなことから本草稿の存在を知り、また本学で購入するという望外の機会に恵まれた。論文を書いていたときには、旧版全集の活字本文だけを頼りに、つまり作品の内部徴表のみによって成立過程について推測したのだが、やはり「実物」の力は想像以上だと言ってよい。「実物」には梶井の制作過程、つまり身体の記録が残っている。また、淀野隆三による編集（翻刻）過程も明確に残されており、これはこれで十分興味深いものがある。

最後に、淀野による「瀬山の話（仮題）」成立に関して気づいたことを二点付記することで終わりとしたい。

＊1　まずなにより淀野は、梶井の企図した「完成形」を読者に提示しようとした、ということ。

写真版を見ていただければ分かるように、淀野の「編集」はかなり強引なものである。話の前後を結びつけるために、大幅な削除などが行われている。従って、梶井自身がはたしてそのような完成形を意図していたかどうか怪しい部分もあるのだが、しかし、作品の生成論的なアプローチ法や編集の理論がまだ未熟な時代にあって、淀野は可能な限り梶井という友人に誠実に応えようとして本文を「編集」したことは間違いないと言っていいだろう。

＊2　全集で提示された挿入等の情報は不十分だということ。

旧版全集の「編者註」には「瀬山の話」の註として七か所が挙げられているが、写真版によって明らかなように、全く不十分である。そればかりでなく、註記されている七か所が、どのような理由で特に選ばれたのかもよく分からない。今後、この作品の本文並びに内容研究は、本書の写真版を抜きにして研究できないだろうと思う。そういう意味では、本書を今後の梶井研究にぜひ役立てていただきたい。

「檸檬」の忘れ物――その秘められた起爆力

河野龍也

「淀野版」梶井文学を超えて

「えたいの知れない不吉な塊」を抱いて街をさまよう一人の若者。倦怠感のどん底にありながら、切なくも清浄さを求める彼が手にしたのは一顆の檸檬だった。ありふれていて、しかしかけがえのないその存在感。ひやりとした手触りとその重量。いかなる現実よりも確かなこの紡錘形の塊が、つまらない日常を木端微塵に吹き飛ばしてくれるなら――

梶井基次郎の「檸檬」は、近代文学史上屈指の青春文学として愛読され続けている。自らを変えたくても変えられない、身もだえするような日々。誰もが経験するそうした時代の狂気や陶酔を封じ込めたこの作品は、読む者の中に何か身につまされるような厳粛さと気恥ずかしさとを掻き立てる。この共感のうちには、作者梶井基次郎が、三十一歳の若さでこの世を去ったことも響いているだろう。職業作家ではない〝永遠の文学青年〟の文学として、その未熟さ、不安定さの中には、円熟や完成には求めることのできない無限の可能性が閃いている。

梶井が生前発表した作品はごく限られている。しかもそれらは大部分、仲間内の同人誌に掲載されただけで、当初はほとんど一般の注目を集めることがなかった。肺結核の進行で衰弱した梶井にかわり、旧作を集め、それを丹念に書き写し、最初にして最後の作品集『檸檬』（昭和6・5、武蔵野書院）の完成に尽力したのは、京都三高の後輩で信頼の置ける文学仲間の淀野隆三だった。淀野は梶井の歿後も遺稿やノート、書簡を整理・翻刻して四種の全集を公刊し（六蜂書房版・作品社版・高桐書院版・筑摩書房版〈旧版・改版〉）、文学史に梶井の名をとどめるための努力を惜しまなかった。死せる一介の文学青年を、今や誰もが知る伝説的な「作家」へと育て上げたのは、彼の地道な編集作業による所が大きい。その意味で、淀野は「梶井文学」の得難いプロデューサーだった。読者は常に「淀野版」の梶井に触れ、「梶井文学」のイメージを紡いできたのである。

現在では、原稿・ノートの実物に基づき、改めて校訂を行った新版の『梶井基次郎全集』全四巻（鈴木貞美編、平成11・11〜平成12・9、筑摩書房）が編まれ、「淀野版」を見直す手がかりが与えられている。しかし、原資料が所在不明のため、「淀野版」が踏襲された部分も少なくない。「檸檬」の構想を含む「瀬山の話」もその一つであった。

これは梶井が『青空』創刊号（大正14・1）の発行に向けて完成を急いだものの、結果的には未完となった幻の中篇小説である。かわりに掲載されたのが代表作となる「檸檬」であった。「檸檬」の構想は大正十一年の詩「秘やかな楽しみ」にまでさかのぼるが、梶井はこれを創作ノートの中で散文化し、さらに今言った中篇に組み込もうとして果さなかったのである。ということは、もしこの中篇の企てが成功していれば、独立した短篇としての「檸檬」は存在しなかったかも知れない。それほどこの「挫折」には重要な意味があるはずなのに、淀野が整形した「瀬山の話」では、梶井がどこで、何に書き悩んだかを知る手掛かりが消されてしまっていたのである。

「檸檬」はしばしば、「瀬山の話」の一部である「檸檬挿話」を〝切り出した〟ものとされ、その理由も、『青空』創刊号の掲載作読み合わせに間に合わせるためだったと説明されることが多い。しかし、「檸檬挿話」の構想は長い期間を経て完成に近づいていた。短篇として十分読めるエピソードを、梶井はなぜ中篇の中に嵌めこもうとしたのだろうか。また、その試みの「挫折」を説明するのに、単なる「時間切れ」で済ませるのは正しい理解なのか。実際、この中篇も分量的にはほとんど結末部に達していた。それが「瀬山」の手紙を記すあと一歩のところで断念されたのである。構想上の理由も考えてみる必要があるのではないか。

梶井がこの中篇で目指したもの、そしてその試みを挫折させたものの実態を探るため、まずは手始めに、目の前にある草稿から、さまざまな証拠を集めていくことにしよう。

「一次稿」と「二次稿」

平成二十三年に「「檸檬」を含む草稿群」（以下、「草稿」または「草稿群」）が出現したとき、Ｂ４判の原稿用紙は各葉二つ折の状態で美しい文箱の中に収められていた。文箱は「桜の樹の下には」（『詩と詩論』昭和３・12）の名文を髣髴とさせるような皮つき桜材の特製で、梶井の原稿を眠らせておくにはいかにもふさわしい心づかいを感じさせるものだった。淀野の手を離れた後、この「草稿」が旧蔵者のもとで相当大事にされてきたことは一目瞭然だった。

ここに保存されていた七十九枚の「草稿」が、「一次稿」と「二次稿」の二系統からなる「草稿群」と呼ぶべきものであったことは、すでに本書収録の棚田論で詳しく述べられている。従来「瀬山の話」の名で公表されてきた遺稿が、実は「一次稿」の一部を「二次稿」に挿げ替える編集によって作られたことは確実である。そのためここでは簡単に、次の二つの点について補足しておきたいと思う。

一つは、「二次稿」のノンブルの書き手についてである。淀野は一部の例外を除き、編集指定は後で消せるよう鉛筆で記入している。一方、この「草稿」に梶井のものと思われる鉛筆の筆跡はない。そして、今問題の「二次稿」のノンブルは鉛筆で書かれている。この筆記用具の特徴が大きな手がかりになる。

また、一枚目のノンブル【④】の下に、「ヨドノ」と書かれているのも注目される。淀野は消さずに残しておいた自身の書き込みに一々署名を添え、梶井の推敲ではないことを断っている。「草稿」を目にした後世の者に誤解を与えぬようにとの優れた配慮である。以上のことから、「二次稿」のノンブルは間違いなく淀野のものと言ってよい。梶井は本来、「二次稿」にノンブルを打っていなかったのである。

もう一つは、淀野が各種の全集で述べていた「下書き」の枚数についてである。「一次稿」の一部を、九枚の「二次稿」に差し替えて「瀬山の話」を編集する際、完全に「不採用」となった部分が七枚生じた（【4】【7】【8】【9】【10】【11】【12】）。また、その前後の四枚は、「二次稿」との重複部分に削除指定を入れ、「採用」扱いとして印刷所に持ち込まれた（【3】【5】【6】【13】）。前者の各丁には「不採」の鉛筆文字を消した痕が残り、淀野がこれらを一括する際にあけたらしい綴じ穴も確認できる。後者は「二次稿」との重複部に大きな斜線（削除指定）を書いて消した痕がある。

つまり、「ほかに下書き七枚が残つてゐる」（筑摩旧版全集）という淀野の説明は、自らが編集した「瀬山の話」を印刷に回す際、物理的に除外されて手許に残ったこの七枚を指すものと考えてよい。また、「二次稿」による上書きの結果、全削除（七枚）または一部削除（四枚）された「一次稿」の合計は十一枚となる。「最初の十枚許りは別に浄書されていた」（六蜂書房版）という説明は、大雑把だが誤りではない。「瀬山の話」をどこまでも自明の完成形と前提し、そこから排除したものを「下書き」に数えるのが淀野の見方だったのである。

厳密な生成研究の観点から言えば、ここには相当問題がある。なぜなら、この七枚は遺品の中に「二次稿」が偶然残っていた関係から使われなかっただけで、本来は「一次稿」の他の部分とつながっていたものだからである。それを「下書き」として「瀬山の話」という「正典」から除外した淀野の編集は、作品に「完成」を求めすぎるあまり、逆に「一次稿」を七十枚として構成しようとしていた梶井の編集意図を損なう結果を生んでいる。実際には、「二次稿」の方こそ異質とすべきだったのである。

もちろん、「二次稿」も間違いなく梶井の直筆である。内容や形式の面では「一次稿」よりずっと洗練されており、作者が目指した完成への努力をよく示している。だが、残念ながら冒頭と中間に散逸部分があるほか、末尾が「第一挿話（檸檬挿話）」の開始直前で途切れてしまうという、不完全な九枚の残闕に過ぎない。推測の域を出ないが、これは最初から完全な原稿ではなかったのではないか。梶井はこのあと、「檸檬挿話」の清書に手をつけたところで、それを独立させる計画を持ち、完成のための努力を短篇小説「檸檬」の完成の方へと注いでいった。その結果、「二次稿」の執筆は冒頭の十数枚だけで中断されたのではないかと思われるのである。

本書の翻刻では、「瀬山の話」の編集手法を以上のように理解し、「草稿群」を淀野が編集する前の状態に戻した。具体的には、「瀬山の話」のなかに混在する「一次稿」と「二次稿」とを分離し、従来の「下書き」を本来の位置に活かした。この作業の成果は、まがりなりにも七十枚に整序されようとしていた梶井自身の編集で作品を通読できるようにした点にある。各丁の推敲状況をさらに精査すれば、「一次稿」以前から梶井が温めていた多様な原構想との関連性にも、より具体的に踏み込むことができるだろう。

すでに本書では、棚田論において、「一次稿」と「二次稿」を総合的に視野に収めた全体構造の解明が試みられている。図1は、「草稿群」の構成の概念図として作成したもので、棚田論の大分類による呼称を各部に付してある。この分類の要点は、「一次稿」の成り立ちを、ノンブルの書体の変化から、GⅠとGⅡの二つに分けた点にある。ほかに、梶井の赤ペンによる修正などの特徴に注目し、「草稿群」の推敲には複数の段階が折り重なっているという指摘にも、

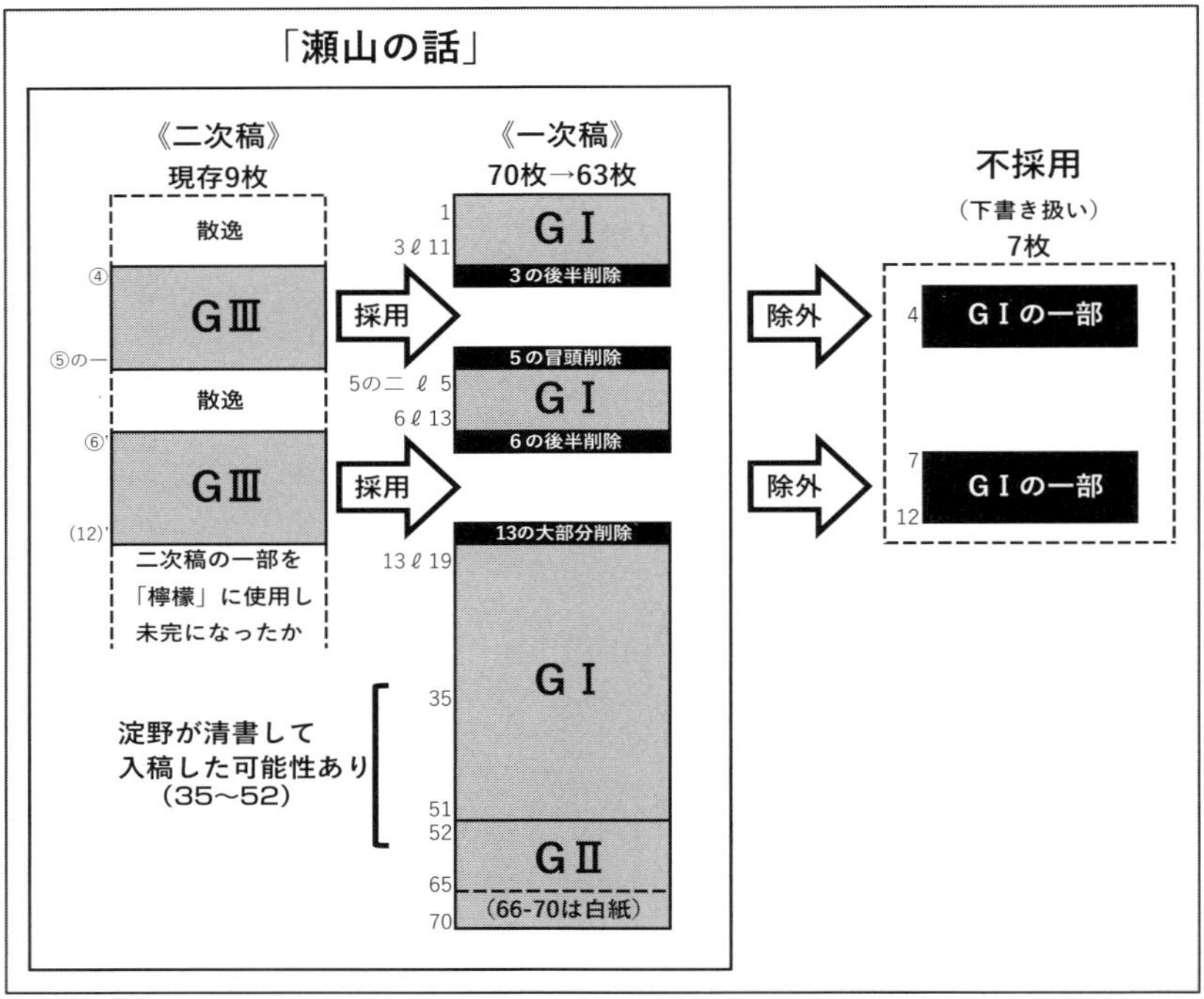

図1　淀野隆三による「瀬山の話」編集作業の概念図

薄墨は採用部、黒は不採用部（未公表の3380字）。GⅠ～GⅢは棚田論における呼称。

重要な見解が示されている。

ここでは、棚田論のこれらの着眼点を引き継ぎながら、別の角度から「草稿群」の成立に光を当ててみたい。それは、形態的な特徴から、「一次稿」をできる限り細かい単位にまで分割し、グルーピングしてみる方法である。

「一次稿」の【1】から【70】までのノンブルが梶井の筆跡である以上、その順番に従った七十枚の構成意識が梶井の中に存在したことは明らかである。しかし、話が脱線し続けるその内容は、必ずしも明確な時間構造を持つわけではない。それは「その頃」と曖昧に指示された過去の断片的記憶が、心に甦るままに羅列されている趣で、独立性の高い複数のエピソードの連合形態とも言うべき様相を呈している。そのような話題の不連続性から、作品が未完成に終わった原因を拾い上げることも重要な課題ではあるが、逆にまた、その種の不連続性の中にこそ、様々な初期構想が凍結保存されていると見る視点も必要になる。

　残された「一次稿」を分割することで、後の「檸檬」に発展する部分だけでなく、多種多様な可能性を秘めていた構想の祖型を「草稿群」から見つけることができるに違いない。各部が一斉にその個性を主張してせめぎ合い、しのぎを削るような、創作構想のダイナミズムに触れてみたいのである。

形態単位と話題単位

「草稿群」の出現により、活字版の「瀬山の話」を優に超える膨大な創作過程の情報が手に入った一方で、「一次稿」には「二次稿」と別の意味での「欠損」がある事実も分かってきた。例えば、その中には明らかに反故の一部を本文に活かしたと見える箇所がある。活かされずに捨てられた部分には何が書かれていたのだろうか。創作過程の完全再現を不可能にしているその種の「欠損」が、果してどの程度の規模で存在するのかという問題自体が、普通なら解きがたい謎なのだが、今回の場合はある程度の推測までは成り立つ。

　本「草稿群」で使用された「神田宮田製」四百字詰原稿用紙は、現存する梶井の草稿でも唯一の使用例である。同時期に書かれ、「檸檬」断片として知られる無題のメモ一枚も、用紙は相馬屋製薄紅色二百字詰原稿用紙であることから、それまでに「神田宮田製」は使い切ってしまったのだろう。だとすると、梶井が一度に買った枚数はそれほど多くはない。ここは百枚と考えるのが妥当なのではないか。

　三高を卒業して東京帝大に入り、文芸同人誌の旗揚げに意気込んでいた梶井は、「城のある町」松阪での休養から戻った大正十三年の秋口、震災復興中の神保町を訪れた。宮田紙店（現ミヤタ）から百枚の原稿用紙を抱えて出てきた梶井は、意気揚々と本郷に引き上げていっただろう。そのなかで現存するのが七十九枚、厳密には、七十八枚半ということであれば、残りの二十一枚半の大部分は、蓋平館支店（当時の梶井の下宿）の屑籠行きになったのだろう。考えてみれば、そこにも作品を別の形に発展させる萌芽は眠っていたはずなのである。

細部をよせ集めて長く組み立てたこの「草稿群」の場合、たとえ反故でもただの書き損じではなく、長い前歴を経て成熟していたものだけに惜しまれる。失われたものは取り戻せないが、残された「一次稿」の中にも、そのような原初構想の片鱗が見えている部分がある。その最も分かりやすい例が冒頭部にある。

「銀の鈴。」と小見出しのように書いて消したこの冒頭部は、「私」の友人で「意地の悪い小悪魔」のような「その男」=「A」を紹介した部分である。よどみなく始まった一連の談話は、しかし【8】の12行目にきて突然ブランク（空白部）で中断される。次の【9】でも確かに同じ男が話題にされてはいるが、内容的に接続が悪く、別稿からの流用であることは明らかである。当然梶井もその不整合には自覚的で、【9】の前半にある「所有」についての「A」の考察を、「一次稿」では抹消している。

また、それ以上に大きな不具合は、「銀の鈴。」に関係する内容が、結局どこにも登場せず、タイトルが無意味なものになっていることである。後年のノート（第六帖、大正十四年）にある「朝鮮の鈴」構想や、すさんだ主人公の心を鈴の音が浄化する「ある心の風景」（『青空』大正15・8）との関連性が想像できるものの、今となっては分からない。はっきり言えるのは、【9】以降だけでなく、【8】までの冒頭部もまた反故であり、不意に現れた大きなブランクは、構想の挫折した箇所が残された部分だということである。

【8】の八行以外にも、「一次稿」には複数のブランクがある。【21】の一行、【28】の四行、【38】の十二行、【50】の三行である。「檸檬挿話」中の【21】を除けば、ほかはブランクの前後に大きな話題転換や話者の交替がある。ま

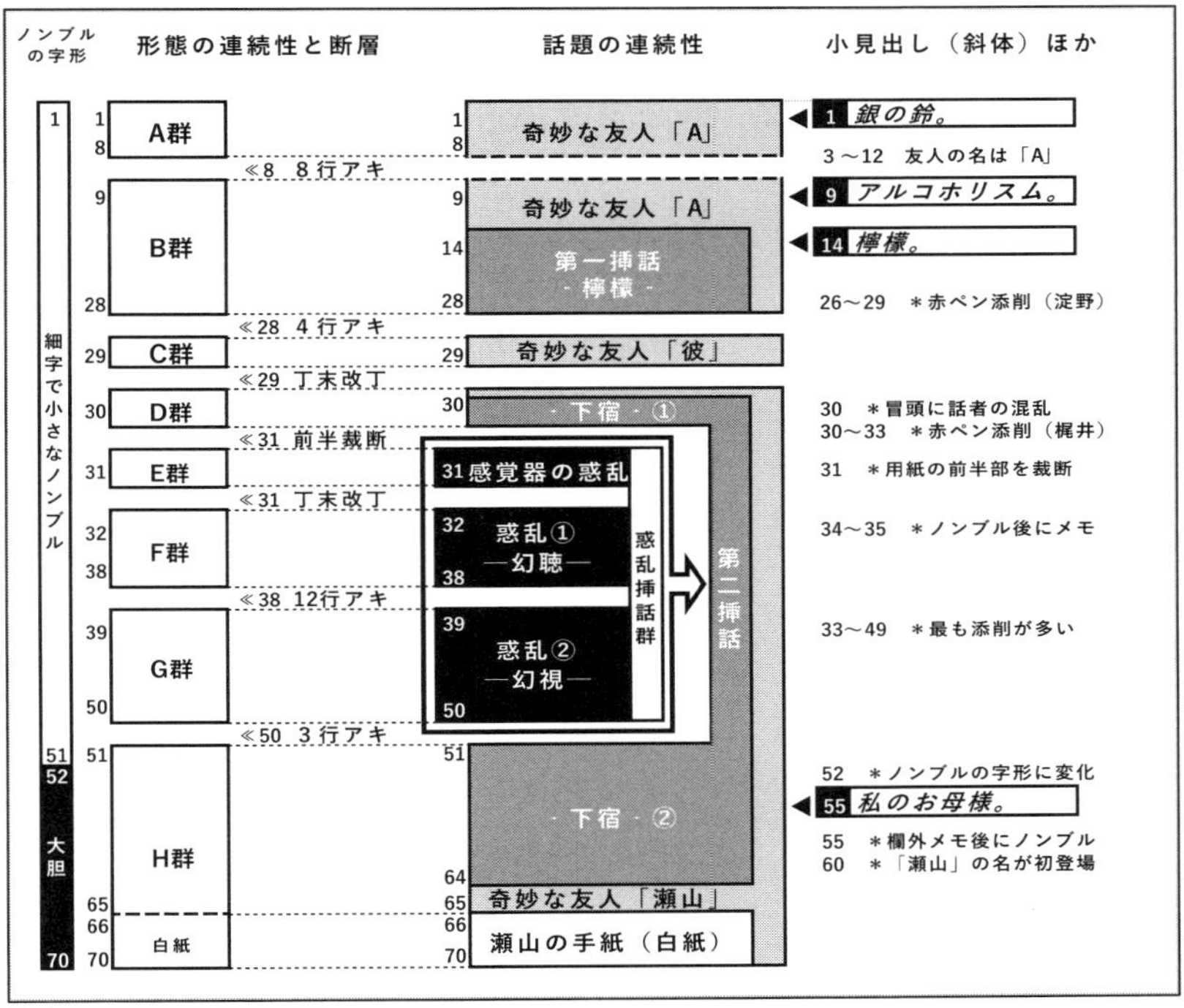

図2　「一次稿」の形態単位（A～H群）と話題単位との相関図（河野）

数字はノンブルを示す。中央薄墨部の語り手は紹介者。中間色の語り手は「友人本人」だが、紹介者による声帯模写とされる。墨塗部（惑乱挿話群）は、後から第二挿話にはめ込まれた形跡があり、推敲の痕が夥しい。

た目立たないが、そのような中断が、原稿用紙の20行目の改行箇所（本書では丁末改行と呼ぶ）で起きている疑いがあるのは、【29】と【31】の二か所である。特に【31】は、七十九枚中この丁だけが半裁されている点でも突出している。梶井のノンブルが裏面に打たれていることから、切ったのは間違いなく梶井である。これなども、反故の一部を梶井が編集によって復活させた例であろう（巻末「表1．一次稿の形態的特徴」参照）。

以上の例は、「一次稿」の構成が着想段階から決まっていたわけではないということを示している。既存の構想に基づき、書きやすい部分から手をつけ、書けなくなれば構わず投げ出して、新たな糸口から書き始める。その繰り返しで書き溜めた多様な「素材」を切り貼りし、やがて大作に編み上げていくのが梶井の流儀であった。

このような形態的特徴に注目すると、「一次稿」は八つの素材群（形態単位）に分割できる。ここではそれぞれA群～H群と名付けた。それらは既存の構想を書きやすい部分から書いた断片の集積であるから、ブランクや丁末改行の多くは話題の転換点にあたり、ストーリーの結節点を形成する。図2は、「一次稿」を内容面（ここでは語りの様態も含む）から整理した話題単位の分類と、形態単位の分類（A群～H群）との相関性を示したものである。話題単位の分類では、結局十分な機能を果し得ていないオリジナルの小見出しに換えて、内容に即した仮題を便宜的に添えた。すなわち冒頭から、「奇妙な友人「A」」（【1】～【8】＝A群、中断を挟んで【9】～【14】＝B群の前部）、「第一挿話—檸檬—」（【14】～【28】＝B群の後部）、「奇妙な友人「彼」」（【29】＝C群）、「第二挿話」（「下宿①」【30】＝D群、「感覚器の惑乱」【31】＝E群、「惑乱①—幻聴—」【32】～【38】＝F群、「惑乱②—幻視—」【39】～【50】＝G群、「下宿②」【51】～【64】＝H群の前部）、「奇妙な友人「瀬山」」（【64】～【65】＝H群の後部）、「瀬山の手紙（白紙）」（【65】～【70】＝H群の末尾）の順である（巻末「表2．一次稿の内容一覧」参照）。

推敲とノンブル

さて、「草稿群」の現状を克明に再現した本書の影印で、何よりもまず目を惹くのは、「一次稿」の全体にわたって施された推敲の多さであろう。これは端正な「二次稿」と好対照をなしている。「二次稿」では、「一次稿」の余白に書かれた推敲案を忠実に活かし、ごく限られた誤字訂正を除けば、内容や文章にかかわる添削はまったくない。句点「。」も行末のぶら下げにせず、行頭に一字分取ってはっきりとした形で書き入れている。組版時の字数計算まで考慮に入れた、見事な清書稿と言えるだろう。惜しくも残闕で、また当初から未完成だった可能性が高いが、作品発表への並々ならぬ気魄が十分に感じ取れる。

生成研究上興味深いのは、やはり「一次稿」の推敲状況である。その実態をある程度客観化するための基礎データとして、各丁における添削の文字数を、削除・挿入それぞれにつき集計して巻末に掲げた（「表3．一次稿の推敲状況」）。データは本書の翻刻に準拠し、句読点（ピリオド含む）、ルビ、記号（くの字点やダーシはマス目の数による）、判読不能な削除文字（□）も含めたが、梶井の筆跡と判断できるものでも、重複部の削除を検討した丸カッコなどの校正記号や、本文に直接反映されないコメント（「この続あひわるし」【55】）、ノンブルの数字については除外してある。この数え方による要素別の文字総数は次の通りである。

「草稿群」総字数（1＋2）	削除部込	二九、五三六（字）
一次稿総字数（1）	削除部込	二六、一一七
内　削除字数（a）		三、二八四
挿入字数（b）		三、〇九二
一次稿推敲字数合計（a＋b）		六、三七六
二次稿総字数（2）	削除部込	三、四一九

さらに、削除字数、挿入字数を各丁ごとに集計した表3に基づいて、次の二つのグラフを作成した。いずれも横軸にノンブル（丁数）を、縦軸に字数を配置し、両者の単純合計を「推敲字数」として描いたのが図3、削除と挿入を分けて描いたのが図4である。

この統計は言わば、推敲による原稿用紙の「汚れ具合」を計量化したものである。むろん影印そのものの目視によっても、ある程度までは添削の多寡が感覚的に把握できる。だが、グラフ化することで、単なる印象が正確な裏付けを得る。

図3の全体を見ると、第二挿話が始まる【30】を境に、それより前の部分（【1】～【29】）と、それ以降の部分（【30】～【70（実質65）】）との間に、かなり異なる傾向を看取できる。本稿では独自に、前者を「前半部」、後者を「後半部」と見なしたい。そこで特に注目されるのは、「後半部」冒頭の【30】と、【33】から【49】にかけての推敲字数が突出して多いことである。これに比べると、「前半部」は直しがずっと少ない。削除と挿入の間には相関関係があるため、両者の字数を比較した図4の波形が全体として似るのは当然だが、「前半部」には削除が挿入を若干上回る傾向が見える。

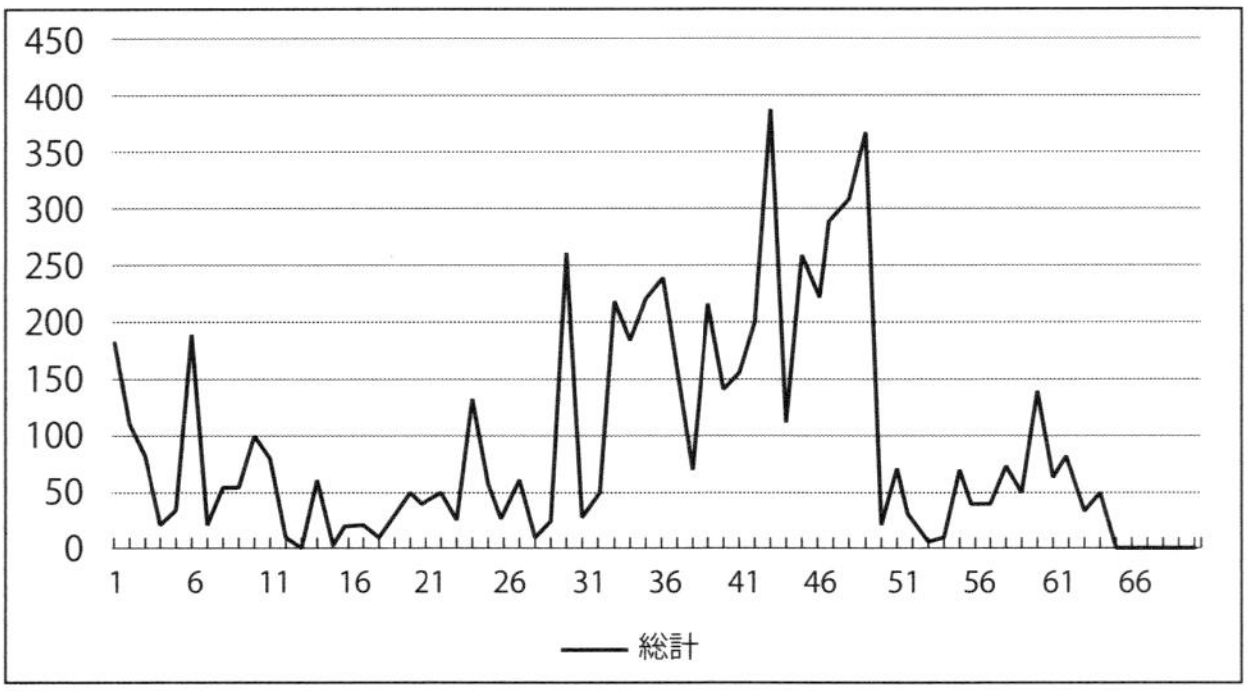

図3　「一次稿」の推敲字数（削除＋挿入）

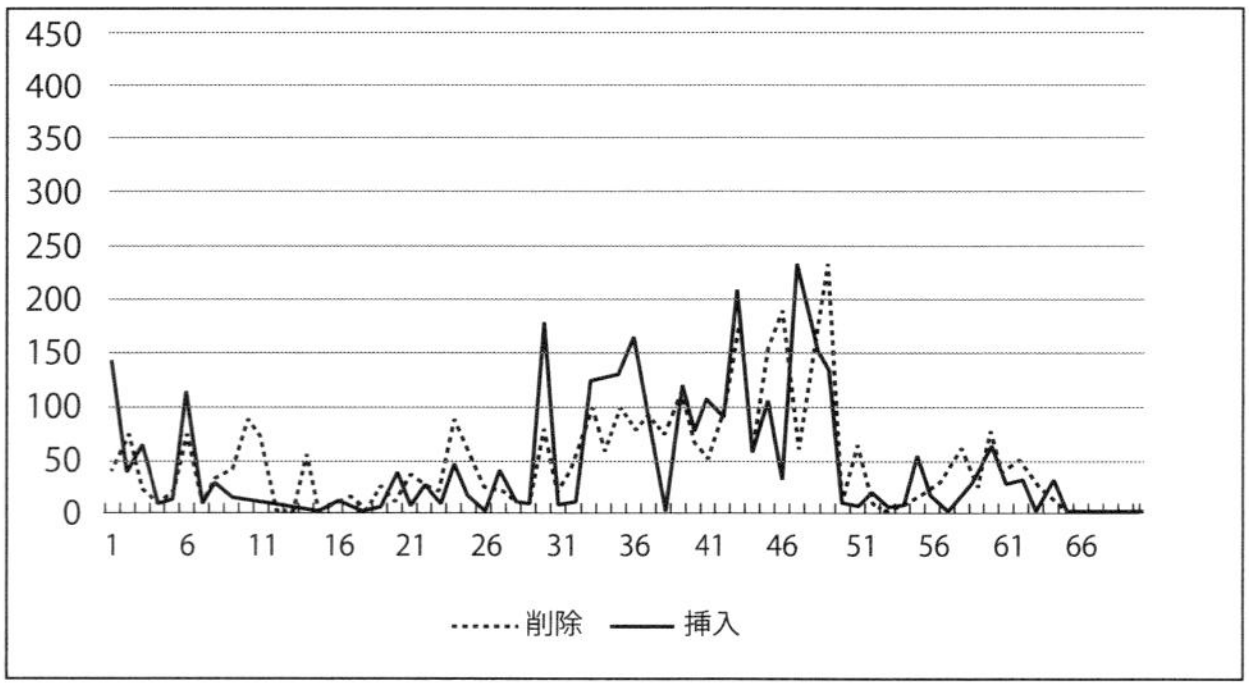

図4　「一次稿」の削除・挿入別字数

直しが少なく、削除が多い「前半部」は、すでに一度構想が出尽くし、刈込みの段階に入っているものと一応は考えられる。ただし、それは飽くまでも推敲が

「草稿群」の中だけで行われた場合である。継続的に最も直しの少ない部分が「第一挿話」（檸檬挿話【14】〜【28】）の付近であることと、短篇「檸檬」への推敲が別の用紙で行われたらしいこととの間には相関性があるかも知れない。この「第一挿話」の推敲は独特で、欄外メモがここだけ用紙の中央を跨いでおり（【20】【24】【27】）、用紙を開いた状態で推敲したことが明らかである。他のものはすべて中央を避けていることや、【34】と【48】のメモが前丁に活かされていることなどから、二つ折りにした後で行った推敲である。

一方、「後半部」で特に【33】から【49】までの推敲が突出していることは、これらの部分が原稿として未熟であること示すほかにも、梶井がその推敲を「草稿群」の中で完結させようと努力していた事実を物語っている。【30】から始まる「第二挿話」は白川の下宿に帰る決意をする経緯から説き起こされるものの、話題が【31】ですぐに「感覚器の惑乱」へと脱線し、「幻聴」および「幻視」の体験談が延々【50】まで続くという異質な部分である。

この部分は形態的にも特殊である。まず、導入文にあたる【31】の「感覚器の惑乱」は半裁の原稿用紙に書かれ、なおかつ丁末改行があり、単独でE群を形成している。また、「幻聴」と「幻視」も十二行のブランクを挟み、F群とG群を形成している。最後の【50】にある、「――こゝで私か（が）私の下宿へ皈る所だったことを思ひ出して貰ひ度い・話はそこへ續いてゆく・」という軌道修正の文言もやや取ってつけたような印象がある。その部分の筆跡は直前と異なっており、構成を考えた後から書き込まれた可能性が高い。

以上のように、E群〜G群（仮に「惑乱挿話」群と称する）は、推敲の度合い、用紙の形状、ブランクの配置、話題の繋がりといったあらゆる面から見て独立性が強く、本来「第二挿話」の中心となるはずだった「下宿挿話」の中に外から持ち込まれ、結局本題をしのぐまでに膨脹した部分と見るべきではないだろうか。

この見方は、「草稿群」の前歴からも裏付けられる。「檸檬挿話」と「下宿挿話」を回想として現在の語りの中に二つはめ込む構想自体は、京都時代のノート（第三帖、大正十二〜十三年初頭）において、すでに試みられている。それは淀野がのちに「雪の日」と名付けた未発表の草稿の原型で、また「瀬山の話」の原型ともされてきた構想である。「惑乱挿話」群はその時点では存在しないため、本「草稿群」の段階で生まれた新しい構想だったのだろう。だからこそ、多大な労力がその推敲に費やされたのだと考えられる。

ちなみに、【30】から【33】にだけ赤ペンで梶井の訂正が入っているのも独特だが（【26】から【29】の赤ペンは淀野）、これを私見では、「惑乱挿話」群を「下宿挿話」に繋ぐための作業時のものと見ている。その根拠は、【31】の一行目にある「それもそうだったのだ」を、梶井が赤ペンで削除していることである。前半を全削除するために用紙を切り、それでも残った一行を削ったということだろう。つまり、用紙の切断と裏面へのノンブルの記入、赤ペンでの訂正は、編集作業としてはほぼ同じ時期に行われたと見られるのである。

ところで、「一次稿」七十枚に付されたノンブルを観察すると、【1】から【51】までのノンブルは細字で小さく、【52】から【70】までのノンブルは大胆で、字形がかなり違っている。【34】と【35】の欄外メモが、ノンブルの上から書き込まれていることから、細字はメモ以前に書かれたもの、すなわち梶井の筆跡と見てよい。また、【66】から【70】までの未使用の原稿用紙にノンブルを打ったのも、結末部を書くために用紙を確保しておく必要があった人物、すなわち作者の梶井以外には考えられない（淀野が白紙にノンブルを書いて保存するはずがない）。さらに、【55】のノンブルは欄外メモを避けており、【34】【35】の場合とは逆の現象が起きている。細字のノンブルは全体の手入れより前に書かれ、大胆なノンブルは手入れより後に書かれた。この時間差が筆跡の違いを生んだのだろう。

【51】と【52】は内容的には連続しているが、ノンブルの字形に違いがある。よく見ると、【52】の5行目の途中から、明らかに筆つきが変わっている。例えば、頻出する「然」の字は、「一次稿」ではほとんど草書体を使っているのに、

【52】から【56】までの部分だけ、明瞭な楷書体なのである（清書稿の「二次稿」にも楷書体がある）。梶井はおそらく、【52】の5行目まで書いたタイミングで全体の編集作業を行い、ノンブルを打った。これにより「大作」に目星をつけた梶井は、気持ちを新たに【52】の続きの部分を書き進めたのだろう。編集の時点では、書きかけの【52】はまだ反故になる可能性があったので、ノンブルは前丁の【51】までしか打たなかった。【65】まで書いて再び全体を手入れし、最後に【52】から【70】のノンブルを打った。事実はこのような順序だったのではないか。

ちなみに、この原稿に綴じ穴を開けたのも、最初は梶井自身だったはずである。半分に切られた【31】の場合、左右の余白の違いから、筆記面を表に綴じると本文に穴を開けてしまう。梶井は裏返しにしてノンブルを打っているが、これは綴じる際の余白を考慮したやり方と思われる。だとすると、梶井はノンブルを打つ時点で、いずれは全体を綴じて保管する意図を持っていた。ただし、欄外メモが原稿の端にまで書きこまれていることから、綴じたのは完成を断念した後のことである。綴じてしまっては、このような推敲ができないからである。綴じた結果、【6】では欄外メモの一部が綴じ穴によって欠けてしまった。

梶井の歿後、「草稿群」が綴じられた状態で発見された場合、欄外メモを編集に使うには、綴じ目を解く必要があった。半裁された【31】には両側に綴じ穴があるが、本文側に開けられた穴は、入稿後に再度綴じた際の淀野か印刷所のミスだろう。いずれにせよ、綴じ穴の大きさなども考えると、この「草稿」は何度か綴じ直されたものと考えるべきである。

以上のように「草稿群」の現状を点検してみて分かるのは、梶井が複数の構想を自由に書き散らす方法で「素材」づくりに励み、それを五十枚以上も溜めてからやっと編集作業に手をつけた（すなわちノンブルを打った）ということである。これは本作のような七十枚に及ぶ長い作品を書く場合としては、驚くべき手法であろう。編集のタイミングは、別稿として書き始めた「惑乱挿話」群が二十枚近くまで膨れ上がり、それを「草稿群」の中にどう位置づけたらよいのかを考える必要に迫られた時である。

「惑乱挿話」群は、ノンブルを打った後でも出来栄えが気になり、梶井は特にその部分を中心に加筆し続けたようである。しかし、「下宿挿話」については、京都時代のノート（第三帖）の構想がすでにある。「大作」の完成まであと一歩だった。にもかかわらず、どうしてこの作品は放棄されてしまったのだろうか。

未完になった「分身構想」

「一次稿」「二次稿」の順に「草稿」を読み進めて気が付くのは、当初「A」とされていた主人公の名が、「二次稿」ではすべて「瀬山」に書き換えられていることである。これに呼応して、母の名も、「×××子」（【6】）から「瀬山○子」（二次稿【⑥】）へと変更された。そもそも、「瀬山極」という名は、京都時代の大正十二年、習作の「奎吉」（『真素木』大正12・5）や未発表の草稿「大蒜（にんにく）」で梶井自身が使用していたペンネームであった。淀野はそれを、ポール・セザンヌの名をもじったものと解説している（旧版筑摩全集第一巻）。その名はまた、本「草稿群」の素案（ノート第三帖）や、短篇「檸檬」発表後に書かれたとされる「汽車その他――瀬山の話」（大正十四年頃）のタイトルにも見える。後者は淀野が本「草稿群」を仮に「瀬山の話」と命名する際の根拠となったものである。

「二次稿」の執筆時に、梶井が主人公の名を「A」から「瀬山」へと変えた理由は容易に想像がつく。それは、「第二挿話」の結末にあたる「下宿②」の場面で、下宿に帰る主人公が、憑かれたように自分の名を連呼するからである。この場面に匿名の「A」は不適当で、やはり具体的な名前が必要だった。だから冒頭の「A」の方を「瀬山」に変えて辻褄を合わせようとしたのである。

だとすると、「奇妙な友人「A」」を書き始めた時点では、梶井はやはり「下宿②」との接続を全く想定していなかったことになる。それこそ「草稿群」が寄せ集めの「大作」であることの証と言える。では一体、原構想ではどこまでが「A」の物語で、どこからが「瀬山」の物語だったのだろうか。一人称の語りが重層するこの物語では、それこそが案外難しい問題である。

「A」は【3】から【12】まで登場する。ここから「檸檬挿話」まではB群として形態的に一連のものなので、「檸檬挿話」は「A」の語り（を真似した紹介者の語り）である。また、不眠時の「催眠遊戯」を、「これもその頃の花火やびいどろの悲しい玩具乃至は様々の悲しい遊戯と同様に」（【35】）と説明する「幻聴挿話」も、「檸檬挿話」を内容的に受けているので、「A」の談話と見るべきである。この点から、「惑乱挿話」群（E群〜G群）は「A」の物語である。唯一判断に迷うのは【29】のC群だが、母への依存をテーマにしていることから、「A」の物語と共通性がある。結局、「瀬山」の物語は【60】でこの名前を最初に出すH群以外には、「下宿挿話」の短い導入部であるD群のみがこれに当たる。本稿で提起した「前半部」（A群〜C群）と「後半部」（D群〜H群）の大分類と、「後半部」に「惑乱挿話」群（E群〜G群）が割り込むという見方は、主人公が「A」か「瀬山」かという観点からも裏付けられよう。

ところで、ここに一つの興味深い事実がある。「前半部」と「後半部」のちょうど接点にあたるところ、すなわち【30】の冒頭部には、全体の文脈からどう見てもおかしい一文が紛れ込んでいるのである。梶井は最初、「私はまた彼にこんな話もきいた。」と書いていたのを、後からあえて、「私はまた彼にこんな話をした。」と訂正し、話者を「彼」から「私」に入れ替えているのである。奇妙な友人の二つの語り（「第一挿話」と「第二挿話」）が、紹介者のナレーションの中に順番に組み込まれるのが「一次稿」の構成であるならば、正しいのは書き直す前の形である。現に淀野も、「終りの五字生かし、二行目の四字消す（淀）」と欄外に書き入れ、梶井の変更を取り消すように指示している。

しかし、一度書いたものを、これだけはっきりと訂正しているのに、本当にそれはただのミスだったのだろうか。また、筆勢の違いやスペースの使い方から見ると、この一文はもともと別稿のタイトルスペースだったところに書き

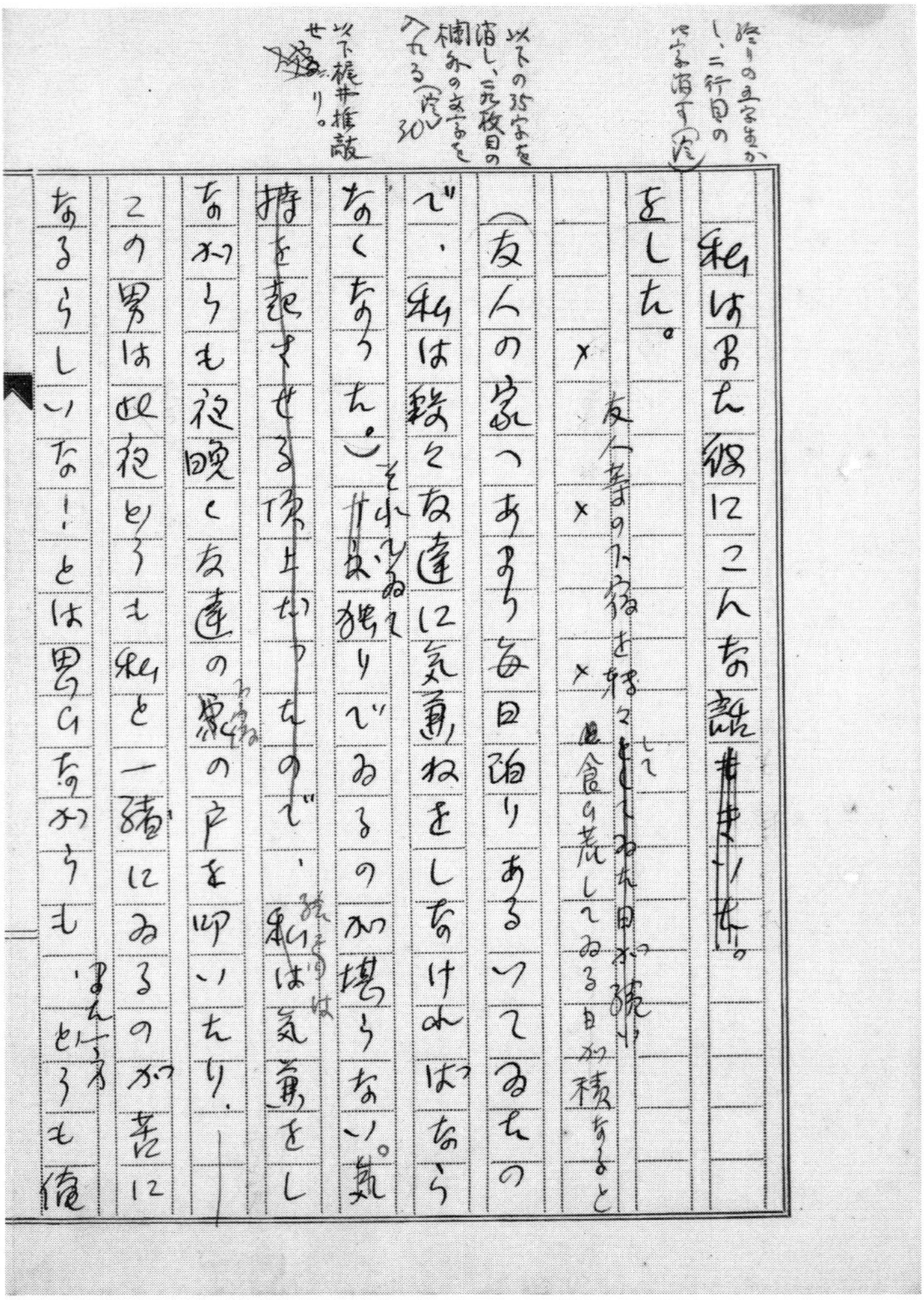

図５　「後半部」冒頭（【30】）
最初の一文に奇妙なねじれがある。

込まれたものと見える。それは「前半部」をここへ繋ぐための操作だったわけだが、構成上極めて重要なその作業の際に、話者を取り違えるという根本的なミスを犯すようなことがあるのだろうか。

もともと「奇妙な友人「A」」は、紹介者（「私」）の目から主人公「A」（「彼」）の性格を分析するという内容のものである。「A」の心理状態は極めて不安定で、現実逃避のため「第二の自己」を演じるうちに、顔つきが多面相のように変幻するほど自己分裂の危機に瀕している。そのような彼を、「澄み度い気持」と「濁り度い気持」の両極に引き裂かれた存在として分析する紹介者は、表向きは前者に賛同すると言いながら、後者の方によほど誘惑を感じているらしい。また、紹介者は、「A」がお気に入りの芸妓からひそかに疎まれているという話をある男から聞かされたとき、その男に対して「生理的な憎悪」を感じたとも言っている。「A」に対する紹介者の肩入れは、他人事にしてはあまりにも過剰であり、むしろ彼こそが「A」の演じる「第二の自己」かと疑った方が腑に落ちやすい。

そう考えると、【30】の書き換えが俄然意味を持ってくるのではないか。「檸檬挿話」は紹介者が、一体何の必要があるのか、「今その挿話を試みに一人称のナレイションにして見て彼の語り振りの幾分かを彷彿させやう（ママ）と思ふ」と述べて、彼の口真似で語ったものである。夢中で「A」の真似をし、彼のつもりになって「檸檬挿話」を語り終えてみると、いつの間にか「私」が「彼」になっていたという〝彼我逆転〟の構想は、この場合悪いアイディアではない。【30】冒頭の一文は、自分こそ分裂の危機に瀕した「信頼できない語り手（アンリライアブル・ナレーター）」である紹介者に「分身幻想」を語らせ、「私」が「彼」か、「彼」が「私」か不分明な薄明の幻想世界を現出するという、魅力的な展開のきっかけともなり得たのである。

むろん今のところ、変更が意図的なものか、ただの不注意なのかを判断する材料はない。だが、そのどちらでもこの書き換えは、「一次稿」に秘められた豊かな可能性が一閃の光を放った瞬間であったろう。この方向性で成功していれば、「異常」な友人について語り続ける語り手の側の「異常」さが暴き出され、「語る」行為が人を惑わす妖しい魔力について描いた独特の小説に化けていたかも知れない。

それにしても残念なのは、梶井がこの可能性を「二次稿」で育てられなかったことである。背中合わせの「彼」と「私」とがくるくる反転する物語の構想には、「A」という抽象的な名前こそふさわしいのであった。しかし、梶井は終盤のクライマックスを活かすために、主人公に具体的な名を与え、彼のプロフィールを明確化するという逆方向へと清書を書き進めてしまったのである。改稿の趣旨は、「一次稿」の「アルコホリスム。」の小見出しがあった部分（【9】）を消し、「彼にとっても私にとってもその京都の高等学校へ入って三年目、私は、三年生にゐたし、彼は二度目の二年生を繰返してゐた」（二次稿【8】）という文章に置き換えるところに典型的に現れている。この種の客観的な注釈を加えれば加えるほど、「私」と「彼」とは取り違えようのない別人へと切り離されていく。物語の構造にはいわゆる「小説らしい」一貫性と安定性とが与えられたかも知れないが、常識人の「私」がなぜ「異常」な「瀬山」にそこまでこだわるのかが分かりにくい物語になっていったのである。これが致命的であった。

もっとも、「分身」のモチーフは「一次稿」の「前半部」だけでなく、「深い夜の中で私は二人になった」（【58】）という終盤のクライマックスにも明確に現れてはいる。だが、実在性が疑わしいブランクのような「A」と紹介者とが、一人二役のように交替で語り手を演じ合う「前半部」の「分身」構想と、単に「瀬山」という特異な他人の「異常性」を証明するものでしかない終盤の「分身」エピソードとでは、「分身」を作中に持ちだしてくる意味合いがまるで違っていることに注目したい。終盤の描写も、鬼気迫る凄絶な美的幻想の表現として成功していることは間違いないが、紹介者がそれに乗せられ、自己分裂の危機へと否応なく導かれていくような共振運動のきっかけがそこにはないのである。だから紹介者自身が「瀬山」の話に飽きてしまうのももっともで、「瀬山極の話は其所で終た（ママ）のではなかったが、私はその末尾を割愛しやう（ママ）」と一方的に物語を打ち切ってしまうのである。終盤を活かすには逆に、伝聞体でなく単純な自己語りの方がふさわしかったのではないだろうか。

「瀬山」の近況を手紙で紹介して作品を締め括る計画を立てながら、【66】以降が空白のまま残されたのは無理もない。危機時代の「瀬山」を語ることにすら熱意を失った語り手（紹介者）が、今は安寧を取り戻した彼について、もうこれ以上伝えるべき何かを持っているとは考えられないのである。

同人誌の活字出版を計画し、京都時代の総決算にするつもりで梶井が完成させようとしたこの「分身小説」は、「分身」の意味合いに根本的な差のある二つの話群を無理やり統合しようとした所に、破綻のそもそもの原因があったのだろう。「話」の当事者として、身を乗り出して「友人」（＝本人？）の消息を伝える「前半部」の「私」（紹介者）と、物語に関われず、傍観するしかない「後半部」の「私」（紹介者）との熱意の差には埋めがたいものがあった。にもかかわらず、「後半部」のクライマックスに合わせて両者を繋ごうとしたために、ジレンマが生じていたのである。

綿密な計画を持たず、寄せ集め式の編集で大作を構成するという奇策に近い創作手法には、思わぬ誤算が潜んでいた。結果的に、「前半部」における談話者の側の心理劇がまるで活かせなくなってしまったのである。このまま存在意義が不明瞭な紹介者を通じて伝聞形式の物語を完成させるよりも、体験の当事者に己の危機を語らせる方が得策だというのが、おそらくは梶井の判断であった。短篇「檸檬」はこの判断から誕生したと思われるのである。

短篇「檸檬」の達成

短篇「檸檬」へと結実する梶井の構想の起源をたどると、それは大正十一年の夏頃に書かれた詩稿「秘やかな楽しみ」にまでさかのぼる（大妻女子大学蔵）。それが大正十三年の初頭、ノート（第三帖）の中で散文化され、散歩中の回想場面に挿話として組み込まれる形へと発展した。丸善にレモンを残して立ち去るというその体験は、ノートの段階では「私」自身のものとして回想されていたが、三高卒業後の同年秋、東京で書かれたこの「草稿群」の「檸檬挿話」では、すでに見たようにある友人「A」(のち「瀬山」)の体験に設定し直されている。その上で、紹介者の「私」の口真似(「一人称のナレイション」)によって語られている。レモンを「爆弾」に見立てるあの有名な構想が、このとき初めて追加されたことも注目される。

「檸檬挿話」での主人公の行動は、金のかからぬ「廉価な贅沢」の一種として自嘲的に扱われている。「草稿群」全体のなかでもそれは、空想的な遊戯にふける主人公の、軽薄さと哀感とを示すエピソードとされる。完成形の短篇「檸檬」が「檸檬挿話」と違うのは、同じ行動が感覚的陶酔に浸りきる「私」の純粋な美的体験へと昇華されていることだろう。作品の成り立ちを時系列順に比較してみると、確かにその構想は、改稿のたびに洗練を加えてきた様子が見て取れる。

短篇「檸檬」の冒頭にある「不吉な塊」が何を指すのかは、常にこの作品を論じる際に議論になってきた問題である。だが、重要なのはそれが何か特定の実体を指すものというよりも、最初は飽くまでも言葉による「イメージ」の提示だった点にあるのではないか。借金苦や家賃滞納、学業不振に病魔の影など、不安に押しつぶされそうな主人公は、そのような現実のすべてを、この言葉に押し込むことで抽象化しようと試みたのである。だが、それらの不安はいかに振り払ってみても、身体レベルの不調として彼の「心」を圧迫し続けている。京都から逃避して「一月ほど何も思はず横になりたい」のが彼の願望なのであり、別に冷やして売っていたわけでもない常温のレモンが、「握つてゐる掌から身内に浸み透つてゆくやう」に冷たく感じられるというのも肺尖カタルの熱のせいなのである。これらの身体的な不調は、もはや目をそむけようのない現実感覚なのである。

その八百屋でレモンを手にしたときのことを、彼は「始終私の心を圧へつけてゐた不吉な塊がそれを握つた瞬間からいくらか弛んで来た」と言っている。レモンは「えたいの知れない」ものだった「不吉な塊」に具体的な形象を与えてくれたのだろう。だからそれを手にしたとき、彼の「心」は重荷を下ろしたように軽くなる気がした。彼はこうも言っている。「見わたすと、その檸檬の色彩はガチヤガチヤした色の階調をひつそりと紡錘形の身体の中へ吸収してしまつて、カーンと冴えかへつてゐた」（傍点論者）――レモンは彼にとって、重苦しい彼の「身体」の確実な隠喩である。

不気味な「檸檬」、「不吉な塊」、不調な「身体」。この三者は「私」の詩的連想において等価に結びついている。逆にこの作品のレモンが、単にさわやかなだけの平凡な慰謝物でしかなかったら、どうしてそれが物騒な「爆弾」などに変容し得ただろうか。作品に引用されている劉基の「売柑者之言」の原典に出てくる、美しい外見の果物は、中が傷んでぼろぼろになった（乾若敗絮）ニセモノである。そして「鼻を撲つ」（撲口鼻）とあるのは、実は噎せるような腐敗臭なのであった。レモンの爽快な印象を謳った「檸檬」の文脈にはおよそ不適切な引用だが、もしかすると、本作が意味するレモンのもう一段深い意味において、それは正しい引用だったと言えるものかも知れない。

作品の末尾には、「活動写真の看板画が奇体な趣きで街を彩つてゐる京極を下（さが）つて行つた」一人の男の姿が描かれている。「私」の自己語りであるにもかかわらず、他人の背中を見送るような書き方である。映画街の不統一な色彩の洪水の中を立ち去る彼の姿は、彼自身によって客観視されている。そしてその映像は、丸善の美術の棚の「ガチヤガチヤした色の階調」のなかに一つ取り残されたレモンと全くの相似形をなすイメージなのである。作中にある「二重写し」の映像的技法が、ここでは文学的に駆使されている。本作の冒頭に提示される「不吉な塊」という言葉が、語り手のどうにもならない不自由な「身体」のイメージを取り込みつつ、「檸檬」の鮮やかな形に置き換えられていく隠喩の構成力はあまりにも緻密で、その見事さにほとんど言葉を失いそうになる。

短篇「檸檬」は隠喩によって変幻する詩的な想像力のゆらぎを捉えた稀有な達成である。そこで扱われているのは、通常なら分離できない「心」と「身体」とが危うく離合を繰り返す動態である。「不吉な塊」に「圧へつけられて」いる彼の「心」は、ひきずるように重い彼の病める「身体」の隙をついて、いつでも逃げだす機会をうかがっている。「街から街を浮浪し続けてゐた」彼の願いとは、裏通りを歩きながら「不図、其処が京都ではなくて京都から何百里も離れた仙台とか長崎とか——そのやうな市へ今自分が来てゐるのだ——といふ錯覚を起さうと努め」、その中に「現実の私自身を見失ふ」ことだった。〈いま・ここ〉に彼の存在を縛りつける「身体」をこの場から消し、「心」を解き放ちたいというのが彼の願いなのだ。そう考えてみると、「爆弾」によって彼が破壊しようとしたのは、本当は「気詰りな丸善」などではない。むしろそれ以前に、彼は自分の自由な「心」を閉じ込めようとする、その病的「身体」と不可分な、自分自身の

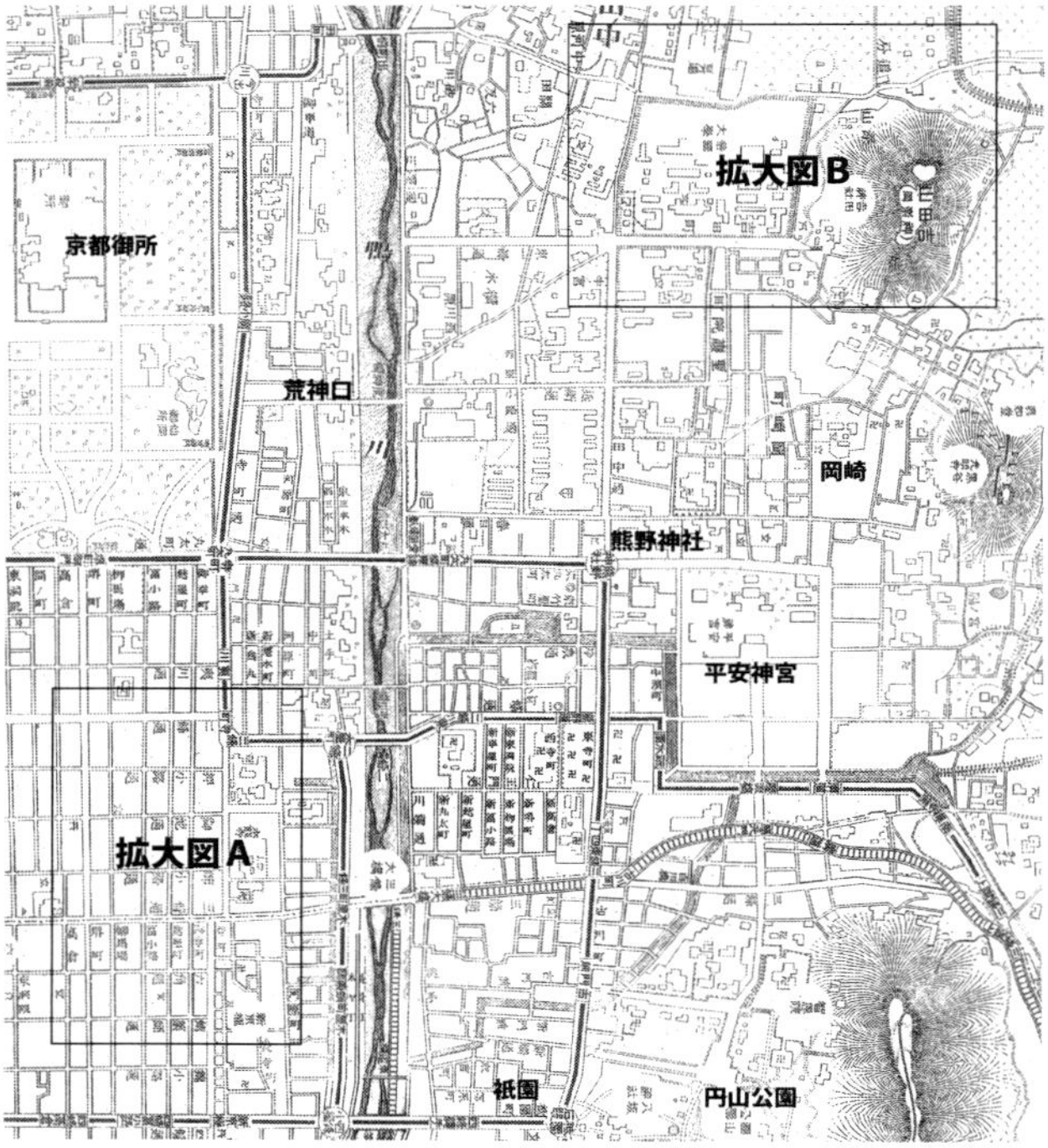

図６　大正 10 年頃の京都地図

日下伊兵衛『京都市街全図』(大正７年６月、和楽路屋)の修正白地図に基づく。

図７　「檸檬」の舞台（拡大図Ａ）
１：八百卯　２：鎰屋茶舗　３：京都市役所
４：丸善京都支店　５：新京極（映画街）

存在の重みそのものの内破を願っているのである。

　それにしても少し皮肉めいているのは、「出来ることなら京都から逃出し」たいと願い、その「錯覚」に身を委ねる彼の〝神隠し〟への願望が、実は京都ならではの街歩きの感覚から出ているらしいことである。日比嘉高は、「上ル（あがる）＝北上する」「下ル（さがる）＝南下する」という言葉で把握された京都独特の身体的な空間認識のありように注目して「檸檬」を論じたが（「身体・空間・心・言葉―梶井基次郎「檸檬」をめぐる―」（『佛教大学総合研究所紀要』平成20・12）、「上ル」と「下ル」という言葉には同時に、そのようにして今自分の身体が向いている方角を把握しておかないと、どこにいるのかがすぐに分からなくなる京都の都市形態が現れているように思われる。平坦な土地に、東西方向と南北方向の通りが碁盤の目のように直交する京都の「町割り」をぼんやりと歩いていると、様々な標識が現在地を教えてくれる現代でさえ、自分の居場所が簡単に分からなくなってしまう。そんなときには、どこへ向かって歩いても、同じ四辻が後から後から無数に現れてくるような不気味な幻覚を感じることすらある。これが軒を低く作った二階に虫籠（むしこ）窓を切った町家が果てしなく続いていた大正時代ならば、街の風景は今よりもっと画一的で、自分を見失うこの〝神隠し〟の感覚は、さらにたやすく手に入ったに違いない。彼は意図的にこの感覚を摑もうとして街をむやみに歩きまわり、現実の下にひしがれている自己存在の重さから、つかの間だけ解放されることに喜びを見出している。そして、それを可能にしてくれるのが、ほかでもない京都という街だったのである。

「檸檬」の忘れもの

短篇「檸檬」の主人公は、「二条の方へ寺町を下り其処の果物屋で足を留め」レモンを買う。平成二十一年まで、寺町通二条東南角（榎木町）で営業していた「八百卯」である。北から来た市電の寺町線が、この角で東方向に急カーブしていたため、その内のりにあたる店の向い側の路面が広くあけてある。寺町で斜違いになった二条通の西北角の「鎰屋」からは、電燈を吊るした「八百卯」の店先が、この広い闇の空間を透して浮かび上がるように見えたことだろう。また、洋書と輸入雑貨の専門店として知られる丸善京都支店は、当時、三条通麩屋町西入ル北側（弁慶石町）に位置し、古風な京の町家に横文字の看板を掲げ、学生客で大いに賑わっていた。主人公が「黄金色に輝く爆弾」を仕掛けて立ち去るのはここである。

図８　寺町通二条角の旧八百卯（角地の四階建）
市電の寺町線は手前から左折して二条通に入った。大正 15 年に河原町線が伸延して廃止され、「表通り」は寺町通から河原町通に切り替わる。

　京都の街歩きに付随する、京都ならではの浮遊感を捉えた短篇「檸檬」の特質は、「何処へどう歩いたのだらう」という〝神隠し〟に通じる感覚を捉えた言葉の繰り返しの中に凝縮されている。その点において、完成作が「檸檬挿話」よりも格段に磨き上げられていることは確かだが、「都会小説」としての性格自体は、

図 9　昭和初期の丸善京都支店　丸善雄松堂株式会社所蔵
丸善京都支店は明治 5 年の開設。明治 40 年から三条通麩屋町で営業開始した。伝統的な町家だが、横文字の看板に飾り窓が「西洋」だった。

図 10　三条通麩屋町西入ルの現在
駐車場のある左側マンションが丸善跡。昭和 15 年に河原町蛸薬師へ移転、平成 27 年に河原町三条で営業再開した。

すでに「檸檬挿話」の段階でも十分に現れていた。そして、その特質を支えていたのが、現実の京都と明確に対応するこれらの場所や建物への言及であることは言うまでもない。

実は同様の指摘が、「草稿群」の「第二挿話」にもあてはまる。「草稿群」では本来、「第一挿話（＝「檸檬挿話」）」

と「第二挿話」とが、それぞれ「都会小説」と「郊外小説」として組み合わされ、メリハリの利いたコントラストを形成していた。主人公（「瀬山」）が「白川道」（「白川路」の表記でも登場）をたどり、郊外の下宿先へと帰っていく「第二挿話」は、繁華な洛中の寺町通を歩くのとは異なる内省へと彼を導くのである。そして街中の喧騒の中では聞き分けられなかった、彼の「絶対的な寂寥、孤独感」が、満天の星空の下で澄んだ音色を奏で始める。「都会」と「郊外」という異なる舞台を背景に、主人公の孤独な「心」を異なる角度から照らし出そうとしたこの中篇小説らしい試みは、それはそれでかなり成功しているように見えるのである。

そして、その「第二挿話」にも、京都という土地の「刻印」ははっきりと確認することができる。まず、「白川道」とは、「京の七口」に数えられた鴨川沿岸の荒神口から、近江坂本（現大津市）に抜ける山越えの古道「志賀越え（志賀街道）」の一部で、京都盆地の区間を呼ぶ名前である（昭和初期の都市計画で完成された現在の「白川通」とは違う）。織田信長の上洛に際して整備されるなど、中世までの長い間、この道は京の内外をつなぐ幹線の役割を果たしてきた。しかし、その後江戸との交通が重視される中でさびれ、幕末の尾張藩吉田邸の建設（元治元〈一八六四〉年頃着工）によって分断され、そこが明治二十二年に第三高等中学校の校地になり、さらに明治三十年新設の京都帝国大学に譲られた。現在の「白川道」を鴨川から北東へとたどると、ちょうど「白川の道」と記された宝永六（一七〇九）年建立の道標がある京都大学吉田本部構内の南西角で一旦道が途切れ、再び東門の付近から道が現れて斜めに今出川通を越えていく。この今出川方面の道が、「瀬山」の歩いた「白川道」である。梶井の下宿はその先の、上京区（現左京区）北白川西町の澤田三五郎方だった。

白川は京の艮（北東）、「瀬山」にとってもそこは、滞納した家賃と、放棄した学業に向き合わねばならない文字通りの鬼門だった。満天の星降る夜、病み疲れて田圃の中の田舎道を帰る彼は、絶望的な孤独を感じて母を思う。そして、子供になった自分があらゆる罪を許されて母に抱き取られる夢に、涙している。ふと我に返った彼は、自分が「星と水車と地蔵堂と水の音の中」を歩いていたことに気づき、「バラックの様な平屋建が路から小高い畑の中に横はってゐる」のを見た。それから下宿までの坂をのぼりはじめるとき、鬼気迫る「瀬山」の連呼が始まる。作中のクライマックスである。

この場面に突然、「私のお母様。」（【55】）の一文がなぜタイトルのように出現したのか。慈愛に満ちた母親のイメージが、なぜ急に「瀬山」の心に湧き出したのかは、作品を読むだけではほとんど脈絡がつかめない。それで梶井も「この続あひわるし」と書いて、「私のお母様。」を消したのだろう。だが、京都に長く住む人であれば、この一節の意味は立ちどころに理解されたはずである。「瀬山」が今いるのは「白川道」であり、北白川の入口である。そこの「地蔵堂」と言えば、子授けや安産、また子の成長の無事を願う慈母に見立てられた「子安観世音」の石仏が鎮座する場所なのである。

「白川道」には鎌倉以前の作とされる巨大な石仏が三体ある。まず、今出川通の南にある北白川西町道標（嘉永二〈一八四九〉年）の傍らに、「二王（ふたつおう）」「べニゴ二つ地蔵」「なかよし地蔵」「大日如来」など様々な名で呼ばれる子供の背丈ほどの阿弥陀如来像が二体、円満な笑みを浮かべて並んでいる。一方、様々な伝説に彩られた「子安観世音」は、今出川通を挟んだ北側に、見上げるように大きな体を御堂に収めている。豊臣秀吉が聚楽第に移すと、毎晩「白川に返せ」と鳴動したため戻されて「太閤地蔵」と呼ばれ（白慧〈坂内直頼〉撰『山州名跡誌（巻五）』正徳元〈一七一一〉年）、また芯材で胴に挿げた頭部がしばしば落下したことから「首切地蔵（くびきれじぞう）」（岩波佐悦〈恒山〉撰『白川地史』享保六〈一七二一〉年）の別名もある。大正期の民俗資料には、この像の前で若い母親に子を預けられた男が、抱き取った子を見ると石仏の首に変わっていたという口碑が紹介され、当時露仏だった「二王」と、簡素ながら屋根つきの御堂があった「子安観世音」の写真が添えられている（明石染人「地蔵物語㈠」『郷土趣味』大正7・10）。それはまさに梶井が住んだ頃

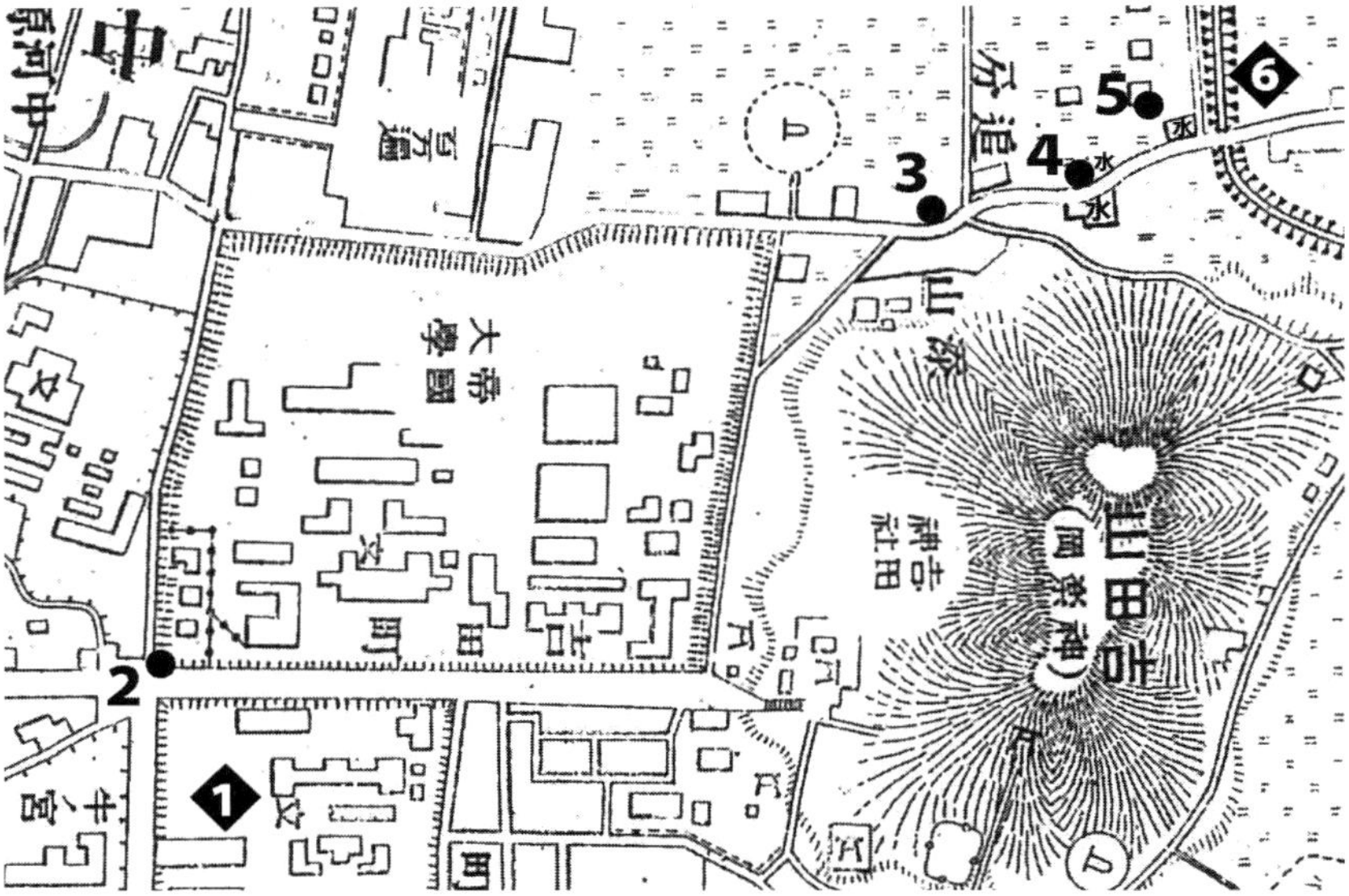

図 11　第二挿話の舞台（拡大図Ｂ）

「白川道」は帝大敷地で分断されている。1：第三高等学校　2：吉田本町道標　3：二王（二つ地蔵）
4：子安観世音　5：梶井下宿（澤田三五郎方）　6：琵琶湖疏水分線　水：水車小屋

の石仏の姿であり、作中の「地蔵堂」が「子安観世音」を指すことを裏付けている。

ここから坂になって徐々に山の地勢に入る「白川道」には、かつて疏水分線手前の上手に水門があり、道路脇の用水から分水して、樋から一気に上がけ式に車を廻す水車が「子安観世音」のすぐ後ろ側で稼働していた。水車は旧田中村の澤村一族の所有で、電気精米機の普及や戦時中の米の統制で使用されなくなった後も、昭和三十年頃までは水輪が残っており、白川の目印になっていたという（澤村秀夫氏談）。明治・大正期の古地図には、他にも「観音車」の向い側と、樋の水路の上流側に澤村家の水車場が描かれており、この付近の夜道に豊かな水音を響かせていた様子がはっきり想像される（北白川小学校創立百周年記念委員会編『北白川百年の変遷』昭和49・12、地人書房の西村喬による記事を参照）。

道路が舗装される以前、京大北側の農学部付近までくると、「道の表面が幾分白く、それが初夏から夏にかけては、さんさんと照る陽の光に美しくきらめいて見える」ほどだったという（高橋一郎「とちの並木道」京都大学農学部創立四十周年記念事業会『歴史を語る』昭和39・11）。それは地質の関係で、鴨川支流の白川流域は良質な花崗岩（白川石・白川砂）の産地として有名だった。作中に「あの真白い白川路の真中で立留ったりした」（【30】）と梶井が書いたのも実景だったのである。「第一挿話」が洛中の「都会」の様相を放浪者の目からよく書き記していたように、「第二挿話」には「郊外」白川の記憶が、その土地に住んだ者の確かな感覚によって捉えられ、現代にまで伝えられている。

図 12　子安観世音
かつては右側の民家の手前と、石仏の正面に水車があった。

図 13　二王（二つ地蔵）
背面を自然石のまま残した造作は、鎌倉期以前の古仏の特徴。

北白川の下宿

梶井が北白川に下宿していたのは、大正十年十一月から十二年五月までの約一年半である。下宿先は作中に「澤田さん」「三五郎」と実名で出てくる澤田三五郎方である。梶井の北白川時代は、自暴自棄の最もすさんだ生活を送った時期であるが、この間に「檸檬」の原型の「秘やかな楽しみ」が書かれている。

当時、梶井が在籍した第三高等学校は、京都帝大創立の際に旧尾張藩邸の敷地から南へ、現在の京都大学吉田南構内の所に移されていた。市内の中心からは遠く、大正期までの市電路線では東山線の熊野神社前が最寄りで、そこまでもかなり歩く必要がある。結局、街中へは全部歩いてしまうのが当時の学生気質で、「電車があっても乗らず、河原町筋から京極へ出て、祇園、円山公園を通って、また元の吉田山へ帰って来る」巡回コースが三高生の散策の定番であったという（大宅壮一「三高のころ」『檸檬通信②』〈全集月報〉昭和34・5、筑摩書房）。「二条の方へ寺町を下（さが）り」「京極を下（さが）つて行つた」という「檸檬」の主人公の経路にもほぼ合致する。

梶井が住んだ北白川は、吉田山を隔てて市の中心とは逆の方角にあり、三高生の下宿先としてもとりわけ交通の不便な場所だった。旧愛宕郡白川村が大正七年に京都市に編入されたばかりの頃である。沿道には白川石を加工する石屋が並び、仏花栽培を兼業にする家も多く、紺絣（こんがすり）に前垂れ、白脚絆姿の「白川女（しらかわめ）」が、早朝頭上の籠に花を満載して「白川道」を町に向った。梶井が下宿した澤田家も、夫の三五郎は石工、妻のとよは「白川女」という当地では典型的な伝統産業に従事する一家だった。

旧白川村中心部の澤田家から分家した三五郎家（屋号藤右衛門（トヨモン））が、疏水分線を西に越えた小抜井の台地上を、自家の花畑として購入したのは、大正八年頃である。人家のほとんどなかったこの場所に家を建て、母屋の二階を学生

図 14　澤田三五郎（明治 11 年生）ととよ（明治 20 年生）
昭和 13 年 2 月 3 日撮影。還暦を迎えた三五郎。澤田和一郎氏提供。

に貸したほか、庭には別に貸間専用の平家を二棟作って賄いつきの下宿屋を始めた。梶井が借りたのは、玄関前の通りから離れた方の長屋の、西はずれの部屋だった。友人に宛てて、「白川の下宿はかなりいい景色です、昨夜は月を見ました。満月です。そして私一人、かなり酔つてゐました」（近藤直人宛、大正11・4・14）と書き送った手紙がある。小さな崖の上のその窓からは、吉田山まで一面の花畑が見渡せただろう。

その後この付近の発展は目覚ましく、大正十二年末の帝大農学部開設、昭和四年の市電今出川線開通を経て、元の農村は教員や学生向けの下宿屋が密集する交通至便な文教地区へと変貌していった。三五郎の妻とよには経営の才覚と先見の明があったと伝えられ、土地の購入や下宿屋の創業もとよの発案と考えられている（澤田和一郎氏談）。三五郎家の移転は、この地区が学生街として発展するさきがけであったことは間違いない。

老朽化のため、梶井の部屋があった建物は、平成五年十一月に取り壊されて現存しない。だが、同じ場所に建て直された賃貸マンションは、今でも京大生の生活の場である。そして崖の上の一隅にはレモンの木が一本、瑞々しい若葉を茂らせている。昔ここに住んでいた一人の悩み多き三高生への手向けとして、三代目澤田夫妻による手厚い丹精を受けながら、レモンの木はそこにしっかりと息づいているのである。

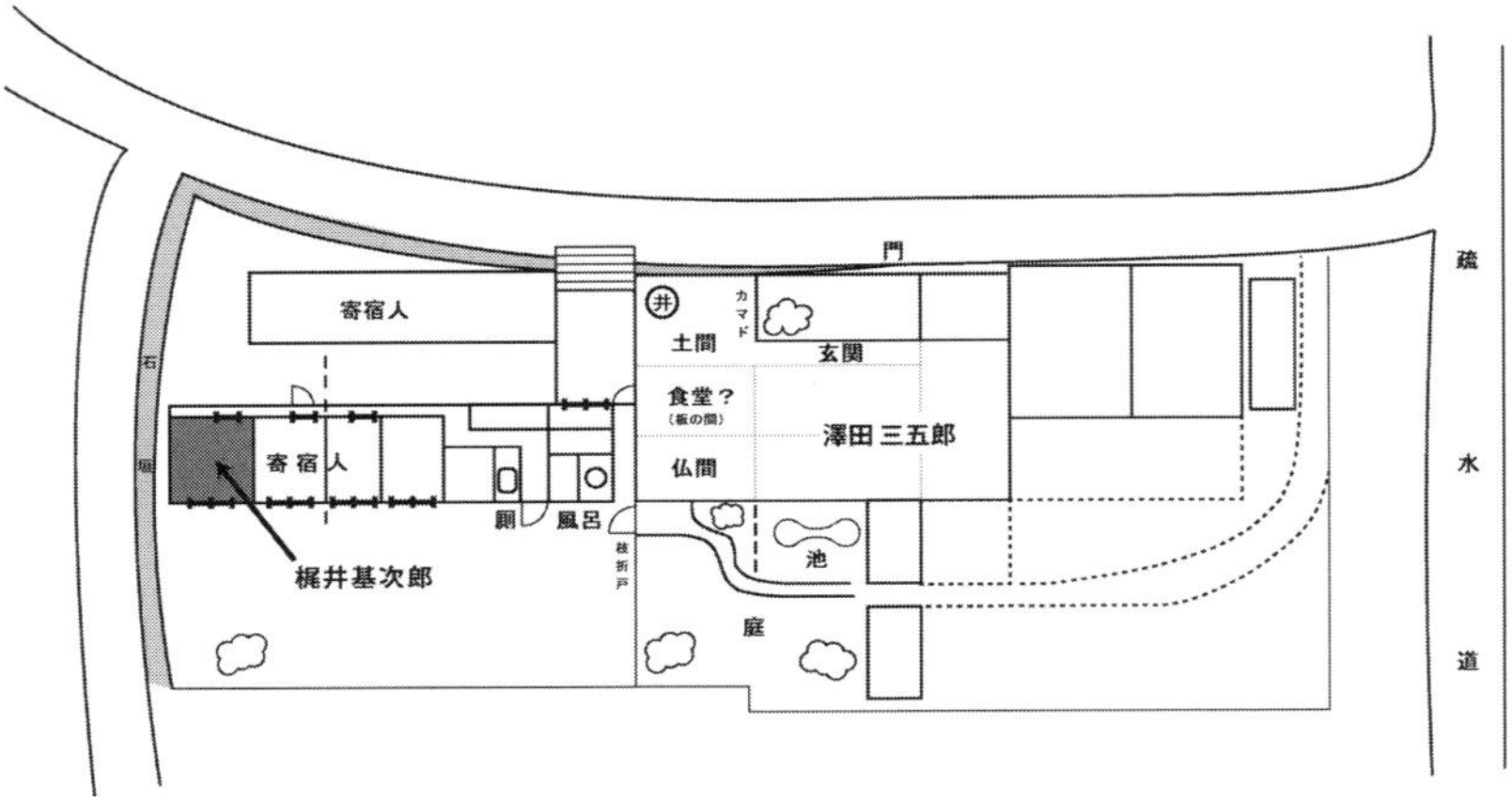

図 15　梶井が下宿した澤田三五郎方の平面図

平成５年まで梶井の住んだ部屋が残っていた。澤田和一郎氏のスケッチによる。

むすびに

「檸檬」の研究では、ともすれば完成作を唯一のゴールとしてその「生成」を論じる逆照射の視点になることは、これまで避けがたい問題として存在し続けてきた。だが、「草稿群」の側から見れば、完成は失敗と抱き合わせである。この「草稿群」の出現は、一つの作品が洗練と引き換えに、何を失わねばならなかったかを如実に教えてくれる。

本稿で論じたのはその一端に過ぎない。それは例えば、梶井が育てきれなかった二種類の魅力的な「分身小説」の構想である。あるいは「都会小説」と「郊外小説」との対比である。そしてまた、北白川に住み、四条までさまよった実感としての京都の記憶である。なかでも「分身」のモチーフは、「Kの昇天」（『青空』大正15・10）や「ある崖上の感情」（『文芸都市』昭和３・７）ほか様々な作品に引き継がれ、梶井文学の根幹としての特質を形成することになった。その原点にあたる悪戦苦闘の痕跡をこの「草稿群」に見るとき、淀野がこれをただの「失敗作」として埋もれさせたくなかった理由がよく分かる。

〝「檸檬」の忘れ物〟とも言うべきこの古びた原稿用紙の束は、未完であるだけにこれからも数知れない「あり得たはずの梶井」の姿を繰り広げ、彼の文学にさらに新しい息吹を与えてくれるに違いないと信じている。

付記 本稿を成すにあたり、京都北白川の澤田和一郎氏・澤田敏氏ご夫妻より写真・見取図ほか大変貴重な資料をご提供いただきました。また、「観音車」経営者ご子息澤村秀夫氏からは、戦前の水車精米の様子について詳しくご教示いただきました。皆様には取材に際して並々ならぬ親切なご協力をたまわり、あつく御礼申し上げます。なお、現代の京都の写真は、論者が平成三十一年に撮影したものです。

図 16　下宿跡のレモン
梶井を偲んで植えられたもの。

図 17　白川石の手水鉢
澤田三五郎が制作したもの。

参考資料

表1．一次稿の形態的特徴

群	No.(丁)	小見出し	改行空白	文字	欄外メモ	備考
A	1	〔銀の鈴。〕		丁寧	表半・裏半をつなぐ線あり	別の用紙で裏打ち
	2			丁寧	―	
	3		丁末	丁寧	裏半（縦）	「A」3か所
	4			丁寧	―	「A」4か所
	5			普通	―	ノンブル「5の二」
	6			普通	裏半（縦）綴穴で欠損	
	7			丁寧	―	「A」3か所
	8		8行	普通	表半（縦）	「A」1か所
B	9	アルコホリスム。		速筆	―	
	10			丁寧	裏半（縦）	
	11		丁末	丁寧	裏半	
	12			丁寧	―	「A」1か所
	13			丁寧	裏半（縦）	
	14	檸檬。	丁末	丁寧	裏半（縦）	
	15			丁寧	―	
	16			丁寧	―	
	17			普通	―	
	18			普通	―	

B										C	D	E	F				
19	20	21	22	23	24	25	26	27	28	29	30	31	32	33	34	35	36
		1行							**4行**	**丁末**	**丁末**	**丁末**				**丁末**	**丁末**
速筆	速筆	速筆	速筆	速筆	速筆	速筆	乱雑	普通	普通	普通	普通	丁寧	丁寧	丁寧	丁寧	丁寧	丁寧
―	折り目上	―	表半	―	折り目上	―	―	折り目上	―	裏半厳守	表半・裏半厳守（赤）	―	―	表半（赤）・**裏半に34より挿入**	表半厳守・ノンブル上 **表半より33へ挿入**	表半厳守・ノンブル上・裏半	裏半厳守（折り目で転折）
							淀野の赤ペン	淀野の赤ペン	淀野の赤ペン	淀野の赤ペン	**冒頭に話者の混乱** 梶井の赤ペン	梶井の赤ペン **半裁された用紙**	梶井の赤ペン	梶井の赤ペン	**執筆順：ノンブル→欄外メモ**	**執筆順：ノンブル→欄外メモ**	

	37			丁寧	裏半	
	38		**12行**	丁寧	｜	
G	39			丁寧	表半（縦）・裏半（縦）	
G	40		**丁末**	普通	表半厳守・裏半（縦）	
G	41			速筆	表半厳守	
G	42			速筆	｜	
G	43			速筆	表半厳守・表半（縦） 裏半厳守	
G	44		**丁末**	速筆	表半	
G	45			乱雑	｜	
G	46			乱雑	表半	
G	47			乱雑	表半・裏半厳守	
G	48			乱雑	表半厳守・**47へ挿入**・裏半厳守	
G	49			乱雑	表半厳守・裏半厳守	
G	50		3行	乱雑	｜	
H	51			普通	表半（縦）	
H	52			丁寧	表半（縦）	**ノンブルに変化**
H	53			丁寧	｜	
H	54		**丁末**	丁寧	｜	
H	55	**〔私のお母様。〕**		丁寧	表半厳守・**ノンブルがメモ回避** 表半（縦）	**執筆順：欄外メモ→ノンブル**

H					
56			丁寧	—	
57			普通	—	丁末の一行を削除
58			普通	柱に記入	冒頭一字下げ
59		丁末	丁寧	—	
60			普通	表半（縦）	「瀬山」登場
61		丁末	速筆	—	
62		丁末	速筆	—	
63			速筆	—	
64		丁末	乱雑	—	
65			乱雑	—	
66	—	—	—	—	ノンブルのみ
67	—	—	—	—	ノンブルのみ
68	—	—	—	—	ノンブルのみ
69	—	—	—	—	ノンブルのみ
70	—	—	—	—	ノンブルのみ

注記

・【31】の半裁以外、すべて二つ折りの状態で保存されており、一次稿・二次稿とも同じ位置に綴じ穴がある。

・【31】には、梶井がノンブルを打った用紙裏面を表にして綴じた痕がある。

・網掛けの濃色部は、淀野編の「瀬山の話」で完全に不採用となった丁（7枚）。「不採」の消し痕があり、これらの丁にだけ、淀野が保管時にあけたと思われる、さらに別な綴じ穴がある。

・網掛けの淡色部は、「瀬山の話」に一部が採用された丁（4枚）。二次稿との重複部には、鉛筆によって大きく削除指定が施された痕がある。

表2．一次稿の内容一覧

群	No.（丁）	話題単位	内容	語り
A	1	奇妙な友人「A」	意地悪な小悪魔のように心を離れぬ「その男」。	紹介者がAについて語る
	2		「澄み度い気持」と「濁り度い気持」の相克。	
	3		仮に名をAとする。彼の顔付きは「私」の叔父に似る。	
	4		Aは酒飲みで底抜けにだらしない。	
	5		しかし、一方では極端に潔癖なところがある。	
	6		母の苦労をふみにじる一方、極度に自責の念がある。	
	7		母の援助により、Aは急に生活を改める。	
	8		彼は常に昂奮を求めたのだ。	
B	9		所有に関する彼の考察。彼はなぜ酒に頼ったか。	
	10		彼は他人の心に「第二の自己」を築いて逃避する。	
	11		彼は現在の自暴自棄を過去の失恋で正当化していた。	
	12		恋人に似た芸者に打ち込む彼。「本気」とは何か。	
	13		迷惑そうな芸者の言葉を伝えた男に「私」は憎悪を感じた。	
	14	第一挿話—檸檬—	「私」は「不吉な塊」に圧迫され、街を彷徨した。	Aの談話を紹介者が模写
	15		裏通りの風景、花火、びいどろ、南京玉を好んだ。	
	16		「私」にとって、廉価なものにこそ美的価値がある。	
	17		安線香への愛着。「その日」の彷徨について。	
	18		寺町二条の果物店。その店先の美しさ。	
	19		とりわけ夜のその店の魅力。	

区分	番号	挿話	見出し	内容	語り
B	20		第一挿話—檸檬—	暗い中に光る電燈の印象。鎰屋茶舗からの眺め。	Aの談話を紹介者が模写
B	21		第一挿話—檸檬—	「廉価な贅沢」を実行─その店で檸檬を買ったのだ。	Aの談話を紹介者が模写
B	22		第一挿話—檸檬—	快い冷たさ、匂やかな空気。檸檬に慰められる心。	Aの談話を紹介者が模写
B	23		第一挿話—檸檬—	上機嫌になり、最近避けていた丸善へ。	Aの談話を紹介者が模写
B	24		第一挿話—檸檬—	以前「私」が好きだった丸善。その楽しみについて。	Aの談話を紹介者が模写
B	25		第一挿話—檸檬—	丸善に入るや否や、立ちこめてくる憂鬱。	Aの談話を紹介者が模写
B	26		第一挿話—檸檬—	袂の檸檬を思い出し、本を積み上げ始める。	Aの談話を紹介者が模写
B	27		第一挿話—檸檬—	檸檬を本の上に据え、爆弾に見立てて立ち去る。	Aの談話を紹介者が模写
B	28		第一挿話—檸檬—	「君」との対話。馬鹿げた狂人芝居だと自嘲。	Aの談話を紹介者が模写
C	29		奇妙な友人「彼」	「私」はこの世の掟が守れない彼の気持を想像してみる。	紹介者が彼を語る
D	30	第二挿話	下宿①	友人たちに気兼ねした「私」は、下宿に帰ろうと決意。	彼の談話—紹介者と錯綜？—
E	31	第二挿話	感覚器の惑乱	あの頃は神経衰弱だった。感覚器の惑乱がやってくる。	彼の談話—紹介者と錯綜？—
F	32	第二挿話	惑乱①—幻聴—	夜になると現実が債鬼のように自分を責める。	彼の談話—紹介者と錯綜？—
F	33	第二挿話	惑乱①—幻聴—	奔放な想像の中で、現実逃避と自省を繰り返す。	彼の談話—紹介者と錯綜？—
F	34	第二挿話	惑乱①—幻聴—	弟に小言を言う母の声の幻聴を聞き分けようと焦る。	彼の談話—紹介者と錯綜？—
F	35	第二挿話	惑乱①—幻聴—	夜の響きによる「催眠遊戯」（花火やびいどろに言及）。	彼の談話—紹介者と錯綜？—
F	36	第二挿話	惑乱①—幻聴—	夜のリズムにメロディーを与える方法について。	彼の談話—紹介者と錯綜？—
F	37	第二挿話	惑乱①—幻聴—	不意に現れる出鱈目に音楽はかき乱される。	彼の談話—紹介者と錯綜？—
F	38	第二挿話	惑乱①—幻聴—	「私」は幻惑を喜び、睡眠の予告として歓迎した。	彼の談話—紹介者と錯綜？—

G	39	第二挿話	惑乱②—幻視—	泥酔の翌日の変調。自己分裂。自分に詫びる自分。	彼の談話—紹介者と錯綜？—
	40			虐げられた胃腑の無理な注文に困却する「私」。	
	41			情緒が姿を変え、色を変える。四条大橋の方へ来た。	
	42			五年前の弟の顔を幻視。〔精神の大禍時〕	
	43			電車の鎧戸を透して見える外の景色。銭湯での失策。	
	44			「君」との対話。銭湯の失策で自分の正気を疑う。	
	45			「精神の逢魔が時」に起る様々な幻視。笑うタンギイ。	
	46			枕にうつぶせになり、大峡谷を覗きこむ感覚を味わう。	
	47			「君」との対話。口で言えない広大さの感覚。	
	48			収斂と開散を繰り返す変な感覚。	
	49			自分が伸縮する不気味さ。声を立ててそこから逃げる。	
	50			以上は「精神の大禍時」の話だ。下宿の帰路に戻ろう。	
H	51		下宿②	家賃の滞納・学校の欠席が日に日に回復困難になる。	瀬山の談話
	52			借金と試験は取返しがつかないのに回復に期待。	
	53			破滅までが耐えがたく、破滅を急ぐような狂暴時代。	
	54			逃げ出した下宿の惨状を思うと、帰る決心が弱る。	
	55			流星の下、夜道で絶対的な孤独を感じる。	
	56			「私」は急に母の愛情を感じて涙を流した。	
	57			途端に感激は退き、足だけが下宿へと歩む。	

H				
58	第二挿話	下宿②	星と水車と地蔵堂と水の音の中、「私は二人になった」。	瀬山の談話
59			下宿が見える。また「悲しき遊戯」の衝動が起った。	
60			今の自分はどんな声だろう。「瀬山！」自分の名を呼んだ。	
61			「瀬山」「瀬山」連呼して様々な変曲を楽しんだ。	
62			分裂した「第一の私」と「第二の私」は固く抱擁した。	
63			下宿の外から「瀬山」を呼び、大家を叩き起こした。	
64	奇妙な友人「瀬山」		瀬山極は落第し、そのうち「私」は東京に出てきた。	紹介者が瀬山を語る
65			最近彼から手紙が届き、安堵してこの稿を書き始めた。	
66	瀬山の手紙（未着手）		―	瀬山の叙述
67			―	
68			―	
69			―	
70			―	

表 3.　一次稿の推敲状況（削除・挿入別文字数）

群	No.	削除	挿入	計
A	1	41	142	183
	2	73	39	112
	3	22	64	86
	4	11	8	19
	5	23	11	34
	6	71	114	185
	7	13	8	21
	8	30	25	55
B	9	38	13	51
	10	88	11	99
	11	68	9	77
	12	3	5	8
	13	0	5	5
	14	55	4	59
	15	1	0	1
	16	6	12	18
	17	14	6	20
	18	5	2	7
	19	23	5	28
	20	11	39	50
	21	38	4	42
	22	25	26	51
	23	18	7	25
	24	87	47	134
B	25	48	12	60
	26	22	4	26
	27	20	42	62
	28	6	6	12
	29	17	5	22
C	30	81	179	260
D	31	18	6	24
E	32	39	9	48
F	33	97	121	218
	34	58	121	179
	35	98	126	224
	36	77	164	241
	37	92	82	174
	38	71	0	71
	39	99	116	215
G	40	63	77	140
	41	51	104	155
	42	101	93	194
	43	174	210	384
	44	55	54	109
	45	150	107	257
	46	189	31	220
	47	58	229	287
	48	156	152	308
G	49	233	132	365
	50	12	7	19
H	51	65	5	70
	52	6	19	25
	53	1	5	6
	54	3	5	8
	55	14	54	68
	56	23	11	34
	57	34	2	36
	58	61	13	74
	59	22	32	54
	60	78	60	138
	61	37	24	61
	62	49	31	80
	63	27	2	29
	64	12	33	45
	65	3	1	4
	66	—	—	—
	67	—	—	—
	68	—	—	—
	69	—	—	—
	70	—	—	—

削除	挿入	総計
3,284	3,092	6,376

凡例

・字数の算出は本書の翻刻に準拠し、句読点・踊り字・ダーシ等も全角相当の字数を数えた。

・一連の削除部のなかの推敲（削除・挿入）は、すべて削除字数に含めた。

・一連の挿入部のなかの推敲（削除・挿入）は、すべて挿入字数に含めた。

・梶井によるルビは字数に加えて数えた。

　（例）大禍時（オホマガトキ）＝大禍時オホマガトキ（9 字）

・語順の入れ替えは、字数に増減が生じる場合のみ数えた。

　（例）永い夜の限りも知らない（33 丁）＝を・の・なく→挿入、の・知らない→削除。

　（例）後へ後へと（43 丁）＝字数増減がないため、カウントせず

・梶井の筆跡でも、校正記号のパーレンや自評（例「この続あひわるし」55 丁）は数えなかった。

・別丁への挿入指示がある場合は、挿入先のものとして数えた。

《執筆者紹介》

栗原　敦（くりはら・あつし）

昭和 21 年、群馬県渋川市生まれ。東京教育大学大学院修士課程修了。立正女子大学（現文教大学）、金沢大学、実践女子大学に勤務。現在実践女子大学名誉教授。平成 5 年、『宮澤賢治―透明な軌道の上から』（新宿書房）で、第1回やまなし文学賞（研究・評論部門）受賞。『新校本宮澤賢治全集』（筑摩書房）編纂委員を務める他、『詩が生まれるところ』（蒼丘書林）、『宮沢賢治コレクション』（編集・筑摩書房）など著編書多数。

棚田輝嘉（たなだ・てるよし）

昭和 30 年、北海道足寄町生まれ。実践女子大学教授。京都大学大学院博士課程中退。岐阜女子大学、広島女子大学を経て、実践女子大学。編著に『コレクション・戦後詩誌　第 13 巻　戦後詩第二世代』（ゆまに書房）、主要論文に「物語の磁場―梶井基次郎の手帖について―」、「〈檸檬〉の生成―手帖を視座として―」、「梶井基次郎という評価軸―戦前の評言を巡って―」、「無名性に向けて―相田みつを試論（上）―」、「演歌の時代―日本フォークソング史試論」など。

河野龍也（こうの・たつや）

昭和 51 年、埼玉県入間郡大井町（現ふじみ野市）生まれ。実践女子大学教授。東京大学大学院博士課程単位取得退学。「佐藤春夫研究」で博士号。日本学術振興会特別研究員（ＰＤ）、東京大学助教を経て、実践女子大学。著書に『佐藤春夫と大正日本の感性―「物語」を超えて』（鼎書房）、『佐藤春夫読本』（編著・勉誠出版）、『「私」から考える文学史―私小説という視座』（共編・勉誠出版）、『大学生のための文学トレーニング』（共編・三省堂）など。

武蔵野書院創業百周年記念出版
実践女子大学蔵 梶井基次郎「檸檬」を含む草稿群──瀬山の話──

2019 年 11 月 13 日　初版第 1 刷発行

編　　者：河野龍也
発 行 者：前田智彦
装　　幀：武蔵野書院装幀室

発 行 所：武蔵野書院
〒101-0054
東京都千代田区神田錦町 3-11 電話 03-3291-4859　FAX 03-3291-4839

印　　刷：シナノ印刷㈱
製　　本：㈲佐久間紙工製本所

ISBN 978-4-8386-0485-2 Printed in Japan